KB009016

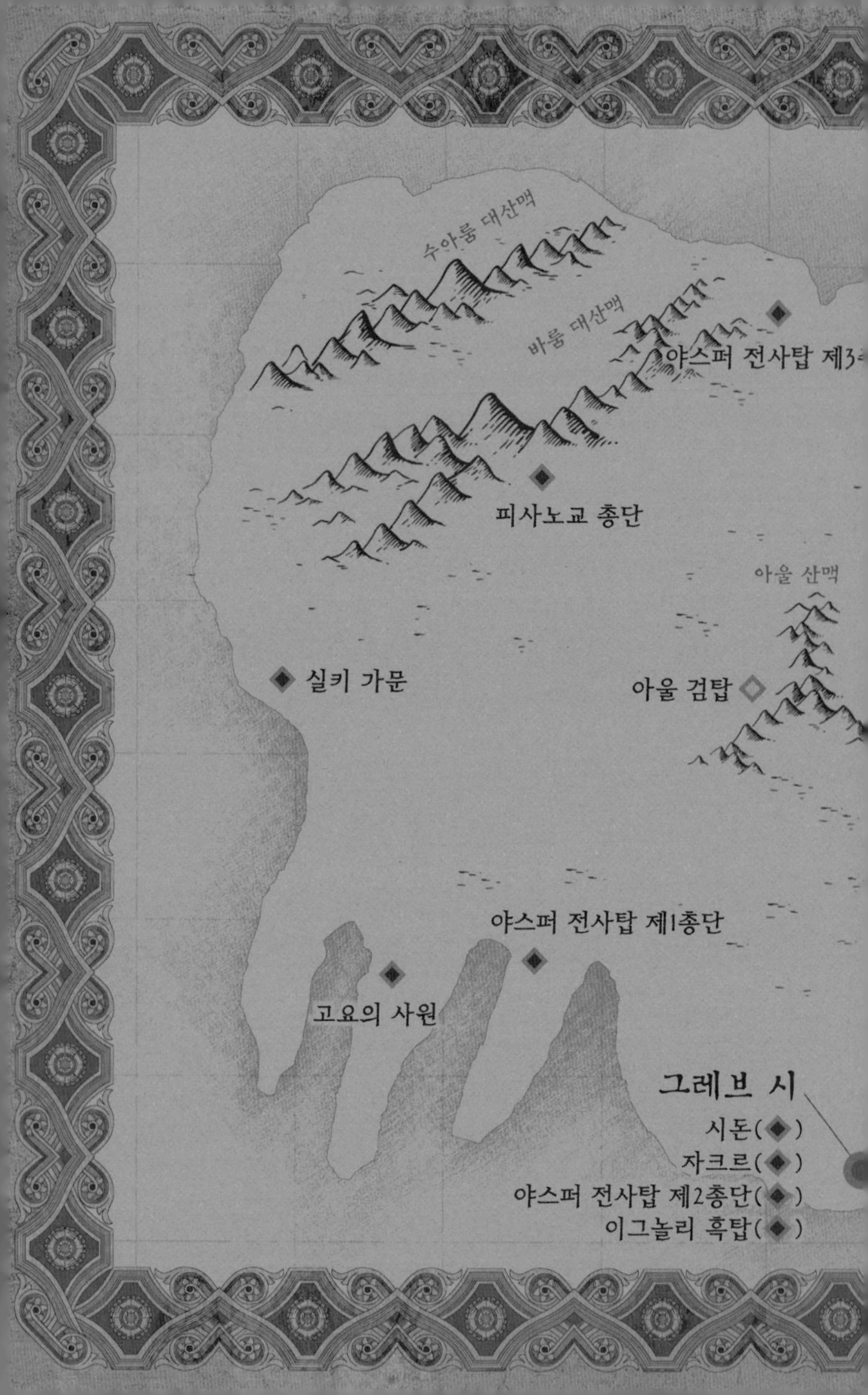
수아룸 대산맥
바룸 대산맥
야스퍼 전사탑 제3
피사노교 총단
아울 산맥
실키 가문
아울 검탑
야스퍼 전사탑 제1총단
고요의 사원
그레브 시
시돈( )
자크르( )
야스퍼 전사탑 제2총단( )
이그놀리 흑탑( )

추이타 북산맥
추이타 대초원
추이타 남산맥
피요르드 시
쿠퍼 가문(◇)
은화 반 닢 기사단(◇)
모레툼 교황청(◇)
솔노크 시
솔 강
원시림
라폴리움 시
라폴 도서관(◇)
트루게이스 시
뉴브로도 시
아바니 가문(◆)
수의 사원(◆)
백 진영
흑 진영
중립 진영
도시
언노운월드 대륙 전도

ORIGINAL FANTASY STORY & ADVENTURE

쥬논 판타지 장편소설

이탄 23 신들의 전쟁

초판 1쇄 인쇄 2022년 3월 10일
초판 1쇄 발행 2022년 3월 24일

지은이 쥬논
발행인 오영배
편집 편집부
일러스트 필연
표지 · 본문 디자인 오정인
제작 조하늬

펴낸 곳 (주)삼양출판사 · 드림북스
주소 서울시 강북구 도봉로 173
대표 전화 02-980-2112 **팩스** 02-983-0660
편집부 전화 02-987-9393 **팩스** 02-980-2115
블로그 blog.naver.com/dreambookss
출판등록 1999년 3월 11일 제9-00046호

ISBN 979-11-283-7141-7 (04810) / 979-11-283-9990-9 (세트)

+ 이 도서의 국립중앙도서관 출판시도서목록(CIP)은 서지정보유통지원시스템홈페이지(http://seoji.nl.go.kr)와 국가자료공동목록시스템(http://www.nl.go.kr/kolisnet)에서 이용하실 수 있습니다.

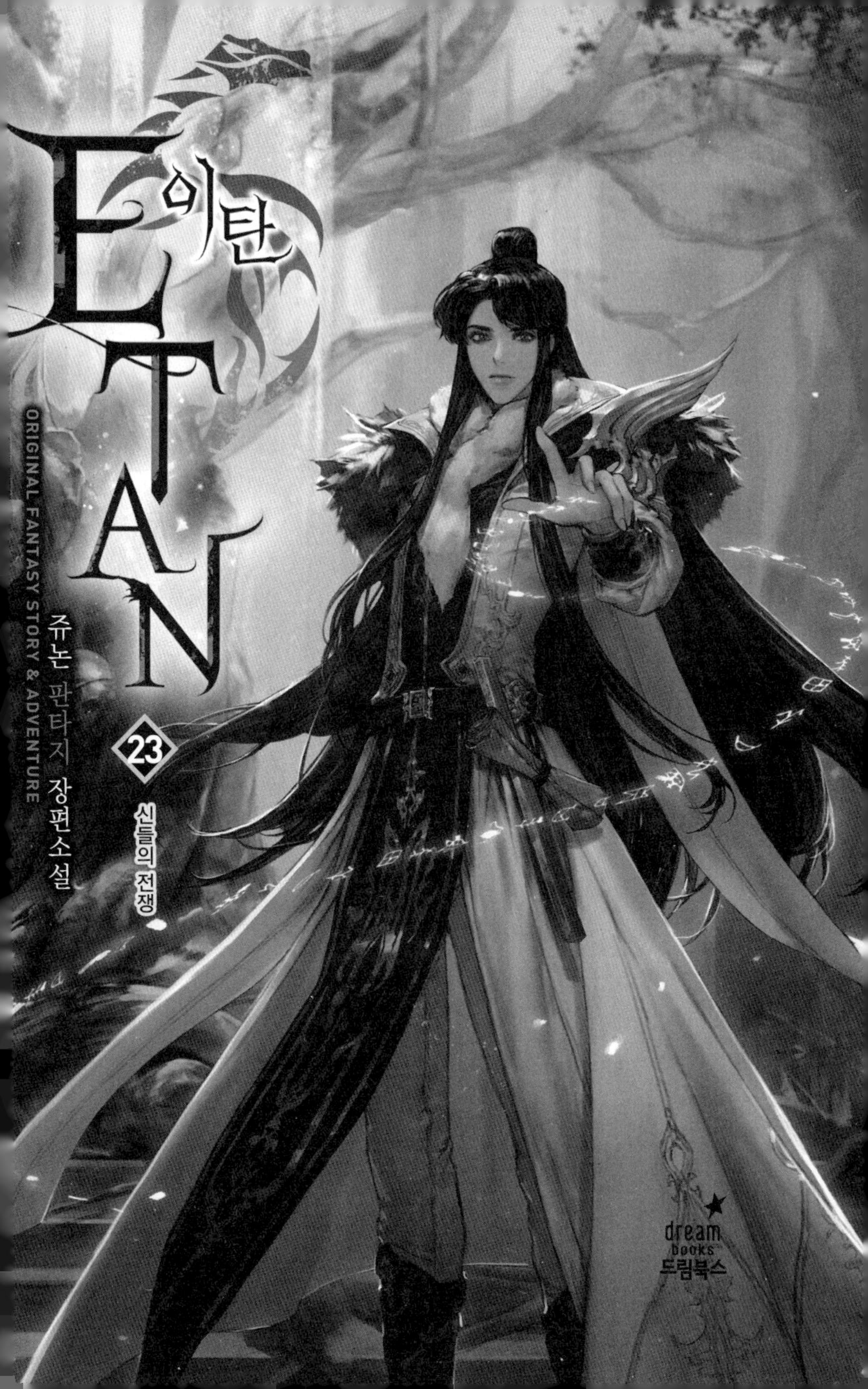
ETAN
이탄
ORIGINAL FANTASY STORY & ADVENTURE
쥬논 판타지 장편소설
23
신들의 전쟁
dream books
드림북스

목차

부제: 언데드지만 신전에서 일합니다

사대신수

『성혈의 바하문트』

—신수: 날개 달린 사자

—상징: 공포

—속성: 흙(土), 피(血)

『불과 어둠의 지배자 샤피로』

—신수: 광기의 매

—상징: 탐욕

—속성: 불(火), 어둠(暗), 나무(木)

『포식자 하라간』

—신수: 투명 마수

—상징: 타락, 나태

—속성: 얼음(氷), 균(菌), 물(水)

『둠 블러드 이탄』

—신수: 냉혹의 뱀

—상징: 파멸

—속성: 금속(金), 빛(光)

발췌문

나는 우연한 기회에 두 가지 서로 다른 차원에서 전승되는 서로 다른 내용의 신화를 비교할 기회를 갖게 되었다.

그런데 이 두 가지 신화가 놀랍도록 내용이 비슷한 것이 아닌가.

지금부터 그 신화들을 요약하여 비교하고자 한다.

1. 부정 차원 모드레우스 제국 도서관에서 읽은 신화의 요약본

■ 먼 곳에서 온 신은 6명이다.

■ 이상 여섯 신 가운데 5명은 여섯 번째 신, 즉 악신이

자신들을 쫓아왔다는 사실을 알지 못한다.

■ 다섯 신 가운데 2명이 멀리 가버린다.

■ 다섯 신 가운데 남은 3명은 그때까지도 악신이 자신들을 쫓아왔다는 사실을 깨닫지 못한다.

■ 그러다 3명 가운데 적신이 악신에게 잡아먹힌다.

■ 남은 두 신은 그제야 악신의 존재를 깨닫는다.

2. 간용음이 수집한 고대의 전설과 신화의 요약본

■ 태초 이전에 3명의 초월자와 2명의 신수가 이 세상에 온다.

■ 그들의 이름은 알리어스, 퀸, 콘, 투명 신수, 붉은 신수다.

■ 이 가운데 퀸과 투명 신수가 먼 곳으로 가버린다.

■ 알리어스와 콘이 이 세상을 만든다.

■ 붉은 신수도 남았으나 더 이상 신화에서 언급되지는 않는다.

나는 위의 두 신화 가운데 공통점만 뽑아보았다.

첫째, 먼 곳으로부터 5명의 신(초월자와 신수를 모두 신이라고 친다면)이 온다.

둘째, 5명의 신 가운데 2명의 신이 떠나고 3명이 남는다.

여기까지는 두 신화의 내용이 완벽하게 일치한다.

다만 내가 모드레우스 제국에서 읽은 신화에 따르면, 5명의 신들은 여섯 번째 신의 존재를 전혀 몰랐다는 것이다.

아마도 여섯 번째 신은 음험하게 실력을 숨기는 자이리라.

아마도 여섯 번째 신은 다른 5명의 신들이 두려워 마지않는 악신이리라.

악신의 존재를 모르는 상태에서 2명의 신이 먼 곳으로 떠났고, 남은 3명의 신 가운데 적신이 악신에게 잡아먹혔으리라.

그래도 다행인 점은, 이 무시무시한 악신도 결국엔 다른 신들에 의해서 소멸했다는 것이다.

—이탄이 모드레우스 제국에서 끄적거린 낙서 가운데 발췌

제1화

반역

Chapter 1

세불 제국과 클루티 제국 간의 전투는 한두 장소에서만 벌어지는 게 아니었다. 클루티 제국 내 무수히 많은 지역에서 동시다발로 전투가 전개되었다.

이 가운데는 말테 황태자(이탄)가 주도하는 대규모 전투도 있었지만, 그보다 훨씬 더 규모가 작은 국지전도 끊임없이 계속되었다.

솔직히 말해서 부정 차원의 악마종들은 욕심이 많고, 음험하며, 호전적이었다.

그런 악마종들이 어프로칭 데이(Approaching Day)와 같은 대약탈의 기회를 놓칠 리 없었다. 푸시킨 대영주도, 라이너 대영주도, 그밖에 수많은 영주들도 욕심을 내려놓지 못했다. 너 나 할 것 없이 전쟁에 뛰어들었다.

황족들도 예외는 아니어서, 7황자와 12공주, 2황손도 모두 각자의 사병들을 이끌고 클루티 제국군과 치열한 혈투를 치르는 중이었다.

이렇듯 클루티 제국 각지에서 피가 튀는 가운데 이탄이 돌연 군대를 뒤로 물렸다.

지금 이탄의 깃발 아래 모인 군단은 무려 16개나 되었다. 이들 군단 하나가 푸시킨 영지의 전체 병력과 규모가 맞먹었다.

그 큰 덩어리가 후방으로 물러서자 모든 악마종들의 이목이 집중되었다.

[무어라? 말테가 전쟁을 멈췄다고? 혹시 말테 녀석이 무리해서 적 황궁을 공략하려다 큰 피해를 입었나? 아니면 겁대가리 없이 적의 황궁 근처를 알짱거리다가 적 군주에게 혼쭐이라도 났나? 킥킥킥.]

7황자는 고소하다는 듯이 웃음을 삼켰다.

12황녀도 이탄이 적 황궁 점령에 실패하여 후퇴한 것으로 여겼다.

[흐흐흥. 내 이럴 줄 알았지. 말테 오라버니가 초반에 기세 좀 올린 것으로 우쭐해하다가 개망신을 당할 줄 알았다

니까.]

7황자와 12공주만이 아니었다. 라이너 대영주도 무릎을 치면서 기뻐했다.

[옳거니! 역시 태자가 참패를 당했구나. 하긴, 성마가 버티고 있는 황궁을 무모하게 공격할 때부터 태자의 패배는 예견했었지. 큭큭큭큭.]

라이너는 오래 전부터 말테 황태자와 사이가 틀어진 상태였다. 그런데 최근 저 원수덩어리인 이자벨라의 뒤에 황태자가 있다는 소문을 듣게 된 이후부터 라이너는 더더욱 말테를 싫어하게 되었다.

한편 2황손은 이탄의 후퇴 소식을 듣고도 아무런 평가를 내리지 않았다. 그러면서도 2황손은 '이때야말로 폐하께 점수를 딸 기회로구나.' 라고 판단하고는 더더욱 공격에 박차를 가했다.

마침 군주인 세불은 적 군주인 클루티와 한창 공방을 주고받던 중이었다. 그러다 세불의 귀에 이탄의 후퇴 소식이 들어갔다.

[커허, 태자가 병력을 물렸다고? 모처럼 승기를 잡은 판에 물러서다니, 태자가 미친 게냐? 어서 태자에게 황명을 전달하여 공격의 고삐를 더욱 조이도록 하라. 태자의 군대가 클루티 녀석의 신경을 분산시켜야 내 공격이 먹힐 것이

아닌가.]

세불의 서릿발 같은 명령이 홀로그램 통신을 통해서 이탄에게 전달되었다.

이탄은 겉으로만 고개를 끄덕였을 뿐, 실제로는 세불의 명을 따르지 않았다. 이탄을 따르는 병력들은 클루티 황궁에서 수십 킬로미터 떨어진 곳에 진을 치고는 웅크린 야수처럼 신중하게 대기했다.

이탄이 침묵하자 클루티는 더욱 신이 나서 세불과 치고받았다. 서로 한 방씩 공방을 주고받을 때마다 클루티는 조금씩 우세를 점했다.

사실 클루티는 세불보다 아주 미세하게 약했다.

그러던 클루티가 갑자기 세불보다 우위에 선 이유는 간단했다. 이탄이 클루티의 마병들을 강화해준 덕분.

불과 하루 전까지만 하더라도 클루티는 완전히 절망 상태였다. 그는 이탄에게 무릎을 꿇은 것이 곧 세불에게도 무릎을 꿇은 것이라고 여겼다. 이제 클루티 제국은 세상에서 사라지고 세불 제국으로 흡수될 것이라고 판단했다.

한데 아니었다.

[너는 툼의 은혜를 받아 나의 신도가 된 것일 뿐, 세불과는 아무런 상관이 없다.]

이탄의 이 한 마디가 클루티의 마음속에 새로운 희망의

싹을 틔워주었다.

클루티는 서둘러 자리로 복귀한 뒤, 4개의 손으로 4개의 마병을 교대로 휘두르면서 세불과의 공방전을 이어갔다.

그러는 사이 이탄은 16개 군단을 후방으로 물리고는 3단계 작전에 돌입했다.

1단계: 클루티 제국의 쓰리 아이즈(Three Eyes: 3개의 눈) 탑을 점령한 뒤, 그 안에서 공간이동 마보를 개방한다.

2단계: 공간이동 마보를 이용하여 세불 제국군을 대규모로 데려온 뒤, 단숨에 클루티 황궁을 점령한다.

3단계: 클루티 제국이 정리된 이후 세불 제국마저 정리해 버린다.

이탄은 어프로칭 데이가 시작되기 전, 이와 같은 3단계 작전을 구상했다.

"1단계가 막 끝날 무렵에 갑자기 여섯 눈의 존재가 싸움을 거는 바람에 어려움을 겪었더랬지. 하지만 결과적으로 여섯 눈의 존재와의 싸움은 무승부로 끝났고, 클루티 녀석에게도 툼 님의 은혜를 전파했으니 2단계까지는 성공한 셈이야."

이탄은 클루티 황궁의 상공으로 솟구치는 거대한 오리를

바라보면서 이렇게 중얼거렸다. 온 하늘을 물들이는 저 오러는 클루티의 석검으로부터 뿜어진 공격의 결정체였다.

"2단계까지 끝냈으니 이제 3단계로 넘어갈 차례구나."

이탄이 언급한 3단계란 세불 제국을 싹 다 정리하는 단계였다.

이탄으로부터 3단계 계획을 들은 순간, 14명의 군단장들은 부르르 몸서리를 쳤다.

[으헉!]

[태자마마.]

다들 당황하여 어쩔 줄 몰랐다.

14명의 군단장들은 말테 태자가 내전을 벌일 것이라고 미리 짐작하고 있었다.

하지만 그 내전은 어프로칭 데이가 끝난 뒤에나 시작될 것이라고 생각했다. 군단장들은 이탄이 이처럼 전격적으로 움직일 줄은 몰랐다.

'으으으. 태자마마는 정말 무서운 분이시구나!'

'내가 만약 이번 전쟁에서 태자마마 휘하로 들어오지 않았더라면 나의 운명은 어찌 되었을꼬? 아마도 나와 내 가문은 태자마마의 살생부에 이름이 올라서 정리대상으로 찍혔겠지? 크우우우.'

군단장들은 몸서리를 치면서도 이탄의 명을 거역하지 못했다. 어차피 그들은 이탄에게 자신들의 미래를 걸었다.

'어차피 여기서 물러설 수는 없지.'

'이왕 반역을 저지를 거면 선방을 날리는 편이 나아.'

'에라 모르겠다.'

14명의 군단장들은 이빨을 꽉 물었다.

요제프와 이자벨라도 당연히 군단장들과 함께 행동했다.

Chapter 2

그때부터 군단장들은 바빠졌다. 그들은 각자 정보망과 인맥을 총동원하여 한 장의 지도를 작성했다.

군단장들이 힘을 합쳐 작성한 지도에는 세불 제국 주요 황족들과 대영주들이 현재 주둔 중인 위치가 정확하게 표시되었다.

이탄은 지도가 완성되자마자 곧바로 소수정예로 핵심타격대를 결성하고는 그들에게 특단의 군령을 내렸다.

그날 밤.

한바탕의 피바람이 불었다.

[크악! 너, 너.]

7황자가 부릅뜬 눈으로 손가락을 뻗었다.

7황자의 손가락이 지목한 곳에는 악룡족 군단장이 우뚝 서 있었다. 7황자의 등 뒤에는 뱀 얼굴 군단장이 접근하여 7황자의 등에 칼을 꽂아 넣은 상태였다.

울컥, 울컥, 울컥.

7황자의 입에서는 검붉은 핏물이 주르륵 흘러내렸다. 7황자의 눈에는 핏발이 곤두섰다.

지금으로부터 30분쯤 전, 악룡족 군단장은 평소 친분이 있던 7황자를 찾아왔다. 그리곤 7황자에게 말테 황태자에 대한 불만을 토로하기 시작했다.

악룡족 군단장과 동행한 뱀 얼굴 군단장도 옆에서 맞장구를 쳤다.

7황자는 힘 있는 군단장들이 태자를 욕하는 것이 기분 좋았는지 계속해서 히죽히죽 웃었다. 그러면서 자연스럽게 7황자의 경계심이 느슨해졌다.

그때 악룡족 군단장이 기습적으로 손을 써서 7황자의 근위병들을 해치웠다. 뱀 얼굴 군단장은 7황자를 뒤에서 찔렀다.

악룡족 군단장이 안타깝다는 듯이 뇌까렸다.

[쯧쯧쯧. 7황자님, 그러게 왜 말테 황태자 저하를 적대시했습니까? 쯧쯧쯧. 그러지 마셨어야지요.]

[말테? 말테가 시켰단……, 크악!]

7황자는 뇌파를 끝까지 내뱉지도 못하고 두개골이 함몰되었다. 악룡족 군단장이 7황자의 머리를 둔기로 세차게 내리찍은 탓이었다.

이와 같은 일이 12공주의 막사에서도 벌어졌다.

거인족 군단장은 평소 친하게 지내던 12공주를 8개의 팔로 꽉 끌어안은 뒤, 있는 힘껏 조였다. 12공주의 뼈가 우두둑 으스러지면서 그 압력으로 인하여 공주의 눈알이 얼굴 밖으로 튀어나왔다.

[아아악!]

12공주가 온몸을 뒤틀면서 저항했다.

그보다 한발 앞서서 원숭이처럼 생긴 군단장이 달려들어 12공주의 목에 독침을 쏘았다.

[끄아아악, 이놈들! 안 된다. 끄아악.]

12공주는 독침에 의해 처참하게 녹아내렸다. 그러는 동안 거인족 군단장은 12공주를 뒤에서 꽉 끌어안은 채 놔주지 않았다.

7황자와 12공주의 죽음은 시작에 불과했다. 자정이 막 지날 무렵, 6명의 황족이 추가로 타살을 당했다. 대영주들 가운데 일부도 죽었다.

이탄은 특히 라이너 대영주에게 신경을 썼다. 이자벨라가 이탄의 특명을 받아 라이너를 찾아갔다.

이자벨라가 비록 최근에 급격히 실력이 늘었다고는 하나, 그녀는 진마 상급 언저리였다. 그에 비해서 라이너 대영주는 진마 최상급들 가운데서도 유독 상대하기 까다로운 실력자로 통했다.

당연히 이자벨라의 능력으로는 라이너를 잡을 수 없었다.

이탄도 그 점을 알고 있기에 이자벨라에게 2명의 조력자를 붙여주었다.

회색과 초록색이 섞인 기이한 피부에, 신장은 4 미터나 되고, 하나의 머리에 4개의 얼굴을 가진 사면귀.

역시 4 미터에 달하는 장신에 잿빛 털이 부숭부숭 돋았고, 사람의 몸뚱어리에 개의 머리를 가진 충견.

이상 2명의 시위가 이자벨라를 도왔다.

사면귀와 충견은 원래 클루티 군주를 지키는 대전시위들이었다. 그런 자들이 지금은 이탄의 명을 받아 이자벨라와 동행한 것이다.

라이너 일족은 원래 적을 암살하는 데 최적화된 악마종들이었다. 라이너 일족이 작정을 하고 숨어들면 진마 상급이나 최상급 악마종들도 쉽게 찾아내지 못했다. 따라서 라이너 대영주의 정확한 위치는 지도에도 표시되지 않았다.

하지만 라이너 일족의 뛰어난 은신 능력도 충견의 후각 앞에서는 소용이 없었다.

킁킁킁킁. 킁킁킁.

충견이 코를 씰룩거리다가 머리가 팍 폭발했다. 그렇게 터진 충견의 머리는 이내 수만 마리의 벌레로 변해서 한 방향으로 날아갔다.

사면귀가 아무 말 없이 벌레의 뒤를 따랐다.

이자벨라는 침을 한 번 꿀꺽 삼킨 뒤, 사면귀를 뒤쫓았다.

도대체 무슨 마법을 부린 것인지, 라이너 일족들은 수만 마리의 벌레가 날아오는 장면을 전혀 감지하지 못했다. 그 벌레들이 땅 속에 매복 중인 라이너 경계병들에게 달라붙어 사각사각 갉아먹기 시작한 이후에야 비로소 라이너 경계병들은 적의 습격을 알아차렸다.

때는 이미 늦었다. 벌레에게 따끔! 쏘인 순간 라이너 경계병들의 모든 신경이 마비되었다. 벌레에게 물린 경계병들은 호각조차 불지 못했다. 동료에게 뇌파를 보낼 수도 없었다.

그렇게 충견이 라이너 군영의 외곽을 허물어뜨리고 길을 뚫는 동안, 사면귀와 이자벨라는 묵묵히 기다렸다.

그러다 마침내 충견이 라이너 영주의 정확한 위치를 찾아내었다.

그 순간 사면귀가 벼락처럼 몸을 날렸다. 사면귀의 머리 네 면에 돋아난 4개의 얼굴이 각각 기뻐하고, 분노하고, 슬퍼하고, 즐거워하는 표정을 지었다.

기뻐하는 얼굴이 깔깔깔깔 웃었다.

그 섬뜩한 웃음을 듣자 라이너 대영주의 호위들이 일제히 눈이 풀렸다. 호위들은 다 같이 따라 웃으면서 아군을 향해 무기를 휘둘렀다.

사면귀가 한 발 더 내디뎠다. 사면귀의 목이 90도 돌아가면서 이번에는 분노한 얼굴이 전면에 드러났다.

크앙!

분노에 가득 찬 사면귀의 얼굴이 성난 포효를 터뜨렸다.

마침 라이너 대영주는 고막을 틀어막고 깔깔거리는 웃음소리에 저항하던 중이었다.

그러다 우렁찬 포효가 라이너 대영주의 정신을 강타했다. 라이너의 눈빛이 순간적으로 광기에 물들었다.

Chapter 3

라이너가 이성을 잃자 사면귀는 봄바람처럼 부드럽게 날아들어 라이너의 가슴을 손바닥으로 내리찍었다.

그때까지도 라이너는 정신을 차리지 못했다.

한데 사면귀의 묵직한 손바닥이 갈비뼈를 으스러뜨리려는 순간, 라이너의 몸이 검은 연기로 펑! 터지면서 흩어졌다.

라이너는 죽음의 위기에 처하자 비로소 정신을 차렸다.

사면귀의 머리가 또다시 90도 돌아갔다.

우흐흐흐흑, 우흐흑.

이번에는 애절한 울음소리가 라이너의 정신을 강타했다.

[크흐흑.]

라이너의 눈에서 눈물이 주르륵 흘렀다. 라이너는 견딜 수 없는 슬픔에 휩싸여 이성을 잃었다. 라이너는 번쩍 치켜든 칼로 자신의 복부를 찔렀다.

[컥!]

복부에서 느껴지는 화끈한 고통에 라이너가 정신을 퍼뜩 차렸다. 그때 이미 라이너는 자신의 칼로 배를 찔러 자해를 한 상태였다.

라이너의 등줄기를 타고 소름이 쫙 끼쳤다.

라이너가 주변을 둘러보니 그의 부하들은 울고 웃고 분노하면서 서로를 난도질하는 중이었다.

[으윽. 안 되겠다.]

이 끔찍한 장면에 라이너는 도주를 시도했다.

펑!

라이너의 몸뚱어리가 한 가닥의 검은 연기로 흩어졌다.

사면귀의 머리가 90도 회전하면서 얼굴 표정이 또 바뀌었다.

온 사방에서 즐거운 노랫소리가 울렸다. 라이너도 도주하다 말고 기쁨과 환희에 젖어서 멍하게 입을 벌렸다.

사면귀가 라이너의 정신을 조작하는 동안, 충견이 달려들어 섬뜩한 이빨로 라이너의 목을 물어뜯었다.

[크왁!]

라이너는 한 번 더 연기로 변해서 몸을 빼냈다. 라이너가 반사적으로 손을 내치자 그의 손끝에서 꽈배기 모양의 문자들이 언뜻 언뜻 드러났다.

사면귀와 충견도 이 꽈배기 문자들은 두려웠는지 좌우로 피했다.

그 사이 라이너는 정신없이 도망쳤다. 라이너의 목과 배에서는 피가 철철 흘렀다.

[어딜 도망치려고?]

이자벨라가 뾰족하게 외쳤다. 이자벨라가 부드럽게 손을 뻗자 흑광을 번들거리는 기운이 날아가 라이너의 주변 시간을 잡아당겼다.

순간적으로 라이너가 멈칫했다.

[이이익.]

라이너는 이빨을 꽉 물고는 이자벨라의 방해를 우격다짐으로 풀어내었다.

그때 사면귀가 애달픈 울음소리를 내었다. 라이너는 또다시 이성을 잃고는 손에 들고 있던 칼로 자신의 배를 찔렀다.

[커억, 제기랄.]

라이너가 피투성이가 되어 비틀거렸다.

충견이 그 틈을 놓치지 않고 달려들어 라이너의 머리통을 통째로 씹었다.

라이너의 몸이 펑! 터져서 한 줌의 연기로 변했다.

충견의 머리도 산산이 흩어져 수만 마리의 벌레가 되었다. 그 벌레들은 연기로 변한 라이너를 악착같이 쫓아가 한 번 더 공격했다.

마침내 라이너가 고꾸라졌다.

사면귀가 노여운 포효를 터뜨렸다.

분노로 가득 찬 라이너가 손톱으로 땅을 벅벅 긁었다.

그 사이 이자벨라가 날린 공격이 라이너의 등짝을 후려쳤다. 충견은 라이너의 팔 한 짝을 물어뜯어 몸에서 떼어놓았다.

충견과 이자벨라가 라이너를 마구 공격하는 동안 라이너는 도망도 치지 못했다. 맞서 싸우지도 못했다. 라이너는 환상에 사로잡혀서 웃고, 울고, 분노할 따름이었다.

한때 헤아릴 수 없이 많은 암살자 일족을 이끌고 이웃한 거대 영지들과 거침없이 맞서 싸우던 라이너 대영주.

그 위대한 악마종은 희로애락의 정신 감옥에 갇힌 채 처참하게 누더기가 되어갔다.

결국 충견이 라이너 대영주의 목줄을 물어 완전히 끊어 내었다.

이자벨라는 라이너의 가슴을 찢어발긴 뒤, 시뻘건 핏물 속에서 진마 최상급의 보울을 찾았다.

라이너는 몸과 머리가 분리되고, 4개나 되는 보울을 빼앗긴 뒤에도 쉽게 죽지 않았다. 강력한 재생의 권능이 라이너를 계속해서 되살리려고 했다. 잘린 목의 단면으로부터 새로운 머리가 돋아났다. 그 반대편에서는 새로운 몸뚱어리가 꼬물꼬물 돋아났다.

그때마다 수만 마리의 벌레들이 달려들어 라이너를 뜯어먹었다. 사면귀는 커다란 손바닥으로 내리쳐서 라이너를 부쉈다.

[하아, 정말 생명력 하나는 징글징글하구나.]

이자벨라도 진저리를 치면서 라이너를 계속해서 죽였다.

그 집요한 공격에 결국 라이너도 숨이 다했다. 땅바닥 곳곳에는 라이너의 피와 살점들이 파편처럼 흩어져서 나뒹굴었다. 라이너의 부하들은 이미 집단으로 미쳐서 날뛰다가 다 함께 자살한 뒤였다.

이자벨라가 사면귀와 충견의 도움을 받아 라이너 대영주를 해치운 동안, 이탄은 2황손을 직접 찾아갔다.

이탄은 세불의 혈육들 가운데 2황손을 가장 높게 평가했다. 그래서 군단장들 손에 2황손을 맡기지 않았다.

샤라랑!

이탄이 한 발을 내딛자 그의 몸이 물거품처럼 허공에 녹아들었다. 다음 순간, 이탄은 검푸른 연기가 되어 2황손의 코앞에 나타났다.

2황손의 침대에는 4명의 아리따운 여악마종들이 비스듬히 누워서 진하게 키스를 나누는 중이었다.

침대 맡에는 분홍빛 연기가 몽롱하게 피어올랐다. 그 연기에 취한 듯 여악마종들은 자극적인 콧소리를 흘렸다.

한데 막상 2황손은 4명의 여악마종들과 어우러져 환락을 즐기지 않았다. 그는 침대 앞쪽 테이블에 반듯하게 앉아서 내일 전투의 밑그림을 구상하는 중이었다.

주변의 악마종들이 끈적끈적하게 타락할 때 홀로 그 모

습을 고고하게 지켜보는 것.

옆에서 흐드러지게 즐기는 동안 홀로 치열하게 미래를 준비하는 것.

유혹적인 분위기를 조성해 놓고서 막상 자신은 절대 유혹에 빠지지 않는 것.

이것이 2황손의 취미였다.

Chapter 4

오늘도 2황손은 퇴폐적인 분위기만 조성해 놓고서 본인은 밤새도록 업무에 매달릴 요량이었다.

그런 2황손 앞에 이탄이 등장했다.

[음!]

2황손의 눈이 살짝 커졌다.

하지만 그것뿐. 2황손은 비명을 지르거나 이탄을 공격하지 않았다. 당황하여 허둥거리지도 않았다.

담담한 2황손의 태도로 보건대 그는 마치 이탄의 방문을 미리 예측이라도 한 듯했다.

2황손이 이탄을 향해 공손히 목례했다.

[숙부님, 오셨습니까?]

[음.]

이탄은 침대 위에서 흐느적거리는 4명의 여악마종들을 힐끗 쳐다본 다음, 다시 2황손에게 시선을 돌렸다.

2황손은 고개를 반짝 들고 이탄을 빤히 올려다보았다.

이탄이 2황손에게 물었다.

[내가 올 것을 미리 알고 있었더냐?]

[아닙니다. 몰랐습니다.]

2황손이 고개를 가로저었다.

이탄은 희미하게 입꼬리를 끌어올렸다.

[몰랐던 것 치고는 꽤나 침착하구나.]

[이 상황에서 제가 놀라봤자 무슨 소용이 있겠습니까? 숙부님이 이곳에 나타났다는 것만으로도 이미 많은 것들이 결정되었는걸요.]

2황손이 씁쓸하게 뇌까렸다.

이탄은 고개를 갸웃했다.

[뭐가 결정되었다는 거지?]

2황손은 손가락 4개를 폈다가 하나씩 접으면서 대답했다.

[첫째, 숙부님께서는 저를 확실하게 죽일 자신이 있으시니까 이처럼 당당하게 제 숙소를 방문하셨겠지요. 그러니까 제 앞날은 이미 결정된 것 아닙니까?]

2황손은 자신의 죽음을 남의 일 이야기 하듯이 덤덤하게 읊었다.

이탄도 굳이 부인하지 않았다.

[두 번째는?]

[숙부님께서 클루티 황궁을 공략하다 말고 병력을 후퇴시키셨다고 들었습니다. 폐하께오선 분명히 숙부님을 닦달하여 적 황궁을 계속 두드리라고 명하셨을 테지요. 그런데 숙부님께서 폐하의 명을 받드는 대신 저를 죽이러 오셨다는 것은, 폐하와 맞서겠다는 결정을 이미 내리신 것 아닙니까?]

그 말에 이탄이 빙그레 웃었다.

[역시 조카는 똑똑하구나. 그럼 세 번째는?]

[폐하께서는 성마십니다. 숙부님이 감히 성마이신 폐하의 명을 거역하고 폐하와 맞서려 합니다. 그렇다면 숙부님도 성마라는 뜻이겠지요? 제 말이 틀렸습니까?]

2황손은 이탄에게 되물으면서 이탄의 표정 변화를 유심히 살폈다.

그런데 이탄의 얼굴에는 아무런 기색도 떠오르지 않았다.

'하아아, 역시 말테 숙부가 성마였구나. 그런데 여태 우리를 속였던 거야. 이 중대한 사실도 모르고 숙부와 후계자

다툼을 하려 들었다니, 나처럼 멍청한 놈은 죽어도 싸지. 휴우우우.'

2황손은 고개를 절레절레 저었다.

이탄이 마지막으로 물었다.

[그럼 네 번째는 무엇이냐?]

[첫 번째로 저의 암담한 미래가 결정되었고, 두 번째로 숙부님이 반역을 일으킬 것이 결정되었으며, 세 번째로 숙부님이 성마라는 점이 확인되었습니다. 그렇다면 마지막으로 뭐가 결정될 것이냐? 아하하하하! 그것은 다름 아닌 숙부님의 암담한 미래입니다.]

2황손이 크게 웃었다. 2황손의 내민 손바닥 위에는 주먹 크기의 구슬이 하나 자리했다.

2황손은 이탄을 향해 입꼬리를 고약하게 비틀었다.

[숙부님께서 저와 나눈 대화가 이미 이 마법구슬에 저장되어 폐하께 전달되었습니다. 숙부님은 오늘 밤 저를 죽이러 오셨지요. 아마도 일곱째 숙부를 비롯하여 다른 황족들도 대부분 죽었을 겁니다. 그런 다음 숙부께서는 폐하마저 기습할 요량이셨겠지요.]

2황손은 이렇게 뇌파를 보내면서 마법구슬을 힐끗 곁눈질했다.

이탄도 마법구슬을 빤히 보았다.

2황손이 벌떡 일어나더니 세불 행성이 있는 방향을 손가락으로 가리켰다.

[지금 폐하께서는 적 군주와 정신없이 싸우는 중입니다. 숙부께서는 비겁하게도 그 틈을 노려서 반역을 저지를 셈이셨지요? 아하하하. 숙부께서 클루티 황궁에 쳐들어갔다가 조용히 퇴각했을 때부터 이미 숙부는 적 군주와 내통을 했을지도 모르겠습니다. 적과 배꼽을 맞추고 폐하를 공격하려 들다니요? 아하하하, 정말 이 조카는 숙부의 음험함에 감탄했습니다. 하긴, 그런 분이시니까 그동안 성마라는 사실도 몰래 숨겼겠지요. 그런데 이걸 어쩝니까? 숙부의 음모가 이미 폐하께 다 전달이 된 것을요. 오늘 밤 저는 반드시 죽겠지만, 조만간 숙부도 제 뒤를 따를 겁니다. 숙부의 비참한 미래! 이것이 바로 네 번째로 결정된 사항입니다.]

2황손은 이탄이 길길이 날뛸 것이라 예상했다.

'말테 숙부가 당장 달려들어 마법구슬을 깨뜨리고 내 목을 자르겠지. 하지만 괜찮아. 내 마지막 가는 길에 이 음험한 말테 숙부를 끌어안고 함께 갈 수 있으니 괜찮다고.'

2황손은 애써 이렇게 자위했다.

한데 2황손이 아무리 기다려도 이탄은 흥분하지 않았다. 오히려 이탄은 여유롭게 미소만 지을 뿐이었다.

[왜 그리 기분 나쁘게 웃으시죠?]

2황손이 처음으로 성질을 부렸다.

이탄은 턱으로 2황손이 들고 있는 마법구슬을 가리켰다. 2황손의 손바닥 위에서 마법구슬이 푸스스 흩어지는 중이었다.

부정 차원의 모든 마법 아이템은 음차원의 마나가 공급되어야 비로소 동작되는 법이었다. 세상에 에너지의 공급 없이 저절로 작동되는 물체는 없었다. 이 법칙은 부정 차원에도 적용되었다.

이탄은 2황손의 앞에 나타나는 그 순간부터 이 일대의 모든 음차원 마나를 차단했다. 소리와 빛, 심지어 뇌파까지도 단단히 틀어막았다.

이탄이 미소 띤 얼굴로 뇌파를 보냈다.

[역시 내가 이곳에 오기 잘했구나. 다른 군단장들에게 맡겼더라면 일이 복잡해질 뻔했어.]

이탄의 뇌파가 끝나기도 전, 그의 손은 2황손의 목줄기를 틀어쥐었다. 이탄의 손이 닿는 순간, 2황손은 몸속의 모든 마나가 쭉 빠져나가는 것을 느꼈다.

[케케켁.]

2황손이 이탄의 손아귀 안에서 버둥거렸다.

Chapter 5

이탄은 담담하게 뇌파를 이었다.

[네가 언급한 네 가지 가운데 앞의 3개는 얼추 맞았다. 네가 오늘 밤 소멸한다는 점. 내가 폐하를 거역할 거라는 점. 내게 이미 그럴 힘이 있다는 점. 모두 다 잘 맞추었구나. 상으로 네게 좋은 경험을 시켜주마.]

쭈와아아악—.

이탄은 (진)마력순환로 속을 대나무 속처럼 텅 비웠다. 그런 다음 2황손이 가진 모든 음차원의 마나와 생명력, 권능, 생각과 지식을 흡수하기 시작했다.

이번에도 이탄은 '북극의 별' 마법과 '동화의 권능'을 동시에 적용했다.

순간 2황손의 몸에서 희끄무레한 것이 쑥 빠져나갔다. 2황손과 꼭 닮은 이 덩어리는 이내 이탄에게 날아가 이탄의 몸 위에 한 겹 덧씌워졌다.

쩌저적!

이탄의 몸 주변에서 스파크가 튀었다. 그러면서 이탄의 모습이 말테에서 2황손으로 바뀌었다가 다시 말테로 돌아왔다.

[어헉? 말도 안 돼.]

2황손은 이탄이 자신의 모습으로 변하는 장면을 목격하고는 소스라치게 놀랐다.

그때 이미 2황손이 보유한 모든 마나는 이탄에게 갈취를 당한 상태였다. 2황손의 생명력도 태반이 빠져나갔다.

2황손의 머리카락이 하얗게 세었다. 2황손의 피부는 죽기 일보 직전의 노악마종처럼 쪼글쪼글하게 쪼그라들었다. 2황손은 이탄에게 모든 것을 빼앗기고 뼈다귀만 남았다가 이내 그 뼈마저 푸스스 흩어졌다.

이탄은 불과 한 호흡 만에 이 끔찍한 짓을 완료했다.

이탄이 나직하게 뇌까렸다.

[원래 반역이라는 것은 단숨에 해치워야 하는 거야. 질질 끌 것이 못 돼. 쇠뿔도 단김에 빼야지.]

이탄은 오늘 밤의 반역행위를 여기서 중단할 생각이 없었다. 이탄의 모습은 어느새 말테가 아니라 2황손처럼 변해 있었다.

이탄은 말테의 몸에 맞는 갑옷을 벗어서 아공간 박스 속에 넣고는 2황자의 의복으로 갈아입었다.

[흐으으응, 좋아.]

[아으으응.]

그때까지도 2황손의 침대 위에서는 4명의 여악마종들이 정신 못 차리고 약에 취해서 흐느적거렸다.

이탄은 그들의 행태를 힐끗 본 다음, 숙소 밖으로 나갔다.

지금 이탄은 외모만 2황손일 뿐 아니라 뇌파나 지식, 풍기는 기세, 태도 등도 모두 2황손과 똑같았다.

[이리 오너라.]

이탄이 손을 뻗자 2황손이 즐겨 타고 다니던 푸른 비늘의 미니 드래곤이 날개를 활짝 펴고 날아왔다.

이 블루 드래곤은 말테의 화이트 드래곤보다 덩치가 약간 작았다. 머리부터 꼬리까지 길이는 52 미터, 날개를 활짝 폈을 때의 폭은 46 미터 정도였다.

이탄은 블루 드래곤의 목 위에 올라탄 뒤, 그대로 날아올랐다.

끼랴라라랏—.

블루 드래곤이 날카로운 울음과 함께 수직으로 솟구쳤다. 블루 드래곤이 날갯짓을 할 때마다 그 주변에서 푸른 전하가 번쩍거렸다.

이탄의 명을 받은 블루 드래곤은 단숨에 구름을 돌파하여 클루티 행성의 대기권을 벗어나더니, 그대로 세불 행성으로 진입했다.

세불의 황궁은 지금 두 군주 간의 원거리 전투로 인하여 지하 깊숙이 파묻힌 상태였다. 황궁 건물 가운데 90퍼센트 이상이 부서지거나 망가졌다.

그럼에도 불구하고 세불 황궁을 지키는 보호막은 멀쩡했다. 세불이 가장 먼저 황궁의 보호막부터 되살려 놓은 덕분이었다.

푸른 빛깔의 드래곤이 날개를 활짝 펴고 세불 황궁으로 날아들자 황궁의 경비병들이 화들짝 놀랐다.

경비병들은 블루 드래곤의 정체를 금세 알아보았다.

[앗! 2황손 마마께서 오셨다.]

[서둘러 1차 보호막을 개방하라.]

세불 황궁을 뒤덮고 있던 반투명한 보호막에 황금색 줄이 쭉쭉 그어지더니, 이내 문이 활짝 열렸다.

끼랴라라랏—.

블루 드래곤은 특유의 날카로운 울음을 한 번 터트린 다음, 문을 통과하여 황궁 안쪽으로 날아들었다.

지이이잉—.

블루 드래곤이 문을 통과할 때 황금색 마법 기운이 일어나 블루 드래곤과 이탄을 함께 스캔했다.

이 마법 기운은 이탄의 몸속 구석구석까지 샅샅이 훑었다. 탐색 결과는 황궁 검문검색 총괄본부의 화면에 표시되었다.

— 성명: 라차드일 카이고 누 세불

— 지위: 2황손

— 스캔 결과: 99.9퍼센트 일치/본인 확인 완료.

— 블루 드래곤 스캔 결과: 99.8퍼센트 일치.

황궁 검문검색 총괄본부에서는 이상의 검색 결과를 황궁의 경비대에게 전달했다.

[2황손 마마로 확인 완료되었다.]

[어서 2차 보호막을 열어드려라.]

경비병들은 서둘러서 2차 보호막을 열었다.

블루 드래곤은 기다렸다는 듯이 2차 보호막을 통과한 뒤, 세불이 머무는 대전 앞으로 빠르게 하강했다.

이탄은 뭐가 그리 급했는지 블루 드래곤이 완전히 착지하기도 전에 뛰어내렸다. 그런 다음 후다닥 대전으로 향했다.

황궁의 다른 곳들도 마찬가지이지만, 이곳 대전 앞 광장도 클루티의 공격을 받아 폐허처럼 변했다.

이탄이 울퉁불퉁한 광장을 지나 대전 계단에 막 발을 디뎠을 때였다. 세불을 섬기는 시종들이 우르르 뛰쳐나와 이탄을 맞았다.

[2황손 마마, 갑자기 여기까지 어쩐 일이십니까?]

시종들의 대표, 즉 시종장이 계단 위에서 후다닥 내려오더니 이탄에게 공손히 여쭈었다.

이탄은 걸음을 멈추지 않고 대전 계단을 뛰어올라 가면서 뇌파를 보냈다.

[시종장, 말테 숙부가 감히 폐하의 명을 어기고 군대를 더 후방으로 퇴각시켰느니라. 아무래도 숙부의 움직임이 심상치 않다. 폐하께 어서 이 사실을 고해야 한다.]

이탄은 정말 급박해 보였다.

Chapter 6

[니예에? 태자마마께서 그런 짓을 저지르셨다고요?]

시종장이 깜짝 놀랐다.

[헉! 그럴 수가.]

시종들도 당황하여 어쩔 줄 몰랐다.

세불의 시종들은 고위 귀족이나 대영주처럼 무력이 강하지 않았다. 그들은 참모들처럼 전략전술에 능통하지도 않았다.

대신 시종들은 눈치가 빨랐다. 세불이 그들을 곁에 두고 잔시중을 들게 하는 이유도 바로 여기에 있었다.

그렇게 눈치가 빠른 시종들이 미래의 권력 이동에 둔감할 리 없었다. 태생적으로 시종들은 권력자의 냄새를 맡는 데 특화되었으며, 이간질과 음모에 능숙했다. 그들은 지금 말테 황태자가 아닌 2황손 쪽에 줄을 섰다. 군주인 세불이 말테보다는 2황손을 더 아낀다는 점을 파악하고는 발 빠르게 움직인 것이다.

이탄도 이 점을 알고 있기에 말테가 아닌 2황손의 모습으로 세불의 황궁을 방문하였다.

이탄은 시종장에게 짐짓 화를 내었다.

[어허! 지금 한시가 급한 때이거늘 시종장은 이렇게 내 앞을 막고 질문만 던질 셈인가? 어서 폐하를 알현해야 하느니라.]

[어헉, 알겠습니다.]

시종장이 황급히 옆으로 비켰다.

시종들도 좌우로 쫙 갈라졌다.

이탄이 시종들 사이를 지나 대전에 막 날아들 때였다. 대전 상공에 커다란 빙하가 나타났다.

산봉우리를 연상시킬 정도로 거대한 빙하의 밑에서는 얼음 알갱이와 흙들이 우스스 낙하했다.

이것은 치환의 권능.

클루티가 천칭에 새겨진 만자비문의 권능을 사용하여 세

불 황궁 상공에 산봉우리만 한 빙하를 옮겨왔다.

이대로 저 빙하가 낙하하면 세불의 황궁은 산산이 으깨질 터, 세불은 전력을 다해서 허공으로 손을 뻗었다.

세불의 손끝에 찬란한 광채가 어렸다. 그 광채는 대전 지붕을 부수고 단숨에 상공으로 용솟음치더니 커다란 빙하를 산산이 터뜨렸다.

세불이 방출한 광채는 단지 빙하만 부순 것이 아니었다. 빙하를 깨뜨린 광채가 우산 모양으로 넓게 펼쳐지더니 산개하는 얼음 파편들까지도 깔끔하게 튕겨내었다.

세불의 발 빠른 대처 덕분에 황궁은 무사했다.

[휴우우, 역시 폐하시다.]

[폐하, 억만세! 억만세!]

산봉우리만 한 빙하가 단숨에 터져나가는 모습을 올려다보면서 시종장과 시종들은 놀란 가슴을 겨우 쓸어내렸다.

한데 클루티의 공격은 거기서 끝나지 않았다. 산산이 부서진 빙하 속에서 갑자기 휘황찬란한 빛이 폭발했다.

그 빛은 이내 거대한 검 모양의 오러로 변했다.

번쩍!

클루티가 날린 오러가 세불의 황궁을 향해서 수직으로 낙하했다.

조금 전 황궁 상공에 나타난 거대한 빙하는 사실 연막작

전에 불과했다. 클루티의 진짜 노림수는 바로 이 오러 공격이었다.

대전 안에서 세불의 비명이 터졌다.

[우아악, 이런 얍삽한 녀석!]

세불은 다시 한번 마나를 쥐어짜서 폭발적인 광채를 일으켰다. 그 광채가 솥 모양으로 변하더니 세불의 머리 위로 날아가 클루티의 오러 공격을 막았다.

콰창!

세불의 광채와 클루티의 오러가 정면으로 맞부딪쳤다. 그 여파가 온 사방에 미쳤다. 두 힘이 충돌하면서 발생한 파문이 넓게 전파했다. 파도에 휩쓸리기라도 한 것처럼 황궁의 건물들이 동심원 모양으로 쓰러져나갔다. 세불 황궁을 방어하는 1차 보호막과 2차 보호막은 금방이라도 깨질 듯이 흔들렸다.

대전 안에서 세불이 답답하게 뇌까렸다.

[끄으응! 클루티 녀석, 왜 이렇게 갑자기 전투력이 증가했지?]

세불의 뇌파에 시종들의 안색이 하얗게 변했다.

'설마 폐하께서 밀리신단 말인가?'

'군주들의 전투에서 폐하께서 밀리신다면 다른 전쟁터는 볼 것도 없어. 우리 제국은 그대로 끝장이야.'

'으헉, 이 일을 어떻게 하지? 지금이라도 황궁을 버리고 멀리 도망쳐야 하나?'

시종들이 자신들의 앞날을 걱정하는 동안, 이탄은 히죽 웃었다. 클루티가 갑자기 강해진 이유를 이탄은 이미 알고 있었다.

'하하하. 클루티의 마병을 강화해준 보람이 있구나. 그래. 내가 이렇게 클루티에게 은혜를 베풀었으니 장차 그 빚을 받아내기만 하면 되는 거야. 후후훗.'

이탄은 환하게 웃으면서 대전 안으로 들어갔다.

세불의 대전은 조금 전 충돌의 여파로 붕괴 일보직전이었다. 지붕은 박살이 난 지 오래였다. 벽에는 금이 쩍쩍 갔다. 시종들은 감히 대전 안에 들어가지도 못하고 밖에서 발만 동동 굴렀다.

[황손, 네가 여긴 어쩐 일이냐?]

세불은 이탄을 쳐다보지도 않고서 물었다. 지금 세불의 신경은 온통 클루티에게 집중되었다.

이탄은 세불에게 후다닥 달려가면서 아뢰었다.

[폐하, 폐하. 큰일 났사옵니다. 말테 숙부께서 감히 폐하의 명을 거역하고 큰일을 저질렀사옵니다. 저는 말테 숙부의 일을 폐하께 고하기 위하여 전쟁터를 이탈하여 황급히 황궁에 입궐했나이다.]

[뭣? 말테가 감히 내 명을 거역해?]

민감한 이야기에 세불이 고개를 홱 돌렸다.

그때 하늘에선 시커먼 먹구름이 손의 형태로 나타나 세불의 황궁을 단숨에 쥐어뜯을 것처럼 날아들었다.

[젠장! 클루티 이놈, 정말 집요하게도 덤비는구나.]

세불은 이탄에게 향했던 시선을 다시 하늘로 돌리고는 음차원의 마나를 잔뜩 끌어올렸다.

부와왁!

세불의 양손에 마나가 둥글게 뭉쳐서 청회색으로 번들거렸다. 회백색에 가깝던 세불의 창백한 피부는 붉게 달아올랐다. 세불의 의복은 금방이라도 찢어질 것처럼 부풀었다. 수차례 충돌로 인하여 세불의 입가에는 검붉은 피가 주르륵 흘러내렸다. 대전 바닥까지 길게 늘어졌던 세불의 머리카락은 하늘로 솟구쳐서 화염처럼 일렁거렸는데, 그 머리카락 가운데 상당수가 열기에 녹아 꼬불꼬불하게 변했다.

Chapter 7

[가랏!]

세불이 클루티를 향해서 청회색의 빛줄기를 쏘았다. 빛줄기 주변에는 꽈배기 모양의 문자들이 어른거렸다.

콰르르르르르—.

세불의 양손에서 방출된 두 가닥의 광채는 마치 두 마리의 뱀이 교미하는 것처럼 나선형으로 꼬이면서 솟구치더니 황궁 상공을 뒤덮은 검은 손을 세차게 들이받았다.

쿵!

둔탁한 굉음과 함께 검은 손이 흩어졌다. 청회색 빛줄기는 클루티의 검은 손을 박살 낸 다음 그대로 날아가 적 행성을 강타했다.

[크흡!]

아스라이 먼 곳에서 클루티의 신음소리가 들리는 듯했다.

대신 세불도 무사하지 못했다.

세불은 조금 전 방출한 일격에 자신의 모든 힘을 불어넣었다. 그렇게 거나하게 한 방 쏘아준 대가로 세불의 온몸이 덜덜 떨렸다. 세불의 보울이 텅 비면서 강한 허기와 허탈감이 그의 전신을 휩쓸었다.

[으으으윽.]

대전 한복판에서 세불이 크게 휘청거렸다.

[페에—하!]

이탄이 후다닥 세불에게 달려왔다.

그 순간 세불의 눈이 악독하게 변했다. 평소 청회색에 가깝던 세불의 눈동자가 용암을 머금은 듯 시뻘겋게 달아올랐다.

[황손, 나를 부축하라.]

세불이 이탄에게 손을 뻗었다.

이탄이 세불의 손목을 잡고 세불의 겨드랑이를 어깨로 받쳐 지탱했다. 세불은 이탄의 목에 팔을 둘렀다.

[폐하, 괜찮으십니까? 폐하, 폐하.]

이탄이 다급히 세불을 부를 때였다. 세불의 손가락이 징그러울 정도로 길게 늘어나면서 이탄의 가슴팍을 찔렀다.

[황손, 내 기력이 쇠했으니 네가 나를 도와야겠다.]

세불이 찢어진 입꼬리를 크게 벌리며 으르렁거렸다.

적 군주는 너무 막강했다. 저 강력한 적과 싸우려면 세불이 한시라도 빨리 기력을 보충해야만 했다. 세불은 2황손을 희생양으로 삼아 기력을 채울 요량이었다.

평소라면 세불도 2황손의 기력을 빼앗을 생각을 안 했을 것이다. 하지만 지금은 긴급 상황이 아닌가.

[2황손, 이 할아비를 돕게 된 것을 영광으로 알거라. 내가 너의 공로를 높이 사서 장차 너의 후손들을 살뜰히 챙겨

줄 것이야. 너의 후손들 가운데 뛰어난 재목이 있거든 나의 후계자로도 삼아줄 것이로다. 그러니 억울하다 생각하지 말고 얌전히 할아비에게 보울을 바치거라.]

세불은 2황손의 보울을 단숨에 잡아 뜯어 섭취하려고 들었다.

어림도 없는 수작이었다.

이탄의 가슴을 찔렀던 세불의 손가락이 연달아 폭발했다. 이탄의 가슴 부위에서는 붉은 노을이 은은하게 피어올랐다.

[크악? 2황손!]

세불이 놀란 눈으로 이탄을 바라보았다.

[폐하, 욕심이 과하십니다. 하하하. 폐하께서 대놓고 욕심을 드러내시니 제가 덜 미안해지지 뭡니까.]

이탄이 세불을 마주 보면서 하얗게 웃었다.

순간 세불은 뒤통수가 쭈뼛해졌다. 이탄에게 붙잡힌 세불의 손목에서도 시큰한 느낌이 들었다.

쿠콰콰콰콰—.

세불이 보유한 음차원의 마나가 물밀듯이 빠져나갔다. 세불이 평생을 연마한 보울들이 깨져나갈 것처럼 덜덜덜 떨렸다.

[2황손, 이노옴! 네가 감힛!]

세불의 눈이 불덩이를 품었다. 세불의 눈 밑에 자리한 낫 모양의 문신이 벼락처럼 튀어나와 이탄의 목을 베었다.

깡!

이탄이 한손으로 세불의 공격을 막았다. 회청색의 낫이 와장창 깨지면서 낫 주변에 맴돌던 꽈배기 모양의 문자들이 이탄의 손아귀 안으로 빨려들어 갔다.

그 괴이한 광경에 세불이 눈을 부릅떴다.

[아니, 어떻게?]

꽈배기 모양의 문자는 세불의 깨달음이었다. 부정 차원의 악마종들 가운데는 상대의 마나와 정혈을 흡수하는 자들이 많았다. 심지어 상대의 영혼을 빨아들여 먹어치우는 악마종들도 존재했다.

하지만 깨달음이나 깨우침을 어떻게 흡수할 수 있단 말인가?

세불은 전혀 예상지도 못 했던 사태에 놀라 입술만 벙긋거렸다.

그러는 와중에도 세불이 평생을 쌓아온 마나는 거침없이 이탄에게로 흘러들어 갔다. 세불이 평생을 갈고 닦아온 29개의 만자비문도 이탄에게 쭉쭉 흡수되었다. 이탄의 가슴 속 깊은 곳 음차원 덩어리 표면에는 29개의 문자가 희미하게 빛을 되찾았다. 그러면서 음차원 덩어리가 심장처럼 수

축과 이완을 반복했다.

[커허억, 안 돼. 안 된다, 이 역적 놈아.]

세불이 악을 썼다. 세불은 손가락을 뾰족하게 모아서 이탄의 얼굴을 찍었다.

그 전에 이탄이 상대의 손목을 덥석 잡았다. 이제 세불은 이탄에게 양손 손목을 모두 붙잡혔다.

쭈와아악―.

이탄이 음차원의 마나를 빨아들이는 속도가 두 배로 빨라졌다.

그나마 세불이 성마급의 악마종이기에 이렇게 버티는 것일 뿐, 진마였다면 진즉에 모든 마나와 정혈을 갈취당하고 뼈만 남았을 것이다.

검은색이던 세불의 머리카락이 하얗게 셌다. 그렇지 않아도 창백하던 세불의 안색은 더더욱 끔찍하게 변했다. 세불은 바람에 흔들리는 허수아비처럼 몸을 비틀었다.

[끄어어억, 안 돼. 제발 그마아안―.]

세불이 악을 썼다.

제2화

디아볼 제국을 방문하다

Chapter 1

그때였다. 클루티가 날린 오러가 대전 지붕을 통해서 떨어졌다.

이탄이 고개를 90도로 젓혔다. 이탄의 눈에서 샛노란 광선이 뿜어져 클루티의 오러와 맞부딪쳤다.

이 노란 광선은 그릇된 차원의 늙은 왕 나라카의 권능이었다. 그 권능에 이탄의 힘이 더해지면서 클루티의 오러 공격을 거뜬히 막아내었다.

[클루티, 죽고 싶나?]

이탄이 상대 행성의 클루티를 향해 으르렁거렸다.

[헙? 그곳에 계셨습니까? 저는 몰랐습니다.]

클루티가 기겁을 하며 손사래를 쳤다.

둘의 대화를 세불이 들었다.

[2황손, 네가 클루티와 손을 잡았단 말이냐? 아니, 아니지. 네놈은 대체 누구냐? 너는 2황손이 아니다. 끄아아아악.]

마침내 세불이 보유했던 모든 마나가 이탄에게 흡수되었다. 이어서 세불의 정혈과 생명력이 이탄에게 빨려들어 왔다.

세불의 몸에서 희끄무레한 것이 빠져나가 이탄의 몸 위에 한 겹 덧씌워지는 듯한 현상이 발현되었다.

2황손의 모습이던 이탄이 말테처럼 변했다. 그러다 다시 세불처럼 돌변했다.

[허억?]

이 기괴한 장면에 세불이 기함했다. 세불의 심장은 너무 놀란 탓에 우뚝 멎었다. 하얗게 세었던 세불의 머리카락이 푸스스 흩어져 대전 바닥에 떨어졌다.

그 상태에서 이탄이 입술을 동그랗게 오므렸다.

[후읍!]

이탄이 마지막 숨을 훅 들이쉬었다.

쪼르륵—.

빨대로 물 빨아들이는 소리가 들렸다. 세불의 몸뚱어리

전체가 세포 단위로 흩어졌다. 제국의 군주였던 세불은 파도에 휩쓸린 모래성처럼 낱낱이 흩어져 허공에 분산되었다. 그렇게 잘게 흩어졌던 세불의 입자들이 자석에 이끌린 쇳가루처럼 이탄에게 날아가 흡수되었다. 그 입자들이 이탄의 얼굴과 목, 온몸에 달라붙었다.

[후우우욱.]

이탄은 고개를 숙이고 폐에 찼던 공기를 내뱉었다.

이탄이 다시 고개를 치켜들었을 때, 그는 이미 2황손이 아니라 세불이었다.

그날 오후.

세불과 클루티 사이에 벌어졌던 치열했던 공방은 한순간에 종료되었다. 무섭게 쏟아지던 폭우가 뜬금없이 그치고 날이 반짝 개어버린 것처럼, 전쟁도 한순간에 멈추었다.

두 군주 사이에 어떤 뇌파가 오고갔는지는 알 길이 없었다. 두 군주가 도대체 어떤 이면합의를 보았는지도 알려지지 않았다.

여하튼 세불과 클루티가 모종의 협약을 맺은 것은 분명했다.

[이 시간 부로 모든 제국군과 영지의 사병들은 클루티 행성을 떠나 세불 행성으로 복귀하라. 더 이상 클루티 제국과

전투를 지속하지 마라. 나의 명령에 예외는 없다. 항명하는 자는 영원한 소멸로 다스릴 것이니라.]

세불은 지엄한 군령을 내렸다. 아무 소리 말고 전군 철수하라는 명령이었다.

한편 클루티도 이와 비슷한 황명을 내려서 자신의 군대를 불러들였다.

두 군주 사이에 모종의 협약이 없다면 이런 극적인 사태는 벌어질 수가 없었다.

전혀 예상치 못했던 종전에 양국의 악마종들은 불만이 많았다. 특히 승리를 눈앞에 두고 있던 세불 제국의 군단장들과 영주들은 눈깔이 홱 돌아갔다.

[아니, 폐하께서 대체 왜 철수 명령을 내리신 게야?]

[그러게 말이야. 태자마마께서 모처럼 적 황궁 앞까지 병력을 전개하셨잖아. 이참에 조금만 더 밀어붙이면 우리 세불 제국의 승리가 코앞에 있거늘, 도대체 이해가 안 되네.]

[아오! 내 전리품들. 내 보물들. 아오옥!]

악마종들은 부글부글 끓었다.

물론 반대 의견도 있었다.

[아군의 승리가 코앞이라고? 에이. 그건 아니지. 소식 못 들었어? 클루티 제국으로 쳐들어갔던 7황자님과 12공주

님, 그 밖에도 무수히 많은 황족들이 진영 내에서 쥐도 새도 모르게 암살을 당했다던데?]

[어디 황족들뿐인가. 대영주들 가운데도 죽은 자가 많더라고.]

[쉬쉬해서 그렇지 아군이 입은 피해도 엄청나다더라고. 당장 폐하께서 계신 황궁이 통째로 지하에 함몰되었다던데?]

이런 이야기들이 세불 제국 전역에 은밀하게 퍼졌다.

하지만 이 의견보다는 전쟁을 이대로 멈춘 게 아깝다는 주장이 지배적이었다.

어쨌거나 이번 어프로칭 데이의 승기는 세불 제국이 잡았고, 여기서 조금만 더 상대를 밀어붙이면 더 많은 전리품을 얻을 수 있었다. 세불 제국의 악마종들은 이 점을 가장 아쉬워했다.

그래도 어쩌겠는가.

세불 제국에서 군주의 명은 절대적이었다. 세불 제국의 대영주와 귀족들, 군단장들은 지엄한 황명을 받들어 세불 행성으로 철수할 수밖에 없었다.

클루티 제국군은 철수하는 적들을 뒤쫓지 않았다. 군주인 클루티가 황명으로 전쟁을 금지한 탓이었다.

납득할 수 없는 이유로 전쟁이 멈추기는 하였으나, 양 제국의 악마종들은 이게 끝이 아닐 거라고 믿었다.

[두고 보라고. 언제 다시 클루티 놈들과 전쟁이 터질지 몰라.]

[나도 그렇게 생각해. 고개를 들어서 하늘을 한번 보라고. 저 위에 노다지가 널려 있는데 저걸 그냥 둔단 말이야?]

양 제국의 악마종들은 상대편 행성을 올려다보면서 꼴깍꼴깍 군침을 삼켰다.

하늘에서는 아직도 어프로칭 현상이 지속 중이었다. 두 행성은 손에 닿을 듯이 가까이 붙어 있는지라 악마종들이 마음만 먹으면 얼마든지 상대 행성으로 넘어갈 수 있었다. 실제로도 눈이 밝은 악마종들은 상대 행성의 움직임을 빤히 들여다보았다.

상대방의 군대의 이동 장면.

적들이 무너졌던 방어막을 뚝딱뚝딱 다시 보수하는 장면.

적들이 일반 악마종들을 징집하여 조심스럽게 군사훈련을 시작하는 모습 등등.

이와 같은 일들이 양쪽 행성에서 동시에 진행되었다. 모두 다 전쟁 재개를 염두에 둔 장면들이었다.

한편 이탄은 클루티 행성을 한 번 더 방문했다.

이탄이 나타나자 클루티가 직접 나와 이탄을 맞았다. 이탄은 클루티와 몇 마디 대화를 나눈 다음, 클루티 황궁을 보호하는 한 쌍의 날개를 거둬들였다. 이탄은 이 날개들을 미리 찜해두었다가 지금 가져가는 것이다.

클루티는 날개를 빼앗긴 것이 안타까웠으나, 감히 이탄 앞에서 그런 속내를 드러내지 못하였다. 아무리 귀한 보물도 목숨보다 더 귀하지는 않다는 진리를 클루티는 너무나도 잘 알았다.

Chapter 2

시간이 조금 더 흘렀다.

악마종들이 긴장을 늦추지 못하는 가운데 세불은 대전을 꽉 걸어 잠그고 모습을 드러내지 않았다.

제국의 귀족들 사이에는 새로운 소문이 돌았다.

[폐하께서 적 군주와 싸우다가 심각한 상처를 입으셨나 본데?]

[적 군주도 폐하와 마찬가지로 중상을 입었겠지. 그러니까 어쩔 수 없이 전쟁을 멈춘 것 아냐?]

[아하! 그렇겠네. 그럴듯한 추측이야.]

양 제국의 군주가 전력을 다해 싸우다가 동시에 치명상을 입었다. 그 상처를 치유하는 것이 급하여 더 이상 전쟁을 지속하기 어렵다. 그래서 급하게 두 군주가 전쟁의 종료를 합의한 것이다.

세불 제국과 클루티 제국에는 이런 추측들이 퍼져나갔다.

민심이 요동치는 가운데 세불 제국의 참모들은 머리를 맞대고 전후 처리를 고민했다.

이번 전쟁을 통해서 세불 제국은 큰 이익을 보았다. 세불군은 전쟁 초기부터 클루티 제국을 거칠게 밀어붙였으며, 그 결과 적 행성에 심각한 타격을 입혔다. 귀한 보물도 산더미처럼 빼앗았다.

세불군은 보울 외에도 수많은 마보와 아이템들을 강탈했다. 이 모든 것들이 세불군이 이루어낸 성과였다.

하지만 빛이 있으면 어둠도 있는 법.

이 전쟁 때문에 세불군도 제법 피해를 입었다.

세불 제국의 주요 황족들이 적에게 암살당한 것이 가장 큰 피해였다. 일부 힘 있는 대영주들도 전쟁 중에 목숨을 잃었다.

라이너 대영주가 대표적인 예였다.

한데 희한하게도 이번에 죽은 황족과 대영주들은 대부분

말테 황태자와 대립각을 세웠던 악마종들이었다. 심지어 2황손은 전쟁이 종료되기 직전에 세불을 알현하려고 대전에 들어갔다가 신비롭게 실종되었다.

2황손이 실종되던 날, 대전 안에서 어떤 일이 벌어졌는지는 비밀에 부쳐졌다. 목격자로 지목된 시종장과 시종들은 뇌파에 자물쇠를 단단히 채웠다.

2황손의 실종사건 당일, 시종들은 2황손이 대전 안으로 들어가는 모습을 똑똑히 목격했다. 그러는 가운데 세불과 클루티 사이에 어마어마한 공방전이 계속되었다.

이윽고 대전 안에서 끔찍한 비명이 터졌다.

시종들이 세불에게 불려갔을 때, 대전 안에는 오로지 세불만 존재했다. 세불은 입가에 피범벅인 채로 철의자에 앉아서 피곤한 듯 손을 들었다.

[적 군주와 이번 전쟁을 끝내기로 합의했다. 즉시 황명을 내릴 것이니 너희는 총사령관과 군단장들에게 연락하여 아군 병력을 불러들여라.]

이것이 시종들에게 내려진 세불의 명령이었다.

[니예에, 폐하.]

[지엄하신 황명을 받들겠나이다.]

시종들은 군주의 명을 받드는 한편, 은근히 주위를 두리번거려 2황손을 찾았다.

대전 안 그 어디에도 2황손의 모습은 보이지 않았다.

'전투에 지쳐 피곤해 보이는 폐하와 사라진 2황손…….
으으읏.'

'아니야. 그건 아니지.'

시종들의 뇌리에는 끔찍한 그림이 연상되었다. 시종들은 고개를 흔들어 그 끔찍한 생각을 지워버린 뒤, 군주의 황명에 집중했다.

그날 이후 세불의 황궁에서 2황손의 존재를 뇌파에 담는 시종은 아무도 없었다. 다들 2황손의 실종을 애써 외면했다.

시종들이 뇌파에 자물쇠를 걸어 잠그자 귀족들과 대영주들, 그리고 참모들도 2황손에 대해서 전혀 언급하지 않았다.

악마종들은 본능적으로 두려움을 느꼈다.

'2황손에 대해서 아무런 뇌파도 꺼내면 안 돼.'

'그건 폐하의 심기를 어지럽히는 짓이야.'

'이 금기를 어기는 악마종들은 즉시 멸족을 당하겠지?
이크! 조심해야겠다.'

이것이 악마종들의 공통된 생각이었다.

한편 전쟁이 갑자기 종료된 이후로 말테 황태자의 정치

적 입지는 말도 못 하게 강화되었다.

이건 이미 예정된 일이었다. 말테 황태자는 어프로칭 데이에서 가장 큰 전공을 세웠을 뿐 아니라, 자신의 앞길을 방해하던 정적들이 상당수 전사하는 바람에 정치적인 이득도 확실하게 챙겼다.

[혹시 태자마마께서 손을 쓰신 것 아냐?]

[맞아. 우연이라고 치부하기에는 드러난 결과가 너무나도 공교롭잖아?]

일부 참모들은 말테 황태자가 라이벌들을 제거한 것 아니냐고 의심했다.

다른 참모들이 코웃음을 쳤다.

[흥! 공교롭건 말건 그게 무슨 상관이람? 태자마마께서 저지르신 일이건 아니건 뭔 상관이냐고. 어차피 일은 벌어졌고, 이제 미래의 권력은 확실히 태자마마에게로 무게추가 기울었단 말이지.]

[그 말이 맞아. 이미 권력싸움은 태자마마의 승리로 끝났어. 그렇게 끝나버린 일을 뒤늦게 파헤쳐서 뭐하게?]

[태자마마의 뒤를 캔다고? 어이, 이봐. 세상에 누가 그런 미친 짓을 하겠어? 그럴 시간이 있으면 차라리 태자마마의 측근들에게 줄을 대는 편이 낫지.]

참모들만 이런 판단을 내린 것이 아니었다. 그 전에 이미 시종들은 말테 황태자에게 줄을 대기 위해서 다양한 방도를 강구했다.

원래 장수를 잡으려면 장수의 말을 쏘라는 격언이 있었다.

시종들의 우두머리인 시종장은 말테를 직접 찾아가는 대신 말테의 오른팔인 요제프 황자를 만났다. 또 다른 시종들은 귀한 보물들을 바리바리 싸들고서 이자벨라의 영주성을 방문했다.

어디 참모와 시종들만 머리가 있으랴. 고위 귀족들과 대영주들도 요제프와 이자벨라에게 선을 대기 위해서 물밑 작업이 한창이었다.

요제프와 이자벨라, 이 2명의 악마종이 말테 황태자의 오른팔과 왼팔이라는 소문은 이미 세불 제국 정계에 쫙 퍼진 상태이니 이 2명에게 정계의 이목이 집중되는 것은 당연한 수순이었다.

세불이 침묵하고 말테(이탄) 태자가 권력을 휘어잡은 가운데 시간이 흘렀다. 6월 하순이 되자 어프로칭 현상이 중단될 기미가 보였다.

세불 행성에서 바라보는 클루티 행성은 눈에 띄게 흐릿해졌다. 행성과 행성 사이에 전하가 번쩍번쩍 뛰놀면서 상대 행성으로의 접근도 어려워졌다. 이제는 상대 행성으로 쳐들어가는 일도 여의치 않았다.

Chapter 3

6월 24일.

마침내 어프로칭 현상이 종료되었다.

클루티 행성은 다시 머나먼 우주 저편으로 돌아가 버렸다. 세불 행성에 짙게 드리웠던 클루티 행성의 그림자도 씻은 듯이 자취를 감추었다. 모처럼 맑게 갠 하늘이 세불의 악마종들을 반겼다.

그러는 동안 세불 제국에는 몇 가지 중대한 변화가 발생했다.

첫째, 세불이 침묵에 빠지면서 권력의 추가 말테 황태자에게 확실히 넘어왔다. 힘 있는 고위 귀족들도, 수도를 둘러싼 대영주들도, 눈치 빠른 시종들도, 머리를 잘 굴리는 참모들도 모두 말테의 편에 서거나, 혹은 설 예정이었다. 한때 말테와 대립각을 세웠던 자들도 이제는 말테 앞에서 꼬리를 살랑살랑 흔들었다.

말테 황태자가 진마 최상급을 뛰어넘어 성마의 경지에

올라섰다는 소문은 더 이상 비밀이 아니라 사실로 밝혀졌다.

성마 = 군주

이러한 공식이 악마종들의 뇌리에 틀어박혔다. 세불이 침묵하는 상황에서 말테 황태자는 군주나 다름없는 권세를 누렸다.

세불 제국에 불어닥친 두 번째 변화는 이자벨라의 영지에서 일어났다. 최근 한 달 사이 이자벨라는 벽을 한 번 더 돌파하여 진마 최상급의 초입에 올라섰다.

이자벨라가 처음 부정 차원에 들어왔을 때 그녀의 수준은 진마 중급에 불과했다. 그런데 불과 몇 년도 지나지 않아 두 단계나 성장한 것이다.

이자벨라가 이처럼 초고속 성장을 해낸 이유는 이탄에게 제공받은 진마 최상급의 보울들 덕분이었다.

이자벨라는 자신보다 강한 악마종의 보울 여러 개를 흡수하면서 빠르게 강해졌고, 그 결과 단기간에 진마 최상급에 올라서는 기염을 토했다.

급격한 성장을 보인 것은 이자벨라만이 아니었다.

이자벨라 영지의 군단장들인 루건, 수투루, 북토가 나란히 역마의 단계를 돌파하여 진마 최하급에 도달했다.

이들 3명도 이탄에게 하사받은 보울의 덕을 톡톡히 보았다.

한편 코후엠도 역마의 수준을 넘어서 진마 최하급이 되었다. 한계를 깨뜨리고 보다 높은 수준으로 날아오른 순간, 코후엠은 감격에 겨워 눈물을 터뜨렸다.

[체엣. 왜 자꾸 눈물이 나는 거야?]

어린 리종은 손바닥으로 자신의 눈가를 찍으면서 투덜거렸다. 눈에서는 눈물이 흐르는데 코후엠의 입은 히죽히죽 웃고 있었다.

'강제로 부정 차원에 끌려온 게 꼭 불행만은 아니었네. 치잇.'

코후엠은 마음속으로 이렇게 중얼거렸다.

이자벨라의 영지가 급격히 강해지자 그 주변의 올망졸망한 영지들은 가시방석에 앉은 꼴이 되었다.

굴롱 영지.

토음 영지.

그리고 푸룸라 영지.

이들 세 영지의 영주들은 깊은 고민 끝에 이자벨라에게 항복 의사를 밝혔다.

이곳 영지들은 이미 오래전부터 이자벨라의 영지—당시에는 앙리망 영지—보다 세력이 약했었다.

설상가상으로 이자벨라가 말테 황태자의 최측근이라는 사실이 널리 알려졌다. 이자벨라군은 이번 클루티 제국과의 전쟁에서도 큰 공을 세운 상황이었다. 이런 와중에 이자벨라가 진마 최상급의 악마종이라는 점이 결정타가 되었다.

굴롱, 토음, 그리고 푸룸라의 영주들은 긴급하게 의논을 한 끝에 다 함께 이자벨라의 영주성을 방문했다.

이자벨라는 본래 이런 정치적 거래에 능숙한 몬스터였다. 그녀는 솜씨 좋게 세 영주들을 구워삶은 뒤, 그들에게 군단장 자리를 제안했다. 그 대가로 세 영주들은 자신들의 영지를 이자벨라 영지에 병합해버렸다.

이제 이자벨라는 총 7개의 군단을 거느리게 되었다.

기존의 루건 군단, 수투루 군단, 북토 군단, 툼 군단에 더해서 굴롱 군단, 토음 군단, 그리고 푸룸라 군단이 신설된 것이다.

이자벨라의 영지는 군사력만 늘어난 것이 아니었다. 영토도 대폭 확장되었다. 지금 이자벨라가 다스리는 땅은 중대형의 규모를 넘어서서 대형 영지를 뺨칠 정도였다. 실제로 이자벨라의 영지 크기는 북쪽에 경계를 맞대고 있는 푸시킨 대영지와 비교해 보아도 결코 밀리지 않았다.

그러자 이웃한 파항 영지가 상대적으로 위축되었다.

파항은 이자벨라 영지와 오랜 라이벌 관계였는데, 이제는 아무도 파항을 이자벨라 영지의 라이벌로 인정해주지 않았다. 파항의 영주는 혹시라도 이자벨라가 대군을 몰아서 쳐들어오지나 않을까 전전긍긍했다.

"이제 때가 되었어."

이탄은 이런 말로 여행을 준비했다.

어프로칭 현상이 종료된 이후로 세불 제국은 빠르게 안정을 되찾았다. 말테(이탄)의 권력이 공고하게 굳어지자 더 이상 이탄이 신경 쓸 거리가 없었다. 감히 이탄을 귀찮게 만드는 자도 존재하지 않았다.

"모처럼 시간이 났으니 디아볼 제국으로 가서 언령의 벽이나 찾아봐야겠다."

이탄은 오래된 숙원을 꺼내들었다.

클루티 제국과 전쟁이 시작되었을 때 이탄이 쓰리 아이즈 탑부터 점령했던 이유가 무엇이던가?

언령의 벽과 피사노의 비석, 그리고 아조브를 찾고자 함이었다.

이탄은 운 좋게도 쓰리 아이즈 탑에서 언령의 벽에 대한 단서를 찾았다. 전쟁의 중반에 이탄이 거둔 성과였다.

"디아볼 제국에는 1년 365일 내내 쉴 새 없이 번개가 내리치는 신비로운 연못이 존재한다지?"

이탄은 그 번개의 연못 안에 언령의 벽이 잠겨 있는 영상을 똑똑히 목격했다.

그걸 보고도 이탄은 곧장 디아볼 제국으로 떠나지 못했다. 그동안 전쟁의 뒤처리를 하느라 바빴던 까닭이었다.

그런데 이제는 바쁜 일이 얼추 정리되었다. 이탄은 홀가분한 마음으로 세불 행성을 떠나서 디아볼 제국에 다녀올 요량이었다.

이탄은 이번 여행 계획을 아무에게도 알리지 않았다. 심지어 이자벨라와 코후엠에게도 자세한 내용은 비밀에 부쳤다.

이탄은 오로지 2명, 루건과 꼭두각시가 된 라이너 일족 사냥개만 여행에 데려가기로 마음먹었다.

이탄이 루건을 데려가는 이유는, 루건의 모친이 디아볼 제국 출신이기 때문이었다.

"그렇다면 루건이 도움이 되겠지? 녀석을 길잡이로 삼아야겠다."

이탄은 이런 생각으로 루건을 차출했다.

Chapter 4

막상 이탄에게 차출을 받은 루건은 가슴이 답답했다.

[제가요? 아니, 제가 왜 거기에 갑니까? 크흑.]

디아볼 제국은 세불 제국처럼 말랑말랑한 곳이 아니었다. 루건은 누구보다도 그 사실을 잘 알았다. 그의 혈관 속에는 절반은 디아볼 제국의 피가 흐르는 까닭이었다.

하지만 루건에게 이탄은 디아볼 제국보다 더 무서운 상대였다. 결국 루건은 울며 겨자 먹기로 이탄의 말을 따를 수밖에 없었다.

한편 라이너 일족의 사냥개는 예전에 이탄을 공격했다가 도리어 이탄에게 포로로 붙잡힌 자였다.

당시 이탄은 8명의 사냥개 가운데 7명을 쳐죽이고 나머지 한 명을 다크 샌드(Dark Sand: 어둠의 모래)로 오염시켜서 꼭두각시로 만들었다.

"사냥개는 길을 잘 찾잖아? 그러니까 녀석도 어딘가 쓸모가 있을 거야. 게다가 꼭두각시니까 비밀이 새어나갈 염려도 없지."

이것이 이탄이 사냥개를 데려가는 이유였다.

7월의 첫 날.

이탄은 태자궁을 벗어나 웜 트레인(Worm Train: 벌레 열차)으로 향했다. 이탄의 옆에는 마스크로 얼굴을 가린 루건과 꼭두각시 사냥개가 동행했다.

태자궁을 떠나기 전, 이탄은 요제프 황자에게 편지를 써서 몇 가지 지시를 내렸다.

첫째, 제국을 다스리는 회의를 대신 주관할 것.

둘째, 이자벨라와 그녀의 영지를 잘 돌봐줄 것.

셋째, 일부 귀족과 시종들의 움직임에 신경을 쓸 것.

이상이 이탄이 요제프에게 보낸 편지에 적힌 내용이었다.

요제프는 꼭두각시답게 이탄의 명을 충심으로 받들었다. 덕분에 이탄은 안심하고 먼 길을 떠날 수 있었다.

그릇된 차원의 몬스터들이 행성과 행성을 오갈 때 플래닛 게이트(Planet Gate: 행성의 문)을 사용하는 것과 달리, 부정 차원의 악마종들은 웜 트레인이라는 것을 이용하여 행성 사이를 오가곤 했다.

다만 그릇된 차원에서는 일반 게이트 외에도 휴대용 플래닛 게이트처럼 편리한 마법도구가 사용되는 반면, 부정 차원은 이러한 휴대용 아이템이 통용되지 않았다.

사실 이것은 이상한 일이었다. 부정 차원의 악마종들은 그릇된 차원의 몬스터들보다 훨씬 더 고차원적인 존재였다. 마법에 대한 이해도나 실력도 부정 차원의 악마종들이 그릇된 차원의 몬스터들보다 월등히 높았다.

그런데도 부정 차원에 휴대용 행성 이동 아이템이 없는 이유는 한 가지였다.

부정 차원의 우주에는 사악하고 부정한 기운이 가득 차 있었다. 우주를 떠돌아다니는 영적인 존재들도 많았다. 그러므로 이 위험한 공간을 마법으로 뛰어넘겠다는 발상을 하는 악마종은 아무도 없었다.

대신 부정 차원의 악마종들은 웜 트레인이라는 놀라운 방법을 사용했다.

웜 트레인은 일종의 공간 벌레였다.

이 특별한 벌레는 입이 2개인데, 누군가가 웜의 한쪽 입으로 들어가면 반드시 다른 쪽 입으로 나오게 되어 있었다.

또한 웜 트레인의 몸통은 분명히 존재하면서도 또한 존재하지 않아서, 한쪽 입으로 진입하는 즉시 다른 쪽 입으로 나오게 마련이었다.

부정 차원의 악마종들은 웜 트레인의 이러한 특성을 이용하여 행성 간의 이동 통로를 만들었다.

웜 트레인을 건설—이것을 건설이라고 불러야 하는지는 의문이지만—하는 방법은 다음과 같았다.

1. A행성에 웜 트레인의 한쪽 머리를 심는다.

2. 어프로칭 데이가 시작될 때를 기다리거나, 혹은 위험한 우주를 직접 뚫고 날아가 B행성으로 건너간다. (대부분의 경우 악마종들은 어프로칭 데이를 기다린다.)

3. A행성과 B행성 사이에 어프로칭 현상이 나타나면, B행성에 웜 트레인의 다른 쪽 머리를 심는다.

4. 한 번 설치된 웜 트레인은 어프로칭 데이가 끝난 이후에도 사용이 가능하다.

다만 웜 트레인을 설치하는 것은 보통 비용이 많이 드는 일이 아니었다.

우선 웜 트레인을 키우는 게 여간 힘들지 않았다. 웜 트레인은 새끼를 거의 낳지 않을뿐더러, 지속적으로 대량의 음차원 마나와 혼령들을 먹이로 주어야 겨우 생명이 유지되었다. 어지간한 공국은 웜 트레인의 유지에만도 공국 재정의 20분의 1을 쓸어 넣어야 했다.

그럼에도 불구하고 부정 차원의 주요 제국과 왕국, 공국들은 웜 트레인을 꾸준히 늘려왔다. 그 결과 오늘날에는 부정 차원 상당수의 행성에 웜 트레인이 깔렸다.

웜 트레인의 중요성을 알기 때문일까?

부정 차원의 악마종들은 치열한 전쟁을 벌이는 중에도 웜 트레인 시설만큼은 파괴하지 않았다.

만약 웜 트레인을 파괴하는 무리가 있다면 그들은 다른 악마종들 전체의 공격을 받곤 했다. 그만큼 웜 트레인은 부정 차원에서 중요한 시설이었다.

이탄이 그 중요한 시설 앞에 섰다.

이탄의 눈앞에 드러난 웜 트레인 포트(Port: 항구, 비행장)는 피라미드를 닮은 모양이었다.

이탄은 문득 옛 기억을 떠올렸다.

'오래 전에 남명의 특수부대원들과 함께 거신강림대진으로 박살을 내었던 부정의 요람이 바로 이런 모양이었는데.'

당시 이탄이 파괴했던 피사노교의 핵심 건축물이 웜 트레인 포트와 비슷하게 생겼었다. 이탄은 잠시 과거를 회상하면서 웜 트레인 포트 안으로 들어갔다.

웜 트레인 포트의 내부는 마치 간씨 세가 세상의 국제비행장을 연상시켰다. 타 행성에서 세불 행성으로 입성하려는 방문자들은 웜 트레인 포트 1층을 통해서 들어왔다. 세불 행성을 떠나서 타 행성으로 가려는 출국자들은 포트 2

층을 이용했다.

이탄은 출국이 목적이므로 당연히 포트 2층으로 올라갔다.

루건과 사냥개가 이탄의 뒤를 충실히 따랐다.

넓게 펼쳐진 웜 트레인 포트 2층에는 3개의 문이 나란히 자리했다. 각각 골드 웜, 실버 웜, 아이언 웜이라 불리는 게이트들이었다.

Chapter 5

맨 오른쪽에 위치한 아이언 웜은 상인이나 용병들을 위한 시설이었다.

아이원 웜 앞에는 각양각색의 복장을 갖춘 상인과 용병들이 꼬리에 꼬리를 물고 줄을 길게 늘어선 상태였다. 상인과 용병들은 행성 간 여행을 허락한다는 의미의 허가증을 손에 들었다.

대부분의 상인들은 짐이 없이 단출했는데, 그 이유는 상인들이 사고팔 물품을 아공간에 넣어두었기 때문이었다.

반면 용병들은 여러 개의 무기를 몸에 지니고 있을 뿐 아니라, 배낭에도 무기가 한가득이었다. 아이언 웜을 통과할 때 일반 물건은 아공간에 넣어두어도 되지만, 무기만큼은 아공간에 넣을 수 없고 직접 검사를 받아야 했다.

이탄은 아이언 웜에 이어서 실버 웜도 확인했다.

실버 웜은 아이언 웜에 비해서 100분의 1 수준으로 줄이 짧았다.

그도 그럴 것이, 실버 웜을 이용하는 악마종들은 대부분 고위 관료나 중급 이상의 귀족, 혹은 외교관들이었다. 이들이 손에 들고 있는 여행 허가증은 상인들의 그것과 달리 한 낱 종이 쪼가리가 아니라 은색 카드였다.

이탄은 골드 웜을 향해서도 시선을 주었다.

황금빛으로 치장된 골드 웜 앞에는 단 한 명의 악마종도 보이지 않았다. 골드 웜을 이용할 수 있는 권한은 군주와 직계 황족, 그리고 대영주 이상의 힘 있는 귀족들로만 제한되었다. 골드 웜 앞이 텅텅 빈 이유는 이 때문이었다.

이탄은 세 종류의 웜을 모두 확인한 다음, 이 가운데 실버 웜 방향으로 발을 옮겼다.

촥!

이탄의 검지와 중지 사이에는 어느새 은색 카드 한 장이 튀어나왔다.

루건과 사냥개도 은색 카드를 꺼내서 손바닥에 움켜쥐었다.

이탄은 디아볼 제국으로 여행을 다녀오기 위하여 사전에 철저하게 준비를 해두었다. 이탄이 외교관의 신분을 미리 만들어둔 것도 바로 이를 위해서였다.

이탄이 실버 웜 앞에 줄을 서자 제복을 입은 여악마종 4명이 가까이 다가왔다.

[안녕하십니까? 어서 오십시오.]

[손님, 저희가 여행 허가증을 미리 확인해도 되겠습니까?]

여악마종들은 사무적인 어투로 물었다.

[여기.]

이탄은 손가락 사이에 끼고 있던 은색 카드를 상대에게 내밀었다.

루건과 사냥개도 자신의 카드를 또 다른 여악마종에게 제시했다.

여악마종들은 은빛 막대기로 은색 카드를 스캔했다.

지이잉—.

은빛 막대기에서 쏟아진 빛이 은색 카드와 공명을 하자 허공에 홀로그램이 떠올랐다. 홀로그램 속 이탄의 얼굴 옆에는 다음과 같은 정보가 수록되어 있었다.

— 성명: 이탄 누 루아.

— 직위: 요제프 황자의 특사.

— 목적지: 디아볼 제국.

— 여행 목적: 공무 (외교 특사 업무).

— 여행 기간: 1년 이내.

제복을 입은 여악마종은 이탄이 요제프 황자의 특사라는 사실에 놀란 듯 바짝 긴장했다.

그렇다고 해서 검문검색을 대충 넘어가지는 않았다. 여악마종은 홀로그램 속 이탄의 얼굴과 실제 이탄의 외모를 꼼꼼히 대조하여 살펴본 뒤, 정중하게 안내를 했다.

[루아 영지의 이탄 님이셨군요. 2번 실버 게이트로 가시면 됩니다.]

여악마종이 손으로 가리킨 곳은 실버 웜들 가운데 2라는 숫자가 적힌 웜의 아가리 쪽이었다.

이 실버 웜은 이곳 세불 행성에 한쪽 입을, 그리고 디아볼 제국에 반대편 입을 두었다. 이탄은 커다란 은색 동굴처럼 보이는 게이트를 힐끗 쳐다보았다.

이탄에 이어서 루건과 사냥개도 신분 검색 절차를 끝마쳤다. 이들 두 악마종은 외교특사인 이탄의 호위 자격으로 허가증을 발급받았다.

이탄과 사냥개가 2번 게이트 앞으로 가자 그곳에는 10여 명의 악마종들이 대기 중이었다. 이탄은 악마종들의 복장만 보고도 그들의 신분을 짐작했다.

화려한 차림의 젊은 악마종 커플은 딱 보기에도 부유한 귀족 집안의 자제들 같았다. 그 옆에서 건들거리는 악마종 몇 명도 귀족의 티가 줄줄 흘렀다.

반면 단정한 옷차림의 악마종들은 관료, 혹은 외교관인 듯했다.

이탄은 관료들 곁에 섰다.

'어설프게 귀족 흉내를 내면 안 되지. 초록은 동색이라는 말이 괜히 나온 게 아니거든. 본디 관료들은 관료끼리 어울리는 법이고, 귀족들은 귀족끼리 노는 법이지. 내가 외교특사의 신분으로 위장을 한 이상 철저하게 외교관처럼 굴어야 해. 그래야 귀찮은 의심에 휘말리지 않아.'

이것이 이탄의 판단이었다.

이탄이 가까이 다가오자 머리에 모자를 쓰고 번드르르하게 콧수염을 기른 악마종이 은근히 물었다.

[어느 부처에서 왔소?]

[외교 부처요.]

이탄은 미리 준비해온 소속을 밝혔다.

콧수염 악마종은 이탄을 위아래로 훑어본 다음, 또다시

캐물었다.

[흐음. 꽤나 어려 보이는데……. 관료가 된 지는 얼마나 되었소?]

[관료밥은 먹을 만큼 먹었소.]

이탄의 대꾸가 퉁명스러웠다.

[음?]

이탄의 싸늘한 대꾸에 콧수염 악마종이 흠칫했다. 콧수염 악마종은 다시 한번 이탄을 꼼꼼히 훑어보고는 털털하게 웃었다.

[허허허. 이거 내가 실수를 했구려. 어려 보인다는 표현은 미안하외다. 나는 상업부의 빌헬름이오.]

콧수염 악마종 빌헬름은 유독 '상업부' 라는 단어에 힘을 주었다.

빌헬름이 자부심을 가질 만도 했다.

상업부의 정식 명칭은 파이낸스 & 트레이드 디파트먼트(Finance & Trade Department: 재정무역부).

간략하게 줄여서 상업부.

세불 제국에서 무력과 외교, 그리고 치안은 황족과 귀족들이 전담했다. 군단장이나 최고위 외교관, 치안대장처럼 방귀깨나 뀐다는 자리는 모두 황족이나 고위 귀족들이 독점한다는 뜻이었다.

물론 높으신 분들 밑에서 서류를 만드는 행정일은 관료들의 몫이었지만 말이다.

반면 돈을 다루는 상업부, 세금을 걷는 세무부, 건축을 담당하는 건설부는 관료들이 도맡았다. 힘 있는 분들은 이런 골치 아픈 일에는 신경을 쓰고 싶어 하지 않았다.

세불 제국에서 무력을 타고난 악마종은 군대에 투신하는 것이 가장 빠른 출셋길이었다.

세불 제국에서 천재라는 소리를 듣는 악마종이라면 군주의 총애를 받는 참모부에 들어가는 것이 가장 빠른 출셋길이었다.

Chapter 6

세불 제국에서 집안도 별 볼 일 없고, 무력에 재능이 그리 뛰어나지 않으며, 천재도 아니지만, 꼼꼼하고 일솜씨가 좋다면 관료가 되는 편이 좋았다.

세불 제국은 관료들에게 쏠쏠한 급료를 제공할 뿐 아니라 사회적인 대우도 제법 괜찮게 해주었다.

관료들의 인기가 높아지자 무수히 많은 악마종들이 관료가 되려고 애썼다.

일단 관료가 된 악마종들은 전쟁터나 노역장에 끌려갈 염려가 없었다. 힘 센 악마종에게 괴롭힘을 당하다가 죽을 일도 없었다.

특히 지방 영주가 아니라 황실을 위해서 일하는 중앙 관료들은 인기가 하늘을 찌를 듯이 높았다. 세불 제국의 평범한(?) 악마종들은 너도 나도 중앙관료가 되지 못해서 안달이었다.

그중에서도 관료들의 꽃은 상업부였다.

세금을 걷는 일은 무척 힘들었다. 귀족에게 세금을 걷으려다가 머리통이 쪼개진 세무 관료가 한둘이 아니었다. 그렇다고 해서 세금을 허술하게 걷었다가는 황족들에게 맞아죽을 판이었다.

세무 관료들은 늘 이 어려움 속에서 살아야 했다.

건설 관료들도 위험하기는 마찬가지였다. 세불 제국에서 대규모 건설 사업은 대부분 황궁이나 대귀족들의 오더를 받아서 이루어졌다.

그런데 애써 지은 건축물이 황족의 마음에 들지 않는다? 혹은 애써 놓은 다리가 귀족의 눈 밖에 난다?

그럼 담당 관료의 목은 날아간다고 봐야 했다.

그 밖에도 군대나 치안부대, 외교 부서에 배치된 관료들도 목숨이 위태롭기는 마찬가지였다.

이런 부서의 행정 관료들은 군단장이나 치안대장의 말 한 마디에 의해서 감옥에 처박히기 일쑤였다. 좀 더 심한 경우에는 노예로 전락하기도 했다.

이들에 비해서 상업부의 관료들은 꽃 중의 꽃보직이라 불릴 만했다. 제국의 재정에 구멍이 나는 경우만 아니라면, 그리고 타 제국과 무역 협상에서 서류를 엉망으로 만들지 만 않는다면, 상업부 관료들이 문책을 받을 일은 거의 없었다.

게다가 상업부의 관료들은 황족이나 대귀족을 상대하기보다는 주로 제국의 상인들을 상대했다.

황족과 대귀족 앞에서 설설 기던 관료들이 상인들만 만나면 목에 힘을 빡 주었다. 이번에는 거꾸로 상인들이 상업부의 관료들 앞에서 설설 기었다.

실제로 상업부 본관 건물에는 입구가 2개였다.

하나는 황족과 귀족, 그리고 상업부 관료들이 드나드는 정문.

또 하나는 상업부를 찾아온 상인들을 위한 뒷문.

그런데 이 뒷문은 개구멍처럼 생겼기에 네 발로 기어서만 들어올 수 있었다.

[도대체 이런 개구멍이 왜 필요 있느냐?]라고 항의하고 싶은 상인도 있겠지만, 여기에는 번듯한 이유가 있었다. 상

업부의 관료들은 상인들을 개구멍으로 통과시킴으로써 그들의 기를 초장부터 팍 죽여 놓고자 하는 것이다.

상업부의 관료들은 그만큼 힘이 있고 콧대가 높았다. 그러니 세불 제국 관료의 꽃은 어디까지나 상업부인 것이다.

빌헬름이 이탄에게 자랑스럽게 상업부 출신 관료라고 밝힌 데는 이러한 배경이 있었다. 빌헬름은 눈앞에 있는 곱상하게 생긴 젊은 관료(이탄)가 상업부라는 단어를 듣자마자 부러움에 빠질 것이라고 예상했다.

실제로 그동안 빌헬름이 만나 보았던 타 부처의 관료들은 빌헬름이 소속을 밝히자마자 어떻게든 그에게 잘 보이려고 애썼다. 빌헬름이 굵은 동아줄이 되어서 자신들을 상업부로 데려가 주기를 바라면서 말이다.

이탄은 그런 관료들과 달랐다. 빌헬름의 눈에 비친 이탄은 마치 '상업부라고? 거기가 뭐하는 덴데?' 라는 표정을 짓고 있었다.

실제로도 이탄은 그런 생각을 하는 중이었다.

'어라? 상업부가 뭐하는 부서였더라? 분명히 태자궁의 서류에서 읽은 적이 있는 부서명인데. 별로 중요하지 않은 곳이라 그런가? 기억이 잘 안 나네?'

지금 이탄은 외교관이었다.

'외교 관료가 상업부에 대해서 아무것도 모른다면 누가 봐도 이상하겠지?'

이탄은 이런 걱정으로 상업부에 대한 정보를 떠올리려고 애썼다.

그런데도 잘 기억이 나지 않았다. 결국 이탄은 짜증이 났다.

'아 놔, 이 아저씨는 뭐야? 뭔데 자꾸 내게 말을 걸고 지랄이야?'

이탄은 대놓고 불만 섞인 표정을 지었다.

상대가 귀찮은 기색을 보이자 빌헬름은 어이가 없었다.

'허! 보통 이런 자리에서는 젊은 악마종이 인맥을 만들기 위해서 더 사근사근하게 굴어야 하는 것 아냐? 이거 이 녀석, 출세하기는 글렀네.'

빌헬름은 이탄의 뻣뻣한 태도가 이해되지 않았다. 그래도 그는 꾹 참고 이탄에게 한 번 더 뇌파를 걸었다.

[어허허험. 일전에 내가 관료 모임에서 외교부 관료와 안면을 튼 적이 있는데. 알레르젠이라고 혹시 들어봤소?]

알레르젠은 외교부에서 상당히 높은 직위의 악마종이었다. 그냥 높은 정도가 아니라 그는 황족이나 귀족 외교관을 제외하면 외교부의 행정직 관료들 중에서는 넘버 3에 해당했다. 외교부 넘버 3인 알레르젠과 모임을 가질 정도라면,

빌헬름도 상업부에서 상당히 높은 직위라는 뜻이었다.

빌헬름은 이렇게 간접적인 방법—관료들 사이에서는 천박하지 않고 우아하다고 통하는 방법—으로 자신의 사회적 지위를 드러내었다.

[알레르젠? 알레르젠?]

이탄은 알레르젠이라는 이름을 뇌파로 되뇌어 보았다.

그래 봤자 떠오르는 바가 전혀 없었다.

사실 이탄은 고위 군단장들의 모가지도 손가락 하나로 떼었다 붙였다 하는 절대권력자였다. 그런 이탄에게 행정 관료인 알레르젠은 관심 밖의 피라미에 지나지 않았다.

빌헬름은 이탄의 태도를 다르게 해석했다.

'하아아, 외교부 소속이라면서 알레르젠도 몰라? 요새 젊은 것들이란 정말 이해할 수가 없구나. 관료가 되어서 명성을 떨치고 폐하와 제국을 위해서 봉사할 생각은 전혀 없고 그저 일과시간만 끝나면 칼퇴근할 생각뿐이겠지? 쯧쯧쯧.'

빌헬름은 속으로 혀를 찼다.

그러면서도 빌헬름은 이탄에게 막말을 퍼붓지는 않았다.

빌헬름은 나이 지긋한 고위직 관료답지 않게 의식이 깨어 있는 악마종이었다. 그는 이탄과 같은 젊은 관료들의 생활 태도가 마음에 들지는 않았으나, 젊은 악마종들에게 자신의 철학을 강요하지는 않았다.

'후우우, 꼰대처럼 굴지 말자. 젊은이들에게는 그들만의 생활방식이 있는 거겠지. 나처럼 늙은 악마종의 생각을 억지로 주입해서는 안 돼.'

빌헬름은 이렇게 다짐했다.

Chapter 7

이탄이 빌헬름과 건조하게 대화를 나누는 사이, 실버 웜의 준비가 끝났다. 2번 게이트가 열리고 바퀴가 여러 개 달린 길쭉한 통이 모습을 보였다. 바퀴 아래엔 레일이 깔려 있어 간씨 세가의 열차를 연상시켰다.

제복을 입은 여악마종들이 안내를 시작했다.

[저 위에 착석하시면 됩니다. 모두 자리에 앉으시면 출발하겠습니다.]

2번 게이트 앞에서 대기 중이던 악마종들은 앞에서부터 차례로 앉았다.

당연히 귀족들이 앞자리를 차지했다. 이어서 관료들도 하나 둘 길쭉한 통에 올라탔다. 이탄과 사냥개는 빌헬름의 맞은편에 앉게 되었다.

딸랑딸랑, 딸랑딸랑.

여악마종들이 조그만 종을 좌우로 흔들었다.

[착석을 마치셨으면 모두 마음의 준비를 해주십시오. 곧 출발합니다.]

여악마종이 안내 멘트를 마치기 무섭게 바퀴가 구르기 시작했다. 길쭉한 통은 레일을 따라 움직이더니 이내 은빛 웜의 아가리 안으로 굴러들어 갔다.

콰르르르―.

웜의 아가리 부근에 도착하자 갑자기 바퀴 구르는 속도가 급증했다. 기다란 통은 무시무시한 속도로 내달렸다.

[흐으읍―.]

관료들은 체력이 약하기에 이 엄청난 속도를 견디기 어려웠다. 관료들의 안색이 하얗게 질렸다.

빌헬름도 예외는 아니었다. 빌헬름은 주먹으로 자신의 바지를 꽉 움켜쥐고는 눈을 질끈 감았다.

반면 역마, 혹은 진마급 귀족들은 이 정도 속도쯤은 아무렇지도 않다는 표정이었다.

[쯧쯧. 허약한 것들이란.]

[이 정도도 견디지 못하다니, 정말 어이가 없군.]

귀족들은 뒷자리의 관료들이 새하얗게 질리는 장면을 돌아보고는 가소롭다는 듯이 한 마디씩 내뱉었다.

그러는 사이 은빛 일색이던 주변 환경이 어느새 새까맣게 변했다. 이어서 무지갯빛 폭풍이 탑승자들의 눈앞으로 확 다가왔다. 그런 다음 다시 악마종들의 시야가 캄캄해졌다가 은빛으로 돌아왔다.

'오호라!'

이탄은 빠르게 바뀌는 주변 환경을 보면서 무릎을 쳤다.

은빛 동굴(실버 웜의 입 안) =〉 컴컴한 구간(실버 웜의 목구멍) =〉 무지개빛(실버 웜의 뱃속인가?) =〉 다시 컴컴한 구간(실버 웜의 반대쪽 목구멍) =〉 은빛 동굴(실버 웜의 반대쪽 입)

이탄의 머릿속에는 이와 같은 일련의 그림이 떠올랐다.

은빛 동굴에서 출발하여 다시 은빛 동굴에 도착하기까지 걸린 시간은 불과 10분도 되지 않는 듯했다.

탑승자들을 태운 길쭉한 통은 레일 위를 구르면서 끼이익! 브레이크를 밟았다. 악마종들은 세불 행성을 출발한 지 10분 만에 디아볼 행성에 도착한 것이다.

[어서 오십시오. 히히히.]

[이히히히. 디아볼 제국에 오신 것을 환영합니다.]

빨간 제복을 입고 빨간 머리카락을 늘어뜨린 여악마종들

이 후루룩 날아와 이탄을 비롯한 세불 제국의 방문자들을 반겼다.

빨간 여악마종들은 상체만 있고 하체는 없었다. 그녀들은 마치 물속을 헤엄치는 인어처럼 자유롭게 허공을 떠다녔다.

세불 제국의 악마종들은 길쭉한 통에서 차례로 내렸다.

지금까지 목에 힘을 주고 거들먹거리던 세불의 귀족들도 디아볼 제국에서는 다소 긴장한 기색이었다. 그들은 빨간 여악마종들 앞에 일렬로 서서 세불 제국이 발행한 은빛 카드를 얌전히 내밀었다.

빨간 여악마종들은 긴 혀를 내밀어 은빛 카드를 낼름 삼킨 다음, 입 안에서 우물거렸다. 그런 다음 카드를 퉤! 뱉어서 돌려주었다.

세불 제국의 젊은 귀족 커플이 인상을 찌푸렸다.

[으윽. 이게 뭐야?]

[더러워.]

카드에 찐득하게 달라붙은 여악마종의 타액이 젊은 커플의 기분을 상하게 만들었다.

이들 커플이 대놓고 인상을 찌푸리자 이번에는 디아볼 제국 여악마종들이 격한 반응을 보였다. 젊은 커플의 카드를 검색하던 여악마종뿐 아니라 주변의 악마종들이 한꺼번에 달려든 것이다.

빨간 여악마종들은 그 자리에서 꺼지듯이 사라졌다가 젊은 귀족 커플의 앞에 유령처럼 나타났다. 그리곤 그들의 주변을 뱅뱅 맴돌았다.

[이히히힛, 왜? 싫어? 우리의 침이 더러워?]

[이히히힛, 카드 말고 다른 것을 핥아줄까? 우리, 잘 핥는데.]

[이히히힛, 침만 바르지 않고 싹 다 녹여줄 수도 있는데.]

하체가 없는 여악마들이 허공을 유영하는 모습은 실로 기괴했다. 세불 제국의 젊은 귀족 커플은 온몸에 소름이 쫙 끼쳤다.

[으으윽, 더럽긴요?]

[전혀 더럽지 않아요.]

젊은 커플은 황급히 손사래를 쳤다.

이 커플은 세불 제국 내에서는 가문의 힘만 믿고서 거들먹거렸으나, 이곳 디아볼 제국에서는 그러한 배경이 눈곱만큼도 통하지 않는다는 사실을 잘 알았다. 그래서 젊은 귀족 커플은 한낱 웜 트레인 포트의 경비병들인 빨간 여악마종들에게도 기가 죽었다.

귀족이 이 지경이니 관료들은 말할 것도 없었다. 세불 제국의 관료들은 바짝 긴장하여 차렷 자세를 풀지 못했다.

오직 이탄만이 느긋했다.

이탄은 디아볼 제국의 여악마종들을 흥미롭게 관찰했다.

'오호라. 역시 전에 읽었던 그 정보가 옳구나. 부정 차원의 여러 제국이나 왕국 가운데 세불 제국은 비교적 인간 세상과 비슷한 편이라고 했지. 그에 비해서 이곳 디아볼은 사뭇 느낌이 다르네. 좀 더 부정부정한 느낌이라고나 할까? 후후훗.'

이탄은 디아볼 제국에 대한 흥미를 부쩍 느꼈다.

이탄이 두 제국의 차이를 머릿속으로 비교하는 동안, 세불 제국의 귀족들은 검색을 모두 마치고는 후다닥 포트 밖으로 뛰쳐나갔다.

그 뒤를 이어서 세불의 관료들이 차례차례 검문검색을 받았다.

관료들이 은빛 카드를 내밀자 빨간 여악마종들은 기다란 혀로 카드를 휘감아 입 안에 넣고는 우물거렸다.

세불 제국의 관료들은 끈적끈적한 침으로 범벅된 카드를 돌려받고도 찍소리 하지 못했다. 빌헬름도 창백한 안색으로 검문검색 절차를 마쳤다.

이제 이탄이 검문을 받을 차례.

빌헬름은 안쓰러운 얼굴로 이탄을 돌아보았다.

'쯧쯧. 디아볼의 악마종들은 곱상하게 생긴 악마종만 보면 그렇게 괴롭힌다던데. 저 젊은이는 괜찮을까 몰라.'

빌헬름은 나름 이탄을 걱정해주었다.

Chapter 8

빌헬름의 안 좋은 예감이 딱 들어맞았다. 빨간 여악마종들은 이탄을 발견하자마자 한꺼번에 우르르 달려들더니 긴 혀를 출렁거리며 이탄의 주변을 맴돌았다.

[이히히힛. 예쁘네.]

[이히히힛. 귀엽네.]

[이히히힛. 예쁘고 귀여워서 보내주기 싫네.]

[이히히힛. 너 여기서 평생 우리랑 살래? 이히히힛.]

여악마종들의 혀에서 거품 섞인 침이 뚝뚝 떨어졌다.

이탄은 묵묵히 카드를 내밀었다.

와작!

이탄의 카드가 여악마종의 혀에 휘감겨 단숨에 부서졌다.

[어라? 카드가 쪼개져버렸네?]

[우리 귀염둥이가 불량 카드를 가져왔구나.]

[이히히힛. 어쩔 수가 없네. 네 신분을 확인해줄 새 카드가 올 때까지 여기서 대기해야지. 이히히힛.]

주변의 여악마종들이 히히덕거렸다.

그러던 한 순간이었다.

[꺄아악!]

여악마종들이 깜짝 놀라 뒤로 확 멀어졌다. 이탄이 아주 살짝, 개미 눈곱의 1,000분의 1만큼만 기운을 개방했을 뿐인데 여악마종들은 고압전류에 감전이라도 된 것처럼 펄쩍 펄쩍 뛰었다.

이탄이 손을 뻗었다.

그러자 몸을 뒤틀고 있던 여악마종 가운데 한 명이 주르륵 날아와 이탄에게 머리채가 붙잡혔다.

사실 이것은 이해할 수 없는 일이었다. 디아볼 제국의 웜 트레인 포트를 지키는 여악마종들은 실체가 없이 영체만 존재하는 부류라 손으로 만지거나 붙잡을 수 없었다.

그런데 이탄은 거침없이 상대의 머리채를 휘어잡았다.

[끼야악, 놔라, 놔.]

여악마종이 당황하여 이탄에게 혓바닥을 쏘았다.

이 여악마종들은 영체이긴 하지만 혓바닥만큼은 언제든지 실체로 전환이 가능했다. 웜 트레인 포트의 여악마종들은 이 혀로 검문검색을 할 뿐 아니라 공격에도 사용했다.

이탄은 투창처럼 쏘아진 상대의 혓바닥을 손으로 거머쥐더니 그대로 잡아 뜯었다.

뚝!

여악마종의 혓바닥이 도마뱀의 꼬리처럼 중간이 끊겼다.

[끼야아아악? 끼야악?]

혀가 잘린 여악마종이 자지러지게 괴성을 질렀다.

멀리 떨어져 있던 여악마종들도 기함했다.

[마, 말도 안 돼.]

[우리는 실체가 없어서 맨손으로는 붙잡을 수 없을 텐데?]

여악마종들은 확인이라도 하듯이 멀리서 혀를 쏘았다. 그녀들의 혀가 고무줄처럼 쭉쭉 늘어나 이탄을 찔렀다.

이탄의 몸에서 100배의 반탄력이 발휘되었다. 여악마종들의 혀는 쾅! 쾅! 폭발했다. 피가 사방으로 튀었다.

[으으으, 이럴 수가.]

여악마종들이 입을 쩍 벌린 가운데 병력이 충원되었다. 소란이 벌어지자 포트를 관리하는 악마병들이 우르르 출동한 것이다.

빨간 여악마종들은 벽과 지붕, 그리고 바닥을 유령처럼 통과하여 속속 도착했다. 그녀들은 이탄이 도망치지 못하도록 빙 둘러쌌다. 그러면서도 이탄이 무서웠는지 거리를 잔뜩 벌렸다.

여악마종들이 이탄을 포위를 하는 동안, 세불 제국의 관료들은 벌벌 떨면서 그 자리에 엎드렸다.

[우으으. 저희는 아무 잘못도 없습니다.]

[저희는 저자와 관련이 없습니다.]

세불 제국의 관료들은 앞다투어 이탄과의 연관성을 부인했다. 그들은 혹시라도 연행되어 디아볼 제국의 감옥에 갇힐까 봐 두려워했다.

반면 빌헬름은 아무런 변명도 하지 않았다.

이탄이 그 모습을 찬찬히 지켜보았다.

잠시 후, 이탄을 처리하기 위해서 여악마종들의 상마, 즉 디아볼 제국의 고위직 악마종이 모습을 드러내었다.

이 고위직 악마종은 푸른 불꽃에 휩싸인 스켈레톤이었다.

상마가 나타나자 빨간 여악마종들이 황급히 좌우로 비켜서 길을 열었다.

스켈레톤 형태의 악마종은 한쪽 발이 불편한지 발을 절름거렸다. 그는 길이가 3 미터나 되는 녹이 슨 대검의 손잡이를 붙잡아 끌었는데, 묵직한 대검의 끝이 땅바닥에 끌리면서 지지지직 소리를 내었다.

스켈레톤의 뼈와 두개골에서는 푸른 귀화가 이글이글 타

올랐다. 크게 솟구친 귀화 속에서 희끄무레한 악령 같은 것들이 고통스럽게 몸을 뒤틀었다. 푸른 귀화의 주변으로 꽈배기 모양의 문자들도 얼핏얼핏 드러났다.

'흐음. 언데드 악마종은 또 처음이네.'

이탄은 상대를 빤히 관찰했다.

이탄도 언데드였다.

그러나 이탄은 눈앞의 스켈레톤 악마종에게 동질감을 느끼지는 않았다. 오히려 이탄은 자신이 언데드라는 사실을 혐오했다.

[여.기.가. 어.디.라.고. 난.동.을. 피.우.느.냐?]

스켈레톤 악마종이 딱딱 끊어지는 뇌파로 으르렁거렸다.

'어엉?'

순간 이탄의 눈이 홱까닥 돌아갔다.

여섯 눈의 존재가 이렇게 딱딱 끊어서 말했다. 한데 스켈레톤 악마종의 뇌파 발산 방식이 그 여섯 눈의 존재와 비슷했다.

'혹시 이 뼈다귀 놈이 그 빌어먹을 존재와 관련이 있나?'

이런 의심을 품은 순간 이탄의 몸이 그 자리에서 붕괴하면서 검푸른 연기로 변했다.

Chapter 9

펑! 하고 흩어졌던 이탄의 몸뚱어리는 어느새 스켈레톤 악마종의 코앞에 나타났다. 이탄은 손을 쭉 뻗어 상대의 두개골을 움켜잡았다.

화르륵!

이탄에게 붙잡힌 순간, 스켈레톤의 두개골에서 푸른 귀화가 벼락처럼 솟구쳐 이탄의 손을 불살라버릴 듯이 공격했다.

이탄의 오른팔 전체가 시퍼런 귀화에 휩싸였다. 귀화 속에서 악령들이 고통스럽게 울부짖었다. 그 악령들이 이탄의 살 속으로 파고들려고 애썼다. 꽈배기 모양의 문자들도 악령들과 함께 달려들어 이탄을 구속하려 들었다.

[흥!]

이탄이 입꼬리를 비스듬히 비틀었다. 이탄은 오른팔에 새겨놓은 (진)마력순환로 속를 텅텅 비웠다.

쫘아아악—.

(진)마력순환로로부터 강력한 흡입력이 발생했다. 꽈배기 모양의 문자들은 저항해볼 엄두도 내지 못하고 그대로 이탄의 (진)마력순환로 속으로 빨려들어 왔다. 이어서 악령들이 이탄에게 흡수를 당했다.

악령들은 고통스럽게 울부짖으면서 이탄의 가슴 속으로 붙잡혀온 다음, 단숨에 음차원 덩어리 속으로 녹아들었다.

[뭐. 뭣?]

깜짝 놀란 스켈레톤 악마종이 녹슨 대검을 휘둘렀다.

허공에서 대검이 쩍 갈라지면서 대검 날 사이에서 수천 개의 하얀 이빨이 드러났다. 상어의 그것을 연상시키는 이빨들은 이탄을 한 입에 삼켜서 씹어버릴 듯 덥석 물었다.

그 전에 이탄이 오른팔을 들어 대검을 막았다. 대검 속에서 튀어나온 수천 개의 이빨들이 이탄의 오른팔 팔뚝을 깨물었다.

콰드득, 와득.

요란한 소리와 함께 이빨들이 폭발했다. 뾰족한 파편들이 대검 내부로 파고들면서 대검 전체가 고통스럽게 검날을 뒤틀었다.

스켈레톤 악마종이 일으킨 귀화가 대검 속으로 화르륵 흡수되었다.

푸른 귀화가 치료약이라도 되는 것인지, 대검이 안정을 찾았다. 부러졌던 이빨도 다시 돋아났다.

"호오?"

이탄은 상대의 무기에 흥미를 느꼈다.

그때 이탄의 영혼 속에서 아나테마가 벌떡 일어났다.

[끼요오오옵. 잔혹한 송곳니의 악마종이닷! 끼요오오옵, 악마사원의 선배들에게 귀동냥만 했던 저 진귀한 악마종을 실제로 만나게 될 줄이야. 끼요오오옵, 이게 웬 횡재냐?]

어찌나 신이 났던지 아나테마는 덩실덩실 엉덩이춤을 추었다.

'잔혹한 송곳니의 악마종? 그게 저 뼈다귀 녀석의 명칭이오?'

이탄이 아나테마에게 물었다.

아타네마는 힘차게 도리질을 했다.

[끼요오옵, 멍청한 녀석. 뼈다귀 말고 저 녹슨 검이 바로 잔혹한 송곳니의 악마종이니라. 뼈다귀 따위는 아무런 영양가 없는 잡스런 숙주에 불과하고, 저 녹슨 검이야말로 진짜로 진귀한 악마종이라니까.]

'허어, 그게 정말이요?'

이탄이 의외라는 듯 눈을 동그랗게 떴다.

아나테마는 답답한 듯 주먹으로 자신의 가슴을 두드렸다.

[끼요옵. 왜 내 말을 의심하고 그래? 저 녹슨 검이 바로 잔혹한 송곳니의 악마종이라니까. 원래 잔혹한 송곳니의 악마종은 무기의 형태를 띠고 있기에 숙주 악마종을 하나 선택해서 그 악마종으로 하여금 자신을 짊어지고 다니게

끔 시킨다니까. 숙주 따위는 아무것도 아니야. 잔혹한 송곳니의 악마종이 진귀한 놈이지. 그러니 잔말 말고 어서 사역마법진을 펼쳐라. 저 악마종은 반드시 붙잡아서 길들여야 해.]

아나테마는 지금 자신이 무슨 말을 하는지도 몰랐다. 그만큼 흥분 상태였다.

이탄이 인상을 썼다.

'쓰읍! 이놈의 영감탱이가 노망이 났나? 잔말 말고 사역마법진이나 펼치라니? 지금 누구더러 이래라 저래라야?'

이탄이 역정을 내자 그의 영혼 속에서 붉은 기운이 칼날 모양으로 일어났다. 섬뜩한 칼날은 등장과 동시에 아나테마의 목젖에 달라붙었다.

[끼욥? 왜, 왜 이래? 내가 뭔 말실수라도 했냐? 미안. 미안.]

아나테마가 곧바로 꼬리를 내렸다.

'쓰읍.'

이탄은 아나테마에게 경고라도 하듯이 눈을 한 번 흘겨주었다.

그러면서도 이탄은 어느새 한 손으로 녹슨 대검을 붙잡고 다른 손으로 고대 악마사원의 사역마법진을 그렸다.

허공에 노란 선이 쭉쭉 그어지면서 사역마법진이 완성되

었다. 마법진 속에서 노란 실이 퓨르릉 솟구쳐서 대검을 휘감았다.

마치 실타래에 감기는 실처럼 둘둘둘.

녹슨 대검은 속박당하는 것이 싫었는지 발작하듯이 푸른 귀화를 내뿜었다.

화르르륵, 화르륵!

녹슨 대검 전체가 시퍼런 귀화로 휩싸였다. 귀화 사이에서 꽈배기 모양의 문자들이 드러났다.

[오호라. 아나테마 영감의 말이 맞았네. 뼈다귀가 아니라 네가 진짜로구나?]

알고 보니 스켈레톤 악마종의 온몸을 휘감고 있던 푸른 귀화는 스켈레톤이 아니라 이 대검의 권능인 듯했다. 귀화와 함께 타오르던 비문들도 스켈레톤이 아니라 대검, 즉 잔혹한 송곳니의 악마종이 깨달은 권능인 것 같았다.

이탄은 녹슨 대검을 더욱 꽉 붙잡았다.

녹슨 대검이 좌우로 분열되면서 그 속에서 하얀 이빨 수천 개다 다시 나타났다. 그 이빨들은 이탄의 손을 단숨에 물어뜯고 도망치려 들었다. 그러면서 대검은 자신을 꽁꽁 포박한 노란 실들도 끊어버리려고 시도했다.

[흥. 어딜 도망치려고?]

이탄이 사역마법진에 음차원의 마나를 보강했다. 듬뿍

유입된 음차원의 마나가 사역마법진을 강화해주었다.

최최최촥!

마법진으로부터 노란 실이 폭발적으로 튀어나와 녹슨 대검을 포박했다. 녹슨 대검은 그물에 잡힌 물고기처럼 세차게 퍼덕거렸다.

이탄은 녹슨 대검 포박에 집중하는 한편, 발로 스켈레톤 악마종을 툭 걷어찼다.

이탄이 살짝 걷어찼을 뿐인데 불쌍한 스켈레톤은 포탄처럼 저 멀리 날아갔다. 그러면서 스켈레톤의 갈비뼈가 와그작 박살 났다.

녹슨 대검을 손에서 놓친 즉시 스켈레톤의 몸 전체를 휘감고 있던 푸른 귀화도 사라져버렸다.

이제 확실히 증명되었다. 푸른 귀화는 스켈레톤이 아니라 녹슨 대검에 속한 권능이었던 것이다.

Chapter 10

[저놈을 공격하라.]

이탄이 눈 깜짝할 사이에 스켈레톤 악마종을 무력화시키자 사방에서 여악마종들이 달려들었다. 여악마종들은 자신들의 혀를 무기처럼 휘둘러서 이탄을 공격했다.

이탄은 여악마종들의 공격에는 신경도 쓰지 않았다. 그녀들의 혓바닥은 이탄의 몸에 스치자마자 쾅! 쾅! 폭발했다.

[꺄악—.]

여악마종들이 비명을 지르면서 뒤로 물러났다.

그러는 사이 녹슨 대검은 완벽히 포박을 당했다. 사역마법진에서 솟구친 노란 실은 녹이 잔뜩 슨 대검을 칭칭 휘감아 두툼한 꼬치 모양으로 만들었다. 잔혹한 송곳니의 악마종이 꼬치 속에서 아무리 펄떡거려봤자 속박을 풀지는 못하였다.

이탄이 한 손으로 대검을 쥐고서 물었다.

'그런데 영감, 이 괴상한 악마종을 왜 꼭 붙잡으라고 한 거요? 이 악마종이 그렇게 쓸모가 있소?'

아나테마가 냉큼 대답했다.

[있고말고. 끼요오옵. 이 특별한 악마종은 평소에 주로 무기의 형태로 존재하는데, 위력이 강하고 형태 변형이 자유로워 고대 악마사원에서도 이놈들을 사역하여 강력한 무기로 제련하려고 애썼느니라. 게다가 이 악마종들은 숙주를 통해 자신의 정체를 감출 만큼 교활하기도 하지. 하지만 무엇보다 이 악마종들이 가치가 높은 이유는…….]

아나테마가 설명을 하다말고 갑자기 말꼬리를 흐리더니 이탄의 눈치를 살살 살폈다. 아나테마의 이마에서 식은땀이 주륵 흐르는 듯했다. 사실 아나테마는 실체가 없이 악령으로만 존재하는 터라 실제로 식은땀을 흘릴 수는 없었다. 하지만 그는 지금 자신이 땀을 흘린다고 느낄 만큼 바짝 긴장했다.

이탄이 눈매를 가늘게 좁혔다.

'영감, 왜 말을 하다 마쇼?'

[끼요옵? 응?]

'영감, 혹시 나에게 숨기는 거라도 있소?'

이탄은 귀신처럼 눈치가 빨랐다.

아나테마는 당황하여 쩔쩔 매다가 속내를 털어놓았다.

[끼요오옵. 사실은…….]

'사실은?'

[사실은 잔혹한 송곳니의 악마종을 사역하여 온전히 무기로 제련하고 나면, 그 무기야말로 안락한 안식처가 되느니라.]

'안식처라고? 영감, 설마……?'

이탄은 무언가를 깨달은 듯 눈을 동그랗게 떴다.

아나테마가 한숨을 폭 내쉬었다.

[하아아~. 그래. 나와 같은 악령이나 혼령들이 머물 수

있는 안식처 말이다. 원래 고대 악마사원에서는 이 아나테마 님 이전에도 리치가 존재했더랬지. 그 선배 리치는 운이 좋게도 잔혹한 송곳니의 악마종을 사역하여 무기 형태의 라이프 베슬로 만든 다음, 그 속에 자신의 혼령을 집어넣어 영생을 꿈꾸었단다. 에효오오. 그러다 결국 그 선배도 부정차원으로 흘러들어 가 영영 소식이 끊겼지만 말이다. 끼요오옵.]

여기까지 설명을 한 뒤, 아나테마는 어깨를 축 늘어뜨렸다.

이탄이 코웃음을 쳤다.

'흐응, 영감.'

[왜?]

'그렇게 풀이 죽은 이유가 뭐요? 이 녹슨 대검을 생포하여 무기로 제련한 뒤, 영감이 그 속에 이주하려고 했던 거요? 그러다 나에게 속셈이 들키니까 풀이 죽은 건가?'

[끼요옵. 쳇! 이놈아. 다 알면서 뭘 그렇게 확인사살을 하냐? 끼요옵. 그래. 내가 그런 마음을 품었더랬다. 네 녀석의 영혼 속에 갇혀 지내는 게 하도 답답해서 나도 좀 자유를 찾고 싶었다. 끼요오옵. 나는 뭐 자유를 꿈꾸지도 못하냐? 끼요오오옥.]

아나테마의 악령이 서럽게 끼욕거렸다.

이탄은 아나테마를 물끄러미 바라보다가 선선히 고개를 끄덕였다.

'찾으쇼.'

[끼요오옥, 나는 자유도 없느냔 말이다. 서러워서 진짜. 끼요오오……. 엉? 뭐라고? 너 지금 뭐라고 했냐?]

아나테마의 눈이 휘둥그레졌다.

이탄이 거듭 의사를 밝혔다.

'찾으라고. 자유.'

[어엉? 자유를 준다고? 내게?]

아나테마가 손가락으로 자신을 가리켰다.

'그렇소.'

이탄은 선뜻 머리를 주억거렸다.

'영감이 그렇게 원하는데 자유를 줘야지. 내가 이 악마종을 그럴듯한 무기로 제련해줄 테니, 제련이 끝나거든 영감이 무기 속으로 이주하쇼.'

[아니, 뭐. 내가 꼭 이주를 하겠다는 건 아니다. 끼요옥. 그저 나도 별장이 하나 있고 싶어서 말이다. 평소에는 여기에 머물다가 마음이 답답해지면 잔혹한 송곳니의 악마종을 별장처럼 쓰고 싶다는 게지. 끼요옥.]

아나테마는 이탄의 눈치를 보면서 말을 바꿨다.

처음부터 아나테마가 이런 생각을 한 것은 아니었다. 아나테마는 잔혹한 송곳니의 악마종을 무기 형태의 라이프 베슬로 만든 뒤, 아예 그곳으로 이주하여 이탄으로부터 독립할 계획이었다.

그런데 이탄이 선뜻 놓아준다고 하자 갑자기 아나테마의 마음이 바뀌었다.

'비록 잔혹한 송곳니의 악마종이 튼튼하다고 하나 이탄 녀석의 몸뚱어리만큼 단단하지는 않잖아? 내가 만일 새 보금자리로 이주를 했는데 그 보금자리가 전투 중에 깨지기라도 한다면? 그럼 내 인생, 아니 리치생도 끝장이잖아?'

아나테마는 이 점을 우려했다.

1. 이탄의 영혼에 기생하여 영구한 세월을 살아가기.
2. 새 보금자리에서 자유롭게 새로운 삶을 시작하기.

아나테마의 뇌리에는 이상과 같은 두 가지 옵션이 떠올랐다. 아나테마는 번갯불에 콩을 구워먹을 만큼 짧은 시간 동안에 위의 두 가지 옵션을 비교해 보았다.

양쪽 다 장단점이 존재했다.

그런데 욕심이 많은 아나테마로서는 양쪽의 장점을 모두 다 놓치기 싫었다. 하여 아나테마는 순간적으로 '별장' 이라는 개념을 떠올리게 되었다.

'별장?'

이탄이 고개를 갸웃했다.

Chapter 11

아나테마는 뇌파를 가다듬은 다음, 성심성의껏 이탄을 설득했다.

[끼요옵. 그래. 별장. 너도 세불 제국 태자궁에 네 거처가 있잖아. 그런데 너는 가끔가다 머무는 별장도 가졌잖아. 나도 그러고 싶다는 게지. 앞으로도 나는 주로 너와 함께 지내겠지만, 가끔씩 콧구멍에 바람을 넣고 싶을 때면 별장에 가고 싶다는 게다. 끼요오옥.]

'흐으음.'

이탄이 손가락으로 턱을 조몰락거렸다.

아나테마는 곁눈질로 슬슬 이탄의 눈치를 살폈다.

마침내 이탄이 마음의 결정을 내렸다.

'좋소.'

[끼욕? 진짜냐? 진짜로 별장을 허락해 주는 게야?]

아나테마의 입꼬리가 단번에 귀에 걸렸다.

이탄이 피식 웃었다.

'뭐, 영감과 내가 하루 이틀 알아온 사이도 아니고, 영감이 그렇게 원하는데 내가 못 들어줄 것은 또 뭐가 있겠소?'

[끼요오옥, 진짜지? 진짜 거짓말 아니지? 내게 별장을 허락하는 게지? 끼요오오옵.]

아나테마가 신이 나서 엉덩이를 앞뒤로 빠르게 흔들었다.

이탄이 검지를 좌우로 까딱거렸다.

'단, 조건이 있소.'

[끼요오옥. 내 이럴 줄 알았다. 너처럼 사악한 놈이 나를 곱게 보내줄 리 없지. 그래, 뭘 원하느냐?]

이탄이 손가락 2개를 폈다.

'첫째, 영감의 그 더러운 춤은 별장에서만 출 것.'

이탄은 아나테마의 저질 춤이 정말로 꼴 보기 싫었다. 그래서 이 조건을 첫 번째로 내걸었다.

아나테마가 발끈했다.

[끼요오옵, 더럽다니? 내 춤이 더럽다니? 이게 무슨 망발이냐? 이 아나테마의 춤사위는 고대 악마사원에서 찬탄하지 않는 사도가 없었느니라. 춤선이 곱고 열정이 넘치기로 유명했단 말이다. 특히 나의 연인인 샤흐크가 내 춤을 얼마나 좋아했는데? 끼요오옵. 이런 예술도 모르는 놈 같으니.]

'됐고, 두 번째 조건은 혹시라도 별장이 파괴될 위험에 처했을 때 괜히 별장을 지키려고 애쓰다가 영감마저 소멸당하지 맙시다. 별장은 내가 나중에 또 구해줄 수도 있으니까 위험하다 싶으면 바로 별장을 버리고 본집으로 돌아오쇼. 험험험.'

이탄은 말을 해놓고도 민망했는지 주먹을 입에 대고 헛기침을 했다.

순간 아나테마의 동공은 지진이라도 만난 듯 흔들렸다.

[너! 이탄 너!]

이탄이 짐짓 성을 내었다.

'아, 뭐. 괜히 이상한 상상 하지 마쇼. 그저 영감이 소멸하면 일수장부에 도장을 받을 길이 없어서 그러는 거니까. 으허험.'

이탄은 조금 더 크게 헛기침을 했다.

[아! 일수장부. 끼요오옥…….]

아나테마는 일수장부라는 단어에 움찔했다가 잠시 침묵했다. 그러다 아나테마가 이탄을 물끄러미 바라보는데 그 눈빛이 어딘지 모르게 기묘했다.

이탄이 툭 쏘아붙였다.

'영감, 뭘 그렇게 그윽하게 보쇼?'

[아니, 뭐. 그냥.]

아나테마는 대답을 얼버무렸다.

이탄도 서둘러 화제를 돌렸다.

'그나저나 여기서 당장 이 악마종을 무기로 제련하기는 힘들지 않겠소? 영감이 별장을 갖고 싶은 마음이야 굴뚝같겠지만 좀 기다리쇼.'

[그래. 기다리고말고. 암, 기다려야지.]

아나테마는 이탄의 말에 순순히 수긍했다.

이탄이 아나테마와 대화를 나누는 동안, 디아볼 제국의 여악마종들은 난감한 처지에 빠졌다. 이탄을 공격하자니 자신이 없고, 그렇다고 포위망을 풀 수도 없어서였다.

결국 이탄이 해결책을 제시할 수밖에 없었다.

이탄이 마음만 먹는다면 이곳의 여악마종들을 모조리 도륙하는 것은 일도 아니었다. 하지만 이탄은 그렇게 난리법석을 치고 싶지는 않았다.

[이봐.]

이탄이 스켈레톤 악마종에게 다가가 말을 걸었다.

스켈레톤은 벽에 기대앉아 부러진 갈비뼈를 어루만지던 중이었다. 이탄이 그 앞에 다리를 벌리고 앉아 속삭였다.

[이봐. 내 뇌파가 안 들려? 나와 얘기 좀 하자고.]

[무, 무슨 얘기를 하자는 거냐?]

스켈레톤이 당황하여 뇌파를 더듬었다.

스켈레톤은 이탄이 갑자기 뇌파를 걸 줄은 몰랐다. 어찌나 놀랐던지 그는 딱딱 끊어서 뇌파를 내보내던 습관도 바꾸었다.

이탄이 여악마종들 몰래 검지를 입술에 대었다.

[쉿! 그렇게 뇌파 출력을 높일 거야? 네 부하들이 다 들리게?]

[그게 무슨 뜻이…….]

스켈레톤이 반문을 하려는데 이탄이 중간에 말을 잘랐다.

[네가 이곳 웜 트레인 포트의 책임자지? 사실 네 무력의 근원은 녹슨 대검이지 네가 아니지만, 어쨌거나 표면상으로 이 구역의 책임자는 너잖아.]

[……그렇다.]

스켈레톤은 조금 머뭇거리다가 수긍했다.

'어차피 이 세불 제국 녀석은 나와 녹슨 대검 사이의 관계를 알고 있는 것 같은데, 거짓말을 해봤자 소용이 없겠지?'

스켈레톤 악마종은 이런 생각으로 솔직하게 답했다.

이탄이 스켈레톤의 어깨뼈를 두드렸다.

[좋아. 말이 통해서 좋군. 그렇다면 네가 포트의 책임자

자격으로 이 분쟁을 종료해줘야겠다. 네가 나서서 사태 수습 좀 해라.]

[내가 왜?]

스켈레톤이 발끈했다.

스켈레톤의 얼굴엔 '난리를 친 것은 너잖아? 그런데 내가 왜 사태를 수습해야 해?' 라는 불만이 쓰여 있었다.

이탄이 손가락으로 상대의 턱뼈를 붙잡았다.

뿌득!

별로 힘을 준 것 같지도 않은데 이탄의 손톱이 턱뼈 속으로 쑥 파고들었다.

[헙!]

스켈레톤 악마종이 화들짝 놀랐다.

Chapter 12

이탄은 상대의 뇌에만 들리게 속삭였다.

[네가 여기서 수습을 해줘야 네 부하들이 내 손에 떼죽음을 당하지 않을 거잖아. 게다가 네 선에서 수습을 해야 너의 실력이 들통 나지 않지. 이번 일이 상부에 보고되면 너도 골치 아플 것 아냐. 안 그래?]

이탄은 정확하게 상대의 약점을 찔렀다.

[윽.]

스켈레톤 악마종은 말문이 턱 막혔다.

이탄이 한 마디를 더했다.

[나에게 고마운 줄이나 알라고. 잔혹한 송곳니의 악마종은 마음에 드는 새 숙주가 나타나면 언제든지 기존의 숙주를 잡아먹는 습성을 지녔거든.]

이탄은 아나테마가 귀띔해준 내용을 상대에게 전해주었다.

스켈레톤 악마종은 이미 이 사실을 알고 있었는지 별로 놀라는 기색이 없었다. 대신 스켈레톤 악마종은 곰곰이 생각에 잠겼다. 이탄의 말대로 이번 일을 수습할 것인지 말 것인지 고민하는 모양이었다.

이탄은 상대의 턱을 가만히 놓아주었다.

잠시 후, 스켈레톤 악마종이 자리에서 일어섰다. 그는 빌헬름을 포함한 세불 제국의 관료들이 지켜보는 가운데, 그리고 디아볼 제국의 여악마종들도 주목하는 가운데, 웜 트레인 포트의 책임자 자격으로 분쟁을 정리했다.

[험험험. 이번 일은 오해에서 비롯된 것이다. 상대는 세불 제국 황자의 특명을 받고 우리 디아볼 제국을 방문한 특사인데 우리 측 검색요원의 응대가 좀 짓궂었지? 하지만

특사의 대응도 너무 과격했어. 이렇듯 양측 모두 잘못이 있으니 다들 한 발씩 양보하여 여기서 덮자.]

이번에도 스켈레톤 악마종은 뇌파를 딱딱 끊어서 말하지 않았다.

[경비대장님, 안 됩니다.]

[그냥 여기서 덮어버리자고요?]

혀를 뽑힌 여악마종들이 사납게 소리쳤다.

스켈레톤은 텅 빈 동공으로 여악마종들을 노려본 다음, 낮게 으르렁거렸다.

[그럼 계속해 볼까?]

[네?]

[싸움을 계속하길 원한다면 지금 당장 상급 부대에 지원을 요청해라. 그리고 상급 부대가 이곳에 도착할 때까지 너희들 힘으로 저 세불 제국의 특사와 계속 싸워봐.]

스켈레톤은 손가락으로 이탄을 가리켰다.

여악마종들의 시선이 이탄에게 향했다가 이내 해쓱하게 변했다. 여악마종들은 이탄과 감히 더 싸워볼 용기가 없었다.

스켈레톤 악마종이 거 보란 듯이 뇌파를 이었다.

[상대는 우리 제국을 방문한 특사다. 여기서 더 다퉈봤자 이득 될 게 없어. 서로에게 피해만 갈 뿐이란 말이다. 그러

니까 여기서 접어.]

[하지만 경비대장님의 무기는 어떻게 합니까? 경비대장님께서도 저자에게 무기를 빼앗기지 않았습니까?]

여악마종은 턱으로 이탄이 움켜쥐고 있는 대검을 가리켰다. 그 말을 알아들었는지 노란 꼬치 속에서 잔혹한 송곳니의 악마종이 꿈틀거렸다.

빡!

이탄이 손바닥으로 녹슨 대검을 내리쳤다.

[쿠왁!]

꼬치 속에서 비명이 터졌다. 이탄의 한 방이 어찌나 강렬했던지 잔혹한 송곳니의 악마종은 하마터면 몸체가 두 동강 날 뻔했다. 잔혹한 송곳니의 악마종은 이탄의 한 방에 그대로 정신을 잃었다.

'에효~.'

스켈레톤 악마종은 그 모습을 보면서 씁쓸한 표정을 지었다. 스켈레톤 악마종은 이렇게라도 숙주 신세에서 벗어난 것을 좋아해야 할지 아닌지 헷갈렸다.

일단 검문검색대를 통과하자 그 다음은 막힘이 없었다. 이탄이 포트를 벗어나서 광장으로 나왔다.

빌헬름이 이탄에게 가까이 다가왔다.

이탄은 빌헬름의 어깨 너머로 다른 관료들이 옹기종기 모여 있는 모습을 보았다. 관료들은 한군데 모여서 쭈뼛거리는 중이었다.

사실 이 관료들도 이탄과 안면을 트고 싶은 생각은 굴뚝 같았다. 하지만 그들은 언감생심 이탄에게 다가오지 못했다. 관료들의 뇌리에는 조금 전 자신들의 모습이 떠올랐다.

[우리들은 난동을 피우는 저자와는 아무런 관계가 없는 악마종들입니다.]

관료들은 디아볼 제국의 여악마종들에게 분명히 이렇게 주장했다.

'제기랄. 일이 이렇게 풀릴 줄 알았으면 그러지 않는 것인데.'

'아아아. 승진할지도 모를 기회를 이렇게 날릴 줄이야.'

후회해봤자 이미 때는 늦었다. 관료들은 이탄에게 다가서는 빌헬름의 뒷모습을 부러운 듯이 쳐다볼 수밖에 없었다.

이탄은 관료들의 생각을 빤히 읽었다. 이탄의 입에서 헛웃음이 나왔다.

[빌헬름 님.]

이탄이 먼저 아는 체를 했다.

빌헬름은 한 손으로 모자를 벗고는 이탄에게 정중히 목례했다.

[황자님의 특사셨습니까? 그럼 귀족이실 텐데, 제가 실례가 많았습니다.]

빌헬름의 표정은 그리 좋지 않았다. 귀족에게 무례를 범했다가 목숨을 잃거나 지방으로 좌천된 관료 선배들이 한두 명이 아니기 때문이었다.

이탄은 가볍게 손을 저었다.

[귀족은 무슨.]

[귀족이 아니시란 말씀입니까?]

빌헬름이 눈을 동그랗게 떴다.

이탄은 고개를 좌우로 흔들었다.

[나는 그냥 운이 좋아 요제프 황자님의 특명을 받았을 뿐이오. 빌헬름 님이라고 하셨죠? 다음에 기회가 되면 또 뵙죠.]

이탄은 빌헬름에게 짧게 목례를 건넨 다음 자리를 떴다. 이탄은 이곳에서 시간을 허비할 생각이 없었다. 그래서 빌헬름과 길게 이야기를 나누지 않고 포트를 벗어났다. 이탄의 호위를 맡은 루건과 사냥개가 무표정하게 그 뒤를 따랐다.

빌헬름도 이탄과 짧게나마 인사를 나눈 것으로 만족했다.

Chapter 13

이틀 뒤.

이탄과 루건, 그리고 사냥개는 복어처럼 생긴 마수를 한 마리씩 타고서 디아볼 제국의 평야를 가로지르는 중이었다.

이 평야지대에 진입하기 전까지만 하더라도 이탄 일행은 디아볼의 악마종들과 수십 차례의 싸움을 거쳐야 했다. 디아볼 제국의 악마종은 투쟁과 광기에 물들어 있다더니, 과연 그 말이 맞았다.

악마종들만 기세등등하게 설쳐대는 것이 아니었다. 마수들의 습격은 거의 매 시간마다 한 번씩은 있었다. 디아볼 제국의 마수들은 미치광이 같다더니 그 말도 틀리지 않았다. 이곳의 마수들은 자신보다 더 강자에게도 겁 없이 달려들었다.

덕분에 이탄과 루건, 그리고 사냥개는 피로 길을 뚫고 살육으로 밤을 지새워야만 했다. 물론 이탄은 피를 뒤집어쓰기를 회피하지 않았다.

그러다 이곳 평야 지대에 들어서자 거짓말처럼 마수들의 습격이 중단되었다. 이 지역은 마수들도 살기 힘든 삭막한 평야로, 디아볼 제국에서는 이곳을 '지옥의 평원' 이라는 무시무시한 이름으로 불렸다.

이탄은 지옥의 평원을 횡단하기 위해서 탈것 세 마리를 구매했다. 그것도 꽤 비싼 값을 치르고 샀다.

비록 생김새는 복어처럼 볼록하여 우스꽝스러웠지만, 사실 이탄이 구매한 마수들은 비행속도가 벼락처럼 빠르고 순해서 탈것으로 종종 이용되곤 했다. 디아볼 제국의 악마종들 대부분은 먼 길을 떠날 때 반드시 이 마수를 애용했다.

다만 그만큼 복어를 닮은 마수들은 가격이 비쌌다.

마수들을 타고 지옥의 평원을 빠르게 지나던 중 이탄이 루건을 돌아보았다.

[루건, 저 앞의 갈림길에서 어느 쪽으로 가면 퀘펭 산이 나오지? 오른쪽인가? 아니면 왼쪽?]

이탄이 미리 조사한 첩보에 따르면 그가 찾는 번개의 연못은 퀘펭 산 내부에 존재할 가능성이 높았다. 이탄은 퀘펭 산을 찾기 위한 길잡이로 루건을 선택했다.

문제는 루건이 초행이라는 점.

[이탄 님, 참으로 송구스런 말씀입니다만 저는 세불 제국에서 태어나 평생을 그곳에서만 살아온 토박이입니다. 일전에도 말씀드렸지만, 저는 디아볼 제국에 대해서는 정말 아는 바가 없습니다.]

루건이 울상을 지었다.

루건의 주장은 사실이었다. 루건의 생모가 디아볼 제국의 악마종이기는 하나, 그것이 곧 루건이 디아볼 제국의 지리에 해박할 것이라는 사실과 연결되지는 않았다.

이탄이 버럭했다.

[이런 쓸모없는 것! 길잡이 노릇도 제대로 못 할 거면 뭐 하러 나를 따라왔어? 너 때문에 마수 한 마리만 더 사야 했잖아.]

[큽, 죄송합니다.]

루건이 고개를 푹 숙였다.

솔직히 루건은 억울했다.

'쳇. 내가 언제 따라오겠다고 했나? 이탄 님이 싫다는 나를 억지로 끌고 온 거면서.'

루건은 이런 항의가 목젖까지 치밀어 올랐다.

하지만 루건은 울화를 밖으로 내뱉지는 못하였다. 괜히 불평을 했다가 이탄에게 한 대 쥐어 박히기라도 한다면 그만 손해이기 때문이었다. 아니, 손해 정도가 아니라 루건은 대가리에 구멍이 뚫려서 즉사할지도 몰랐다.

그러는 사이 갈림길이 코앞으로 다가왔다. 결국 이탄이 방향을 정했다.

[일단 오른쪽 길로 가보자.]

휙!

복어를 닮은 마수들은 이탄의 지시대로 우측 길로 방향을 꺾었다. 마수들은 코너를 돌 때도 속도를 줄이지도 않았다. 마수들이 갑자기 방향을 꺾는 바람에 루건은 하마터면 저 멀리 튕겨 나갈 뻔했다.

[으헉?]

깜짝 놀란 루건이 황급히 손을 뻗어 마수의 등에 돋아난 뿔을 꽉 움켜잡았다. 그 바람에 루건을 태운 마수가 속도를 약간 늦췄다.

이탄은 한 번 더 눈살을 찌푸렸다.

[쯧쯧쯧. 가지가지 한다. 내가 어쩌다 저런 혹덩어리를 데려왔나 몰라.]

'크윽.'

루건은 억울했지만 입술을 꾹 깨물고 참았다.

그로부터 다시 한참의 시간이 흘렀다.

[이 길이 맞나?]

이탄이 지옥의 평원 한복판에서 마수를 멈춰놓고 주변을 재확인했다.

광활한 평야 지대에는 오래된 옛 도로의 흔적만 남아 있을 뿐, 인적이나 마을은 찾아볼 수 없었다.

이탄은 탐색의 권능을 발휘했다.

지이이잉—.

이탄의 초월적인 감각이 지옥의 평원을 넓게 스캔했다.

한 때 이탄은 이 권능을 이용하여 클루티 행성의 3분의 1 이상을 광역 스캔했고, 그 결과 쓰리 아이즈 탑을 찾아내었다.

그런데 이곳 지옥의 평원에서는 이탄의 사기적인 스캔 능력이 제한을 받았다. 공기 중에 부정한 기운이 농밀하게 뭉쳐있는 탓이었다. 이탄은 지옥의 평원 전체를 한 번에 스캔하는 것은 포기하고 수 킬로미터 이내로만 작게 탐색했다.

이탄이 작게 범위를 축소하자 그래도 스캔이 가능했다.

[출발.]

이탄은 방향을 결정하고는 다시 출발 명령을 내렸다.

그렇게 스캔과 이동을 반복하기를 꼬박 하루.

이탄 일행이 지옥의 평원에 들어선 지도 어느새 사흘이 지났다.

평원을 감싼 농밀한 기운은 이탄이 아닌 다른 두 악마종, 즉 루건과 사냥개에게 부정적인 영향을 끼쳤다.

[헉헉헉. 어헉.]

루건은 고산병에라도 걸린 악마종처럼 숨을 헐떡였다.

사냥개도 혀를 턱까지 길게 빼고 힘들어하는 눈치였다.

이들 두 악마종이 헐떡거리는 이유는 뻔했다. 공기 중에 부정한 기운의 밀도가 말도 안 되게 높은 탓이었다.

반면 디아볼 제국에서 태어난 마수들은 아무렇지도 않아 보였다. 이탄도 스캔 영역이 축소된 것을 제외하면 그다지 큰 영향을 받지 않았다.

“쓸모없는 것들 같으니.”

이탄은 한심한 듯 루건과 사냥개를 돌아보았다. 그리곤 마지못해 정지 신호를 보냈다.

[쯧쯧쯧. 그렇게 힘들면 여기서 좀 쉬었다 가자.]

[헉헉. 허허헉. 고맙습니다, 이탄 님. 헉헉.]

루건이 복어처럼 생긴 마수의 등 위에서 미끄러지듯이 떨어져 내린 뒤, 땅바닥에 대자로 드러누웠다.

사냥개도 바닥에 내려와 철퍽 주저앉았다.

두 악마종이 지쳐서 널브러져 있는 동안, 세 마리의 마수는 허공에 둥둥 떠서 이탄만 바라보았다.

제3화

네 번째 언령의 벽

Chapter 1

[이리 오렴.]

이탄은 짐 보따리에서 마수들 전용 간식을 꺼냈다.

그 즉시 마수 세 마리가 후다닥 날아와 이탄 앞에 나란히 앉았다. 마수들은 뾰족한 이빨이 빼곡하게 박힌 아가리를 쩍 벌렸다.

이탄은 마수들의 입에 간식을 던져 넣어주었다.

마수들이 헐레벌떡 간식을 흡입했다.

그 모습을 보고는 이탄이 빙그레 웃었다. 이탄의 머릿속에는 몽몽이 떠올랐다. 몽몽은 삼각형 귀를 가진 강아지령이었다. 그동안 이탄은 몽몽의 도움을 받아서 언노운 월드와 동차원을 자유롭게 오가곤 했다.

지금도 이탄의 아공간에는 몽몽이 잠들어 있는데, 이곳이 부정 차원인지라 몽몽을 깨우지 못했다. 만약 부정한 기운이 가득한 이 세상에서 동차원의 영을 꺼냈다가는 당장에 몽몽이 소멸을 당하거나 오염이 될 것이다.

이탄은 몽몽 대신 세 마리 마수들의 머리를 쓰다듬었다.

"생김새와 달리 너희들도 제법 귀엽구나."

복어처럼 생긴 마수들은 이탄이 머리를 쓰다듬어 주는 것이 기분 좋은 듯 그르렁 그르렁 소리를 내었다.

부하들에게 휴식 시간을 주고, 세 마리 마수들에게 간식까지 먹인 다음, 이탄은 주변을 한 바퀴 둘러보았다.

"아무래도 이곳 풍경이 익숙한데?"

이탄은 일종의 기시감을 느꼈다.

과거에 피사노 캄사의 혈육들이 시시퍼 마탑에 침투한 적이 있었다.

그때 이탄은 퀘스트의 일환으로 시시퍼 마탑의 마법사들을 도와서 피사노교의 첩자들을 색출하는 임무를 수행했다. 그러던 중 이탄은 피사노교의 첩자들을 직접 뒤쫓게 되었고, 그만 부정 차원에 살짝 진입했었다.

"그때 내가 목격한 부정 차원의 풍경이 꼭 이랬거든. 아무래도 과거에 내가 살짝 맛보기를 했던 장소가 바로 이곳 지옥의 평원이었나 봐."

이탄의 짐작은 사실이었다.

당시에 피사노 캄사의 명을 받아서 시시퍼 마탑에 침투했던 첩자들, 즉 잠행사도들은 정체가 발각 나자 부정 차원을 통해서 도주를 시도했다. 그때 잠행사도들이 우연히 거쳐 간 장소가 바로 이곳 디아볼 제국에 위치한 지옥의 평원이었다.

특히 잠행사도들 가운데 여자 사도 한 명은 지옥의 평원에 잠시 머문 대가로 끔찍한 현상을 겪었다. 무서울 정도로 사악한 기운에 노출된 탓에 그녀의 사타구니 사이에서 남성의 물건이 돋아난 것이다.

그 후 그 여자 잠행사도가 겪어야 했던 심리적 괴로움은 말도 못 하게 컸다.

물론 이탄은 여잠행사도가 겪은 일을 전혀 알지 못했다. 설령 알았다고 하더라도 이탄이 그녀에게 일말의 미안함을 느낄 리는 없었다.

이탄 일행은 한 시간가량의 휴식을 끝내고 다시 출발했다. 마수들은 벼락처럼 빠른 속도로 드넓은 평야를 가로질렀다.

그렇게 힘차게 출발한 것도 잠시뿐.

빠르게 날아가던 마수들도 시간이 갈수록 속도가 저하되었다. 부정한 기운의 밀도가 갈수록 높아지는 탓이었다.

이 일대는 디아볼 제국에서 태어난 마수들조차 견디기 힘들어할 정도로 부정한 기운이 농밀했다.

루건은 심하게 멀미를 하다가 결국 마수의 등에 쓰러졌다.

[으어어어.]

루건의 입에서 가느다란 신음과 함께 침이 주르륵 흘러내렸다.

사냥개도 정신 못 차리고 눈이 돌아갔다.

오직 이탄만이 멀쩡했다.

"방향은 여기가 맞는 것 같은데, 아무래도 이 녀석들이 문제네."

이탄은 루건과 사냥개를 힐끗 돌아본 다음, 마음의 결단을 내렸다. 루건과 사냥개를 살리려면 중간 중간 계속해서 휴식을 취할 수밖에 없는데, 이탄은 그렇게 느리게 이동하고 싶지는 않았다.

그렇다면 방법은 하나뿐.

"녀석들을 여기에 두고 갈 수밖에."

이탄은 마수의 등에서 내린 다음, 아공간 박스 속에서 상급 음혼석을 몇 개 꺼냈다. 그는 아나테마에게 배운 지식에 그릇된 차원의 음혼석을 결합하여 보호마법진을 하나 설치할 요량이었다.

그동안 이탄이 아나테마와 일수도장을 찍으면서 저주마법을 열심히 배운 덕분인지 이제 마법진 설치도 능숙해졌다.

"자. 이렇게 이렇게 그리면 되겠지."

이탄이 평원 위에 꼼꼼하게 마법진을 그렸다. 마법진의 꼭짓점에는 상급 음혼석을 차례로 박아 넣었다. 마지막으로 이탄이 마법진에 음차원의 마나를 불어넣자 고대 악마 사원의 보호마법이 촉발되었다.

고오오옹!

마치 핏물을 굳혀놓은 것처럼 젤라틴 형태의 붉은 고체가 자라나더니 루건과 사냥개를 뒤덮었다.

[후욱, 훅. 어구구, 이제야 좀 살겠습니다.]

보호마법의 효과 덕분인지 루건은 한결 호흡이 편해진 것을 느꼈다.

사냥개도 식은땀을 덜 흘렸다.

이탄은 숨을 헐떡거리는 마수 세 마리도 보호마법진 안에 넣어두었다. 그런 다음 이탄은 루건 등에게 잠시 작별을 고했다.

[너희들은 이곳에서 나를 기다려라. 나머지 길은 나 혼자 다녀오마.]

이탄은 귀찮은 짐을 내려놓는다는 듯이 말하였으나, 사실 이탄의 뇌파 속에는 루건과 사냥개에 대한 배려가 담겨 있었다.

루건도 그 점을 눈치챘다.

[죄송합니다, 이탄 님.]

루건이 바닥에 납죽 엎드렸다.

[죄송은 무슨.]

이탄은 괜히 민망해졌다. 하여 이탄은 검지로 자신의 관자놀이를 긁은 뒤 재빨리 자리를 떴다.

Chapter 2

홀로 출발하기 전, 이탄은 감각을 최대한 넓게 퍼뜨려서 훼펭 산이 존재할 만한 방향을 탐색했다.

'훼펭 산 근처로 갈수록 부정한 기운이 농밀해지겠지? 그 점을 기준으로 삼아서 방향을 선택하면 돼.'

이탄은 이런 생각으로 주변 공기 밀도를 스캔했다.

[어디 보자. 이 방향일 가능성이 높을까?]

이탄은 신발형 비행법보를 구동하여 가능성이 높은 방향으로 날아갔다. 이탄의 비행 속도는 마수들에 비해서 별로 뒤떨어지지 않았다.

그렇게 나흘이 또 흘렀다. 이탄이 디아블 제국에 도착한 시점부터 따지면 벌써 일주일이나 지난 셈이었다.

이탄은 쉬지도 않았을뿐더러 밤에 잠도 자지 않았다. 중간에 식사도 생략했다. 이탄은 언데드인지라 음식을 먹을 필요가 없었다. 이탄은 그저 주변을 탐색하고, 방향을 정해서 날아가는 일만 꾸준히 반복했다.

그래도 훼펭 산은 쉽게 나타나지 않았다.

이 신비로운 산은 디아볼 제국의 악마종들에게도 거의 알려져 있지 않았다. 훼펭 산의 정확한 위치가 표시된 지도도 없었다.

훼펭 산만 그런 게 아니었다. 지옥의 평원에 대한 상세 지도는 만들어진 역사가 없었다. 그러니 이탄은 그저 감각과 육감에 의존하여 목적지를 찾아갈 수밖에 없었다.

슈와아앙—.

이탄이 조금 더 속력을 높였다. 그렇게 사흘가량을 더 날아간 끝에 이탄이 처음으로 입을 열었다.

"갈수록 부정한 기운이 짙어지는 것을 보면 방향은 맞는 게 분명해. 그런데 정말 지겹게 머네. 휴우우."

이탄은 고개를 절레절레 내저었다.

만약 이탄이 만자비문의 권능을 발휘한다면 아무리 먼

거리라도 단숨에 도착할 수 있었다. 하지만 이탄은 여섯 눈의 존재와 부딪친 이후로 가급적 만자비만의 사용을 자제하는 중이었다.

공간의 권능을 사용하지 않고 순수하게 날아가는 탓에 여행시간은 훨씬 더 오래 걸렸다. 대신 이탄은 디아볼 제국의 삭막한 풍경을 질리도록 충분히 만끽할 기회를 가졌다.

마침내 열흘째 되는 날.

이탄은 드디어 뤠펭 산을 발견했다. 이탄은 눈을 반짝 빛냈다.

뤠펭 산을 찾기가 힘들어서 그렇지, 그 산 안에서 번개의 연못을 발견하는 일은 그리 어렵지 않았다. 이탄이 뤠펭 산에 접근하자 산봉우리 근처에 번개의 다발이 내리치는 장면이 보였다.

[저기구나.]

이탄은 곧장 번개가 내리치는 장소로 몸을 날렸다.

쩌저적!

빠카카카캉! 빠캉!

부정한 기운이 하도 밀집되어 있어서 대기가 아예 젤리처럼 빽빽하게 느껴지는 뤠펭 산의 어느 계곡 안, 소름 끼치는 굉음과 함께 온갖 종류의 번개들이 무섭게 낙하했다.

연못을 강타한 번개의 다발은 온 사방으로 전하를 흩뿌리면서 흩어졌다. 그 전하들이 다시 허공으로 떠올라 번개로 응집되었다.

수증기가 뭉쳐서 구름이 되고, 구름이 비를 뿌리고, 그 비가 연못을 이룬 다음 증발하여 다시 수증기가 되고.

이러한 과정이 바로 물의 순환이었다.

그런데 지금 이탄의 눈앞에서는 물의 순환 대신 번개의 순환이 이루어졌다.

전하가 상승하여 전하의 구름을 만들었다. 그 구름이 지상으로 번개를 떨궜다. 무수히 낙하한 번개가 한 곳으로 모여서 연못과 비슷한 형태를 이루었다. 그 연못 속의 전하가 다시 위로 올라가 전하의 구름이 되었다.

이와 같은 순환이 끊임없이 반복되면서 하늘과 땅 사이를 온통 전하와 번개로 가득 채웠다.

"아아아, 드디어 찾았구나!"

이탄의 동공이 와르르 흔들렸다. 이탄의 얼굴은 감격으로 물들었다. 지금 이탄의 눈앞에 펼쳐진 광경은 그야말로 장관이었다. 이건 이탄이 홀로그램 영상 속에서나 보았던 바로 그 장면이었다.

"여기가 바로 번개의 연못이야. 이 연못 속에 언령의 벽이 잠겨 있었다고."

이탄은 뛸 듯이 환호하며 연못 속으로 뛰어들었다.

빠카카카캉! 빠카카카캉!

신비로운 번개의 연못은 낯선 이방인을 거부라도 하는 듯 이탄의 몸뚱어리 위로 무수히 많은 번개의 다발을 떨어뜨렸다. 이탄의 피부에선 쉴 새 없이 스파크가 튀었다. 벼락이 내리쳐서 이탄의 의복을 홀랑 태웠다.

어지간한 전격계 마법에는 눈썹 하나 까딱하지 않는 존재가 이탄이었다.

그런데 이곳의 벼락이 어찌나 강렬했던지 이탄의 피부가 발갛게 달아올랐다. 이탄의 머리카락도 끝이 타서 꼬불꼬불하게 변했다.

그래도 이탄은 별 신경을 쓰지 않았다.

단, 신발형 법보는 이탄이 아끼는 것이라 태워먹기 아까웠다. 이탄은 미리 신발을 벗어서 연못 밖으로 멀리 던져놓았다.

발가벗은 이탄이 다시 방향을 틀어서 번개의 연못 속으로 잠수했다.

연못 중심부로 갈수록 벼락의 강도와 숫자는 기하급수적으로 늘었다. 이탄의 눈앞은 온통 새하얗게 백열되었다. 이탄의 망막은 금방이라도 타버릴 듯이 강렬한 자극을 받았다.

"이크. 안 되겠구나."

이탄은 눈꺼풀을 닫아 시력을 보호했다. 그런 다음 오로지 감각에만 의존하여 연못 속으로 들어갔다.

이탄이 그렇게 한참을 잠수해도 언령의 벽은 나타나지 않았다.

'홀로그램 영상에서 보았을 때는 그리 깊지 않아 보였는데, 이상하다?'

이탄은 고개를 갸웃했다.

'착시 현상 때문에 깊이를 착각한 것일까?'

이탄은 포기하지 않고 좀 더 깊숙이 내려갔다.

좀 더 깊은 곳으로.

그보다 더 깊은 곳으로.

이탄이 아래로 내려갈수록 전하의 밀도는 더 증폭되었다. 단단하기 그지없는 이탄의 피부가 발갛게 붓다 못해 피부 껍질이 벗겨졌다. 핏물이 옅게 얼비쳤다. 어마어마하게 코팅된 피부도 이 엄청난 번개를 감당하지는 못했다.

'크윽!'

이탄은 자신도 모르게 어금니를 질끈 물었다.

듀라한이 된 이후로 이탄이 이 정도의 고통을 느껴본 것은 여섯 눈의 존재와 싸울 때를 제외하면 거의 처음이었다.

그렇게 한참을 잠수한 끝에 마침내 이탄이 번개의 연못 바닥에 도착했다.

Chapter 3

희한하게도 연못 바닥에서도 벼락이 일어났다. 바닥 전체가 전하 덩어리라도 되는 듯이 벼락이 휘몰아쳤다. 불똥이 사납게 날뛰었다.

'끄으윽!'

이탄의 피부 전체에서 핏물이 줄줄 흘렀다. 이탄이 듀라한이라 다행이지, 인간이었다면 이미 과다출혈로 쇼크를 받았을 뻔했다.

이탄은 그 와중에도 감각을 총동원하여 언령의 벽을 찾았다.

그 노력이 결실을 보았다. 연못 바닥 저편에 넓적한 벽이 느껴졌다. 이탄은 두 팔을 저어 벽으로 접근했다.

너비 40 미터.

높이 20 미터.

이탄은 눈을 감은 채 손으로 벽을 더듬어 보았다.

연못 속 벽의 크기는 이탄이 동차원과 언노운 월드, 그리고 그릇된 차원에서 보았던 언령의 벽의 크기와 일치했다.

이탄은 벽의 표면도 손가락으로 매만졌다.

벽의 전면부에 그어진 가느다란 선들이 이탄의 촉감을 통해서 머릿속으로 흘러들어 왔다. 이 직선들은 너무 가늘어서 눈으로도 보기 힘들 정도였다. 당연히 손가락 감촉만으로 이 선들을 파악하기란 여간 어렵지 않았다.

이탄도 눈을 떠서 언령의 벽을 살펴보고 싶었다.

하지만 눈꺼풀을 조금만 열었을 뿐인데 눈부신 전하들이 이탄의 망막을 태워버릴 듯이 달려들었다.

'이런!'

이탄은 황급히 눈꺼풀을 다시 닫았다. 그렇게 눈을 꽉 감아도 이탄의 눈앞이 번쩍번쩍 했다.

'아, 젠장. 결국 촉각에만 의존해서 이 벽을 파악해야 하나?'

이탄은 막막하다는 생각이 들었다. 아무래도 손가락의 감각만으로 언령의 벽에 새겨진 내용을 파악하기란 쉽지 않을 듯했다.

이탄은 다른 방법을 고민해 보았다.

'벽을 통째로 뽑아서 연못 밖으로 가져가 볼까?'

얼핏 이런 아이디어가 떠올랐다.

한데 이탄이 힘을 주어 벽을 뽑으려 하자 벽의 한 귀퉁이가 와스스 부서지는 것이 아닌가.

아무래도 이 벽은 강렬한 번개 속에서 머물면서 강도가 많이 약해진 모양이었다. 이탄이 자칫 힘을 주어 뽑았다가는 언령의 벽이 통째로 부서질 것 같았다.

'아우, 젠장. 어쩔 수 없네. 그냥 이대로 파악을 해볼 수밖에.'

이탄은 장님처럼 눈을 감고 손가락으로 벽을 더듬었다. 그런 다음 촉감으로 감지한 실금들의 위치와 각도, 길이 등을 머릿속에 고스란히 옮겨 담았다.

처음에는 쉽지 않았다. 무수히 많은 실금들을 통째로 외우는 것도 쉽지 않을뿐더러, 실금의 각도나 굵기가 제각기 다른 점도 문제였다.

하지만 무엇보다 더 큰 난제는 실금들이 너무 많이 겹쳐 있다는 점이었다. 이 많은 실금들을 하나씩 분별하여 머릿속에 담는다는 것은 불가능에 가까웠다.

그래도 이탄은 포기하지 않았다.

이탄은 언령의 벽 왼쪽 모서리에서 시작하여 오른쪽에 이르기까지 실금들을 하나 하나 손가락으로 좇아가면서 외우고 또 외웠다.

시간이 얼마나 흘렀는지 알 수 없었다. 시간이 지날수록 이탄의 피부에서 흘러나온 피의 양은 더 많아졌다. 이탄의 머리카락과 몸의 터럭들도 점점 더 타들어갔다. 이탄은 고통을 꾹 참고 언령의 벽 파악에만 몰두했다.

그러기를 한참.

결국 이탄의 머릿속에 언령의 벽이 통째로 틀어박혔다.

이탄은 네 번째 언령의 벽 위에 동차원의 벽을 겹쳐놓았다. 언노운 월드의 벽도 겹쳐 보았다. 마지막으로 그릇된 차원에서 발견한 언령의 벽과도 겹쳐서 비교했다.

이탄의 뇌리에 문득 의문이 들어찼다.

'거 참 희한하다. 언령의 벽이 전달하는 언령이란 곧 정상세계의 인과율이잖아? 그런데 정상 세계의 인과율이 왜 부정 차원에 남아 있지? 부정 차원과 정상 세계는 서로 대칭되는 개념이 아닌가?'

언령의 벽이 하필 부정 차원에 존재하다니?

이건 따지고 보면 참 이해할 수 없는 일이었다. 이걸 비유하여 설명하자면, 마치 백 진영 시시퍼 마탑 도서관에 피사노교의 바이블이 떡하니 보관되어 있는 것과 다를 바 없었다.

'디아볼 제국의 악마종들이 정상 세계의 언령을 연구하기 위해서 이곳에 언령의 벽을 옮겨온 것도 아닐 테고, 이게 대체 무슨 연유일까?'

이탄은 이런 고민을 하다가 세차게 머리를 가로저었다.

'아니지. 내가 지금 이런 것을 고민할 때가 아니야. 언령의 벽이 더 망가지기 전에 어서 외우기나 하자.'

이탄은 이미 언령의 벽을 통째로 머리에 담은 상태였다.

하지만 언제 이곳에 또 올 수 있을지 알 수 없으니 최대한 오류 없이 외워가는 것이 중요했다. 이탄은 손가락을 뻗어서 언령의 벽에 새겨진 실금들을 오른쪽에서 왼쪽으로 훑었다.

처음에 이탄은 왼쪽에서 오른쪽으로 벽을 외웠다. 이번에는 그 반대쪽으로 외운 다음, 머릿속으로 2개의 그림을 맞춰보았다.

그렇게 이중으로 체크를 하자 아주 사소한 오류 몇 곳이 발견되었다. 이탄은 사소한 선 한 가닥도 놓치지 않고 전부 수정하여 다시 외웠다.

이탄에게 지식을 전달하는 것이 언령의 벽의 사명이었을까?

언노원 월드의 벽도, 그릇된 차원의 벽도, 그리고 이곳 번개 연못 속의 벽도 이탄이 암기를 모두 마치자 제 사명을 다했다는 듯이 와르르 허물어졌다.

'아앗?'

이탄이 입을 살짝 벌렸다.

그 즉시 벼락이 이탄의 입 안으로 파고들었다. 강렬한 벼락 때문에 이탄은 혀가 따끔하고 입천장이 한 꺼풀 벗겨졌다.

그럼에도 이탄은 입을 다물지 못했다.

'왜 이런 현상이 벌어졌을까? 마치 나에게 지식을 전수하는 것이 언령의 벽의 존재 목적이었던 것처럼 내가 다 외우고 나니까 저절로 허물어지네? 이게 단순한 우연인가? 아니면 나와 무슨 인연이 있는 것일까?'

이탄은 잠시 이런 고민을 했다.

답은 당장 구할 수 없었다.

게다가 동차원에서 보았던 언령의 벽은 이탄이 마주한 이후에도 허물어지지 않고 아직까지 건재했다.

'그렇다면 그저 우연일 뿐이었나?'

이탄이 고개를 갸웃했다.

Chapter 4

그 와중에도 벼락은 점점 더 강렬해졌다. 이탄의 몸뚱어리가 제아무리 단단하고 하더라도 더는 버티기 힘들었다.

'에라 모르겠다. 일단 여기서 나가자.'

언령의 벽이 사라졌으니 이탄도 굳이 이곳 연못 속에 더 머물 이유가 없었다. 이탄은 손과 발을 놀려서 수면 위로 올라갔다.

번개의 연못에서 벗어나도 벼락은 쉴 새 없이 떨어졌다. 하도 벼락을 맞은 탓인지 이탄은 속이 메슥거렸다.

'으으윽. 지독하구나.'

이탄은 손으로 머리를 감싼 채 한참을 물러났다. 그렇게 꽤 멀어진 뒤에야 이탄은 비로소 안도의 한숨을 내쉬었다.

"휴우. 정말 대단한 곳이야. 어떻게 세상에 이렇게 강렬한 번개들이 있을 수 있지?"

이탄은 혀를 내둘렀다.

"아니, 지금 그게 문제가 아니지."

이탄은 고개를 좌우로 흔들어 턴 다음, 그 자리에 책상다리를 하고 앉아 눈을 감았다.

"혹시라도 암기한 것을 잊어버리면 곤란해. 가느다란 실금 하나도 놓칠 수 없다고."

이탄은 네 번째 언령의 벽에 새겨진 실금들을 뇌리에 한 번 더 떠올렸다. 그런 다음 그 전에 암기했던 언령의 벽들과 비교했다.

이탄은 동차원 언령의 벽에서 '무한시'와 '가둠'이라는 언령을 깨우쳤다. 또한 이탄은 그곳에서 '고통'과 '연결', '차단'과 '풀림'의 권능들도 차례로 손에 넣었다.

이어서 이탄은 언노운 월드 수아룸 대산맥의 추운 계곡 안에서 두 번째 언령의 벽을 발견하였다. 이탄은 그 벽을 통해서 '숙주'와 '기생', 그리고 '흡입'의 언령을 깨달았다.

마지막으로 이탄은 그릇된 차원 순혈의 공간 속 사막에서 세 번째 언령의 벽을 찾아냈다. 이탄은 그곳에서 '무한공'이라는 언령을 확보했다.

물론 이탄이 보유한 언령들이 모두 다 언령의 벽을 통해서 깨우친 것은 아니었다. 하나 언령의 벽이 이탄에게 여러 언령들을 가질 기회를 준 것은 사실이었다.

'그렇다면 네 번째 벽은 나에게 과연 어떤 언령을 가져다줄까?'

솔직히 이탄은 기대하는 바가 컸다.

한데 아무리 고민해도 깨달음은 쉽게 다가오지 않았다.

'에이, 설마…….'

이탄은 어쩐지 불길한 예감이 들었다.

이탄이 동차원의 벽으로부터 깨우친 언령은 총 6개였다.

그 후 이탄은 언노운 월드 수아룸 대산맥의 벽으로부터 3개의 언령을 추가로 습득했다.

그릇된 차원에서 이탄은 세 번째 언령의 벽을 발견했으나, 그곳에서는 고작 1개의 언령만 얻었을 뿐이었다.

가면 갈수록 깨달음의 난이도가 올라간 것은 분명한 사실이었다. 이 연결 선상에서 보면, 이탄이 네 번째 벽에서 깨우칠 수 있는 언령의 개수는 0개일지도 몰랐다.

"하아."

이탄이 한숨을 쉬었다. 한 번 부정적인 생각에 꽂히자 이탄의 마음은 돌덩이를 얹어놓은 듯 무거워졌다.

"아니야. 이러면 안 돼. 첫 번째 언령의 벽에서도 마음을 텅 비우니까 오히려 깨달음이 다가왔다고. 조급해하지 말자. 릴렉스, 릴렉스."

이탄은 기지개를 쭉 켜서 몸을 이완했다. 손목도 툭툭 털었다. 마음은 최대한 느긋하게 풀었다.

그렇게 모든 집착을 버린 상태에서 이탄은 4개의 벽에 새겨졌던 실금들을 하나로 겹쳐놓았다.

실금이 너무 많아서 오히려 아무것도 보이지 않았다.

이탄은 그 속에서 굳이 뭔가를 찾으려고 애쓰지 않았다. 특정 위치에 초점을 맺지 않고 눈동자도 멍하니 풀어두었다. 이탄은 그저 텅 빈 마음으로 머릿속에 겹쳐놓은 실금들을 관조할 뿐이었다.

글자 그대로 이것은 관조였다.

하루, 이틀, 사흘.

시간이 흘렀다.

나흘, 닷새, 엿새, 이레…….

시간이 흐르고 또 흘렀다.

이탄은 시간의 흐름마저 잊어버렸다. 마침내 아흐레째 되는 날 아침, 이탄의 머릿속에 하나의 이미지가 불현듯 떠올랐다.

"아!"

이탄의 입술 사이에서 의미 모를 탄식이 터져 나왔다.

이탄이 얼핏 떠올린 이미지는 캄캄한 어둠이었다. 혹은 빛 한 점 찾아볼 수 없이 텅 빈 공간이었다.

어둠은 빛의 부재라고 했던가?

4개의 언령의 벽에 새겨진 실금들은 아무런 규칙도 없이 마구잡이로 나열된 것 같았으나, 희한하게도 이탄이 이 실금들을 하나로 겹치자 빈 공간이 전혀 없이 완벽하게 꽉 찬 이미지가 구성되었다.

이탄은 그렇게 빈 틈 없이 꽉 들어찬 실금 속에서 역설적이게도 아무것도 없는 텅 빈 공간을 떠올렸다.

이탄이 떠올린 텅 빈 공간은 죽음을 연상시켰다.

처음에 이탄의 뇌리에 들어찬 실금들은 마치 살아 있는 생명체처럼 생동감이 넘쳤다. 그 생동감 넘치는 실금들이 세상(언령의 벽)을 가득 채워서 빈 공간이 하나도 없게 만들었다. 그러자 오히려 그 공간 전체의 생명력이 사라진 것처럼 느껴졌다.

생명력이 사라졌다는 것은 곧 죽음을 의미했다.

죽음이란 어쩌면 생명력이 가장 왕성했을 때 찾아오는 것일지도 몰랐다. 자연계에서 메뚜기들이 왕성하게 번식하여 온 하늘을 메뚜기 떼로 뒤덮으면 그것이 메뚜기들의 집단 자살로 이어지는 것처럼, 혹은 사람의 몸 속에서 세포가 비정상적으로 왕성하게 활동하여 분열을 거듭하면 암세포가 되는 것처럼, 빈틈이 1도 없는 과도한 생명력은 오히려 죽음으로 이어지는 결과를 자아내었다.

어쩌면 이것은 "넘치는 것이 모자람만 못하다."는 옛 현자들의 이야기와 일맥상통하는 것일지도 몰랐다.

혹은 "극과 극은 서로 통한다."는 동차원 대선인들의 가르침이 여기에도 적용되는 것일 수도 있었다.

극도의 차가움이 극한의 뜨거움과 연결되는 것처럼, 지극히 넘쳐나는 생명력은 죽음과 통하는 것 같기도 하였다.

'그렇다면 극도로 넘쳐나는 죽음의 기운이 오히려 삶을 불러오기도 하는 것일까?'

이탄은 언데드였다.

언데드란 이미 죽은 자를 의미했다.

그릇된 차원에서 이탄이 사용했던 아이디(ID)처럼 이탄은 어쩌다 언데드가 되었으되, 언데드임을 스스로 부정하는 언데드이며, 빛이기를 갈망하는 어둠이자, 삶을 갈구하는 죽음이었다.

한데 삶(생명)의 극한이 곧 죽음이라니?

넘치는 생명력이 도리어 죽음으로 이어질 수 있다니?

완전히 새로운 해석이 이탄의 뇌리를 강타했다.

"아아아아!"

이탄은 해머로 뇌를 한 대 얻어맞은 듯 머리가 멍했다.

Chapter 5

콰콰쾅!

그 순간 이탄의 뇌리에 벼락이 떨어졌다. 새로운 깨달음이 벼락처럼 이탄을 찾아왔다. 이탄이 극한에 대해서 깨우친 순간, 폭포수를 머리에 끼얹은 것처럼 새로운 언령들이 이탄의 뇌리로 유입되었다.

"아아아아아아아!"

이탄은 두 팔을 벌리고 고개를 위로 치켜들었다. 이탄의 입에서는 희열에 가득 찬 신음 소리가 굽이굽이 흘러나왔다.

죽음.

삶.

극한.

이탄에게 다가온 언령은 무려 3개나 되었다.

이 3개의 언령은 정상 세계의 인과율 가운데 가장 격이 높은 최상격의 언령들이었다. 그동안 이탄이 깨우친 언령들 가운데 최상격의 언령은 다음 세 가지밖에 없었다.

시간을 지배하는 '무한시'.

공간을 컨트롤하는 '무한공'.

에너지를 흡수하는 '흡입'.

그런데 이탄은 오늘 새로운 최상격의 언령들을 한꺼번에 세 가지나 깨우쳤다.

"아아아아아아아아아아아아아아!"

이탄의 가슴이 터질 듯이 벅차올랐다. 이탄의 뇌에서는 흥분 물질이 뭉텅이로 분비되었다. 이탄의 눈동자는 감출 수 없는 희열로 번들거렸다.

원래부터 이탄은 시간과 공간을 아우르는 신격 권능을 가지고 있었지만, 오늘 거기에 더해서 삶과 죽음을 양손에 나눠 쥐게 되었다.

이건 이탄이 전혀 예상하지도 못한 사건이었다.

정상 세계와 반대되는 부정한 차원에서 정상 세계의 신격 언어가 피어나다니! 그것도 최상격의 언령이 나타나다니!

이탄도 이런 일이 있으리라고는 전혀 생각지 못했다.

'어쩌면 이 자체가 극한의 또 다른 형태일지도 모르겠구나. 생명의 극한이 죽음과 통하고, 죽음의 극한이 다시 생명과 통하는 것처럼, 부정한 기운이 가장 농축된 곳에서 오히려 정상 세계의 오롯한 권능이 발현될 수도 있음이야.'

따지고 보면 이탄은 이미 이와 같은 사건을 한 번 겪었다. 부정 차원을 지배하는 인과율, 즉 만자비문은 이곳 부정 차원이 아니라 정상 세계 속에 숨어 있었던 것이다. 이탄은 정상적인 세계에서 부정함의 극한을 깨우쳤다. 그리고 오늘은 그와 반대로 부정한 세계에서 정상 세계를 지배하는 언령을 손에 넣었다.

이탄은 최상격 언령을 깨달은 이후에도 한동안 자리를 뜨지 못했다.

'혹시라도 또 다른 언령을 깨우칠 수 있지 않을까?'

강한 미련이 이탄을 사로잡았다.

미련은 말 그대로 미련일 뿐이었다. 죽음, 삶, 그리고 극한 외에 새로운 깨우침은 이탄에게 다가오지 않았다.

이탄은 눈꺼풀을 반쯤 열었다.

강렬한 빛줄기가 이탄의 동공 위에 작열했다. 저 멀리 뤠펭 산의 모습이 이탄의 시야에 잡혔다.

뤠펭 산에서는 여전히 번개가 무더기로 내리치는 중이었

다. 뾰족한 산봉우리를 중심으로 부정한 기운이 짙게 넘실거렸다. 이 장엄한 풍경은 이탄이 네 번째 언령의 벽을 얻기 전이나 지금이나 동일했다.

이탄은 그제야 집착을 내려놓았다.

"인연은 여기까지인가 보다."

이탄이 자리를 툭툭 털고 일어섰다.

언령이란 미련과 집착으로 얻을 수 있는 게 아니었다. 구하려고 애를 쓰면 오히려 더 멀어지는 것이 깨달음이었다.

이탄은 그동안의 경험을 통해서 이 사실을 누구보다도 더 잘 알고 있었으되, 오늘 새삼스레 그 사실을 되새기게 되었다.

이탄이 미련 없이 등을 돌린 그 시각.

[하아아.]

언노운 월드의 서남쪽 하늘에 드리운 구름 위에서 깊은 탄식이 들렸다. 이 탄식은 뇌파의 형태로 짧게 울려 퍼졌다가 급격히 소멸했다.

짙은 탄식을 내뱉은 존재는 생명체의 모습을 가지고 있지 않았다. 이 존재는 오로지 파동으로만 이루어졌다.

다만 그 파동이 뭉쳐 있는 모습은 멀리서 보기에는 우아한 여인, 혹은 여신처럼 여겨지기도 하였다.

언노운 월드의 서남쪽 하늘에는 항상 같은 자리에 같은 모양의 구름이 떠 있었다. 그리고 그 구름 위에서는 사시사철 상서로운 기운이 흘러넘쳤다. 때문에 이 지역의 토착민들은 이 구름을 여신의 궁전이라 일컬으며 신성시했다.

다만 여신의 궁전에 대한 신앙은 언노운 월드 전체로 퍼져나가지 않고 이 일대 좁은 지역에만 머물렀다. 그동안 이 상서로운 구름이 특별히 토착민들을 보호해 주거나 이적을 발휘하지 않은 까닭이었다.

[하아아.]

구름 위의 파동이 한 번 더 탄식했다.

[마치 한 줌의 모래가 손가락 틈새로 빠져나가는 듯하구나. 내가 쥐고 싶었던 언령들이 하나 둘 손가락 사이로 빠져나가 다른 자에게 넘어가고 있어. 그 사실을 알면서도 나는 전혀 손을 쓸 수가 없다니. 하! 어떻게 이럴 수가 있지?]

구름 위의 파동은 '아는 자' 였다.

언노운 월드와 동차원에 걸쳐서 '아는 자' 가 모르는 것은 없었다. 아는 자가 보지 못하는 것도 없었다. 아는 자는 언노운 월드와 동차원에서 흘러나오는 모든 종류의 빛을 전부 다 볼 뿐 아니라 소리도 모두 들었다.

구름 위의 파동은 '아는 자' 인 동시에 '집행자' 이기도 했다. 구름 위의 파동이 의지를 일으키면 언노운 월드의 인과율이 움직였다.

동차원의 경우도 다를 바 없었다. 언노운 월드와 동차원은 하나로 겹쳐진 차원이라 인과율도 동일했다.

구름 위의 파동은 그리하여 인과율의 주인이었다.

인과율의 여신이었다.

인과율의 여신은 언노운 월드와 동차원의 모든 일들을 다 알지만, 거꾸로 언노운 월드와 동차원의 거주민들 가운데 인과율의 여신에 대해서 알고 있는 사람은 거의 없었다. 인과율의 여신에 대해서 들어본 자도 거의 전무했다.

Chapter 6

추종자를 거느리지 않는 신.

이 신이 바로 인과율의 여신이었다.

비록 추종자는 두지 않는다고 하더라도 여신의 존재를 부정할 수는 없었다. 인과율의 여신은 세상의 시작부터 그곳에 존재하였으며, 세상과 함께 숨을 쉬었고, 세상이 존재하는 한 영원히 함께 머물 존재였다.

[하아아아.]

그 신적 존재가 무겁게 한숨을 내쉬었다.

[내가 인과율의 주인이라고? 인과율의 여신이라고? 다 헛된 이름들이지. 처음부터 인과율들은 내 소유가 아니었어. 나는 다만 세상을 지탱하는 무수히 많은 인과율 가운데 일부를 깨우쳤을 뿐, 인과율 전체를 틀어쥔 것은 아니야. 특히 내가 꼭 가지고 싶었던 인과율들은 이미 내 손에서 빠져나간 뒤라고. 하아아아.]

인과율의 여신은 한숨을 길게 내쉬고는, 고개를 숙여서 자신의 손을 굽어보았다.

파동으로 이루어진 투명한 손가락이 구름 위에서 꼼지락거렸다.

[그래도 내가 인지의 주인이건만, 내가 곧 아는 자이건만, 이 세상에서 어떻게 내가 모르는 사태가 발생할 수 있지? 어떻게 내가 모르는 사이에 인과율들이 나 말고 다른 주인을 택할 수 있느냐고?]

인과율의 여신은 '인지' 라고 불리는 최상격 언령을 깨우친 존재였다.

그리하여 인과율의 여신은 언노운 월드와 동차원에서 벌어지고 있는 모든 일들을 다 알았다. 부정 차원이나 그릇된 차원이라면 또 모르겠지만, 언노운 월드와 동차원에서 인과율의 여신이 모르는 일이란 없었다.

백 진영 최고 수뇌부들의 움직임?

인과율의 여신은 당연히 모두 다 인지했다.

어느 깊은 산골의 촌부가 키우는 작물?

이 또한 여신의 눈을 피해갈 수는 없었다.

수아룸 대산맥 속 벌레 한 마리가 알을 낳는 장면?

이런 소소한 것도 인과율의 여신의 시야를 벗어나지는 못했다. 심지어 인과율의 여신은 피사노교 마인들의 행동거지 하나까지도 모두 다 파악했다.

그 절대적인 존재가 이탄에 대해서만큼은 놀라울 정도로 무지했다.

인과율의 여신은 이탄을 본 적이 없었다. 이탄에 대해서 듣지도 못했다. 느끼지도 못했다. 인과율의 여신에게 있어서 이탄은 완전한 투명 인간, 아니 투명한 언데드였다.

이것은 참으로 이해할 수 없는 현상이었다.

"참으로 이해할 수가 없구나."

이탄은 이런 말로 곤혹스러운 감정을 드러내었다. 그런 이탄의 머리 위로 짙은 그림자가 드리웠다.

평야의 4분의 1을 뒤덮을 크기의 그림자를 만들어낸 대상은 다름 아닌 궁이었다.

아니, 이것을 궁이라고 불러야 마땅한지는 의문스러웠다.

대개 궁이라 함은 여러 개의 웅장한 건축물로 구성되어 있고, 그 건축물들의 둘레에 높은 성벽이 에워싸게 마련 아닌가.

그런데 이탄의 눈앞에 떡하니 등장한 궁은 생김새부터가 일반 왕궁이나 황궁들과는 궤를 달리했다.

우선 이 궁은 외성벽이 없었다. 내성벽도 존재하지 않았다. 성벽을 지키는 경비병들도 당연히 없었다.

둘째, 이 궁은 여러 개의 건축물로 구성되어 있지 않았다. 비스듬히 기울어진 X자 형태의 건축물 하나만 덩그러니 존재했다.

그럼에도 불구하고 이것은 궁이었다. 그것도 그냥 궁이 아니라 디아볼 제국의 군주가 거주하는 황궁이었다.

디아볼 제국의 군주인 디아볼은 특별한 황궁을 소유했다. 디아볼의 황궁은 오직 하나의 건축물로만 구성되어 있고, 성벽도 없지만, 규모는 어마어마하게 커서 어지간한 도시보다도 몇 배는 더 거대했다.

하지만 독특한 외관이나 크기 때문에 디아볼의 황궁이 특별하다는 것은 아니었다. 이 황궁이 특별한 이유는 바로 공간적 특이성에 있었다.

디아볼의 황궁은 하나의 장소에 고정되어 있지 않았다. 마치 간씨 세가 세상의 물리학자들이 양자의 위치를 특정

할 수 없는 것처럼, 디아볼의 황궁도 제국의 이곳저곳에 문득문득 나타났다가 다시 사라지곤 했다.

이틀 전에는 제국의 동쪽 해안가에 나타났던 X자 모양의 황궁이 어제는 북쪽의 고원지대로 자리를 옮겼고, 그러다 오늘은 제국의 평야지대에 떡하니 나타난다.

이것이 바로 디아볼 황궁의 특징이었다.

이탄도 디아볼 제국을 방문하기 전, 독특한 황궁에 대해서 귀동냥을 했었다.

한데 귀동냥을 통해서 피상적으로 알고 있는 것과 직접 눈으로 보는 것은 하늘과 땅 차이였다.

“허어!”

황무지나 다름없던 평야에 갑자기 거대한 황궁이 나타나서 앞을 가로막다니, 이탄은 말문이 막혔다.

이탄이 비행을 멈추고 X자 모양의 황궁을 올려다보는 동안, 황궁의 높은 곳에서는 디아볼 제국의 상위 악마종들이 어이없다는 표정으로 이탄을 내려다보았다.

[뭐야? 저 미친놈은.]

[숨도 쉬기 힘든 지옥의 평원 한복판에서 발가벗고 설치는 놈이 있다니, 정말 눈으로 보고도 믿기 힘들군.]

얼굴에 곱게 분칠을 한 악마종들은 이탄을 내려다보면서 고개를 절레절레 내저었다.

또 다른 악마종이 반론을 펼쳤다.

[아주 발가벗은 건 아니야. 저기 좀 보라고. 신발도 신었고, 목도리도 둘렀잖아.]

그 뇌파가 사실이었다. 이탄은 분명히 목도리로 목을 감쌌다. 발에는 신발도 신었다.

하지만 나머지 악마종들은 더욱 발끈했다.

[그게 더 이상하지.]

[맞아. 나체주의자면 홀딱 다 벗어야지, 저렇게 목도리와 신발만 착용하면 오히려 더 변태 같잖아?]

[맞아, 맞아. 저놈은 완전 돌아이가 분명해.]

악마종들이 마구 떠들어댔다.

그렇게 악마종들이 재잘대는 가운데 어깨에 검붉은 망토를 두르고 이마에 티아라를 쓴 악마종이 뇌파를 발산했다.

[변태건 뭐건 실력은 있네. 그렇지 않다면 아무런 방어 아이템도 없이 지옥의 평원을 나돌아 다닐 수 있겠어?]

망토를 두른 악마종은 이마에 돋은 2개의 뿔이 무릎 언저리에 닿을 정도로 길쭉하게 아래로 굽은 모습이었다. 그는 반짝거리는 티아라로 머리를 장식했을 뿐 아니라 입술도 빨갛게 칠했다. 뺨에는 발그레 색조화장을 했다.

그렇다고 해서 이 악마종이 여성체냐?

그건 아니었다. 이 자리에 모인 다른 악마종들과 마찬가지로 그의 성별은 분명 남성이었다.

이 악마종의 이름은 시야.

그가 한 마디를 하자 다른 악마종들은 일제히 뇌파를 닫고 그의 의견을 경청했다.

다른 악마종들은 하찮은 궁남(궁녀의 반대 개념)에 불과하지만, 굽은 뿔의 악마종인 시야는 군주를 직접 모시는 빈이었다.

디아볼 제국의 군주인 디아볼은 부정 차원을 다스리는 일곱 군주들 중에서도 세 손가락 안에 꼽히는 대악마종이었다.

디아볼은 살아온 세월도 무척 길어서, 수백만 년 전에도 그는 디아볼 제국을 다스리는 군주로 군림했다. 그리고 앞으로 수백만 년이 지난 이후에도 이 제국의 군주는 디아볼일 것이라고 다들 믿었다.

또한 디아볼은 10,000년마다 성별을 바꾸는데, 첫 번째 10,000년을 남성체로 지낸다면, 그 다음 10,000년은 여성체가 되는 식이었다.

이처럼 군주가 성별을 바꾸기에 디아볼을 섬기는 빈들도 남성체 악마종과 여성체 악마종이 공평하게 절반씩이었다.

이 가운데 남성체 빈들과 그 빈들을 모시는 궁남들은 X자 모양의 황궁 왼편에 살았다.

반대로 여성 빈들과 그 빈들을 모시는 궁녀들은 황궁의 오른편에 배치되었다.

디아볼의 황궁은 완벽히 좌우로 나뉘어 있기에 남성 빈과 여성 빈은 서로 만날 수 없었다. 이들이 만날 수 있는 교차 공간, 즉 X자 건축물의 중심부에는 디아볼이 거주했다. 디아볼은 황궁의 교차점에 자신의 거처를 두고는 성별이 다른 빈들이 서로 왕래하지 못하도록 금지했다.

디아볼은 질투가 극심한 악마종이었다.

오래 전에 디아볼이 총애하던 남성 빈과 여성 빈이 서로 눈이 맞은 적이 있었다. 그들은 진노한 디아볼의 손에 의해 갈가리 찢겨 죽었다. 두 빈을 모시던 궁남과 궁녀들도 처참하게 처형을 당했다. 두 빈을 배출한 가문은 갓난아이 한 명 남겨두지 못하고 멸족을 당했음은 물론이었다.

디아볼이 황궁에 경비병들을 두지 않는 이유도 질투 때문이었다. 대신 궁남과 궁녀들이 황궁을 지키는 경비병의 역할을 했다.

심지어 디아볼은 신하들조차 황궁에 들이지 않았다. 디

아볼은 홀로그램 영상과 광역 뇌파를 통해서만 신하들에게 명을 내렸다.

디아볼이 신하들을 황궁에 들이는 경우는 딱 한 가지뿐이었다.

그 신하가 마음에 들어서 빈으로 취하고자 할 때.

오직 이 경우에만 황궁의 문이 열렸다.

군주인 디아볼이 황궁을 좌우로 나눠놓은 때문일까?

황궁의 왼쪽과 오른쪽은 사이가 좋지 않았다. 이들 두 파벌은 서로를 잡아먹지 못해 안달이었다.

그럼에도 불구하고 두 파벌 사이에 큰 싸움이 나지 않는 이유는, 두 파벌의 우열이 시소를 타듯이 오르락내리락하기 때문이었다.

권력의 시소가 오르내리는 주기는 딱 10,000년이었다. 군주인 디아볼이 남성체가 되는 10,000년 동안에는 여성 빈들이 권력을 잡았다. 반대로 디아볼이 여성체로 바뀌는 다음 10,000년 동안은 남성 빈들이 권력을 독점했다.

작금의 디아볼은 여성체였다.

당연히 권력을 잡은 것은 황궁의 왼쪽 편에 살고 있는 남성 빈들이었다. 지금 여성 빈들은 겁먹은 거북이처럼 목을 움츠리고 행동을 조심했다. 반면 남성 빈들은 이때다 싶어서 마음껏 활개를 쳤다.

디아볼이 거둔 무수히 많은 남성 빈들 중에서 곱은 뿔의 시야는 다른 남성 빈들보다 군주의 총애를 더 많이 받았다. 제국의 군단장과 귀족들, 신하들은 시야의 눈에 들기 위해서 갖은 애를 다 썼다.

그러다 보니 시야를 모시는 궁남들도 목에 힘이 잔뜩 들어갔다. 궁남들 가운데 한 명이 이탄을 손가락으로 가리켰다.

[시야 님, 저 꼴불견인 녀석이 시야 님의 아름다우신 눈을 더럽히는 꼴을 봐줄 수 없습니다. 제가 당장 가서 저놈을 잡아 족치고 오겠습니다. 부디 출궁을 허락해 주십시오.]

[아닙니다. 시야 님, 제가 가겠습니다.]

[시야 님, 저를 보내주십시오.]

궁남들이 앞다투어 뇌파를 높였다.

궁남들이라고 해서 무시할 수는 없었다. 이들 대부분은 내노라하는 귀족 가문의 자식들이었다.

디아볼 제국의 귀족들은 가문을 물려받을 후계자를 제외한 나머지 자식들 가운데 제법 그럴듯하게 생겼다 싶으면 무조건 황실에게 바치고 봤다. 제 자식이 군주인 디아볼의 눈에 들어 빈이 되는 순간 가문의 위세는 하늘을 찌르기 때문이었다.

실제로 지방의 귀족들 가운데 군주의 총애를 받는 빈을 배출하여 하루아침에 중앙 정계로 진출한 악마종들도 여럿 존재했다.

이렇게 군주에게 바쳐진 귀족 자제들 가운데 빈이 되지 못한 자들이 자연스럽게 궁남, 혹은 궁녀로 남았다.

그러니까 지금 시야에게 출궁을 허락해달라고 조르는 궁남들도 황궁 밖에 나가면 힘깨나 쓰는 자들이었다.

궁남들은 가문만 빵빵한 것이 아니라 최소한 역마 상급, 혹은 역마 최상급에 다다른 강자들이었다.

디아볼 제국의 악마종들은 다른 여섯 제국의 악마종들에 비해서 인구수는 적지만 개개인의 무력은 더 강했다.

세불 제국에서 역마 최상급이면 지방 영지의 군단장 정도는 거뜬히 맡을 법했다. 하지만 디아볼 제국에서 역마 최상급은 그보다 훨씬 못한 대접을 받았다.

그렇다고 하더라도 역마 최상급이 약할 리 없었다. 궁남들은 저 아래 변태(?)처럼 차려입은 이탄을 벌레 보듯이 무시했다.

시야의 생각은 달랐다.

[흥. 너희가 간이 부었구나. 내가 조금 전에 이르지 않았더냐. 이곳 지옥의 평원은 만만한 곳이 아니니라. 이 지독한 환경에서 아무런 방어 아이템 없이 저렇게 활보하고 다

닌다는 것 자체가 저자의 실력이 만만치 않다는 반증이겠지. 뭐, 저자의 머리는 살짝 돌은 것 같다만 저자의 무력까지 얕볼 수는 없느니라.]

이것이 시야의 주장이었다.

[시야 님, 그래 봤자 돌은 자가 아니겠습니까? 제가 저 변태 놈을 혼내줄 자신이 있으니 출궁을 허락해주십시오.]

[그렇습니다. 감히 시야 님의 아름다우신 눈을 더럽힌 놈입니다. 저런 자를 방치한다는 것 자체가 저희들에게는 수치입니다.]

궁남 악마종들이 벌떼처럼 들고 일어났다.

Chapter 8

마침 시야도 무료하던 참이었다. 시야의 뇌에서 허락이 떨어졌다.

[좋다.]

[감사합니다, 시야 님.]

시야를 섬기는 악마종들이 우르르 출궁하려고 했다.

그때 시야가 손을 들었다.

[출궁은 하되 저 아이를 심하게 혼내지는 말거라.]

저 아래 나체로 돌아다니는 미친놈(이탄)을 심하게 꾸짖지는 말라는 것이 시야의 뜻이었다.

궁남들이 펄쩍 뛰었다.

[시야 님, 저 망측한 녀석을 혼내주지 말라니요?]

[말도 안 됩니다.]

시야는 궁남들의 항의를 단호하게 끊었다.

[내 말대로 해. 저 녀석에도 뭔가 사연이 있을 거야. 어쩌면 의지할 곳이 없이 지옥의 평원을 떠돌아다니는 불쌍한 고아일지도 모르잖아. 아니면 길을 잃고 우연히 이 지독한 곳에 흘러들어왔든가.]

[시야 님, 하오나…….]

[어허! 너희가 지금 내 말을 거역하겠다는 것이냐?]

시야가 역정을 내었다.

궁남들이 찔끔하자 시야는 다시 부드럽게 언성을 낮추었다.

[하여간 저 아이를 심하게 나무라지는 마라. 그저 잘 타일러서 지옥의 평원 밖으로 내보내 줘.]

[에효오, 시야 님은 너무 착하셔서 탈입니다.]

[맞습니다. 시야 님의 눈을 더럽힌 자를 이렇게 자상하게 대해주시다니요.]

궁남들이 고개를 절레절레 내저었다.

시야는 한 술 더 떴다.

[아 참! 이왕 밖으로 나간 김에 저 불쌍한 아이에게 옷도 한 벌 하사하거라. 지옥의 평원에서 옷도 없이 떠돌아다니는 꼴이 안쓰럽지도 않느냐.]

[아이 참, 시야 님. 어쩌자고 이러십니까. 치열하게 암투가 벌어지는 이 험한 황궁에서 시야 님처럼 마음이 어지시면 안 됩니다.]

[맞습니다. 시야 님, 제발 그러지 마십시오.]

궁남들이 안타깝게 발을 굴렀다.

그러는 사이 황궁 문이 열렸다. 몇몇 악마종들이 X자 모양의 황궁에서 풀쩍 뛰어내려 이탄을 빙 둘러쌌다.

시야를 모시는 궁남들은 손으로 입을 막았다.

[앗! 선수를 빼앗겠네.]

[우리가 머뭇거리는 사이에 다른 동료들이 선수를 쳤어.]

[이런 억울해라.]

궁남들은 괜히 시간을 끈 것이 안타까웠다.

하지만 곧 모두의 눈이 휘둥그레졌다. 이탄을 둘러싼 악마종들이 피떡이 되어서 사방으로 날아가는 장면을 목격한 때문이었다.

아니다. 이건 피떡의 수준을 넘어섰다.

시야 일행이 높이서 내려다보는 가운데 악마종 몇 명이

비웃는 듯한 몸짓으로 이탄에게 달려들었다.

다음 순간, 그자들은 피와 살, 뼈를 통째로 넣고 갈아버린 듯한 어육 덩어리가 되어서 반대 방향으로 튕겨 나갔다.

단숨에 디아볼 황궁의 악마종들을 쳐죽인 뒤, 이탄은 고개를 좌우로 한 번씩 꺾었다.

시야는 창가에 바짝 달라붙어 그 모습을 내려다보다가 이탄과 시선이 마주쳤다.

[헙!]

순간적으로 시야의 등골을 타고 소름이 쫙 돋았다.

시야가 디아볼의 총애를 받는 이유 중 하나는 놀라울 정도로 정확한 예감 덕분이었다.

이번에도 그 예감이 정확하게 발휘되었다. 시야는 이탄을 보자마자 지옥의 깊은 밑바닥을 들여다보는 듯한 느낌을 받았다. 혹은 우주 저 너머의 깊고 어두운 암흑을 응시하는 기분이었다.

반면 이탄은 시야를 보고 있지 않았다. 이탄은 X자 모양의 어마어마한 건축물을 올려다보고는 잠시 고민에 빠졌다.

'저 안에 디아볼이 있겠지? 모처럼 여기까지 왔는데 한번 만나봐? 디아볼이라는 자가 얼마나 강한지 한번 부딪쳐 보면 좋겠는데.'

부정 차원을 다스리는 일곱 군주들 가운데 세불과 클루티는 이탄의 기대에 미치지 못했다. 하지만 디아볼은 세불이나 클루티보다 강하다는 소문이었다.

'디아볼의 무력은 어느 정도나 될까? 성마 하급? 성마 중급? 과연 그와 부딪쳐 보면 내 수준도 가늠할 수 있을까?'

이탄은 디아볼을 잣대로 삼아 자신의 무력을 측량해보고 싶었다.

이탄이 막 디아볼을 도발하여 황궁 밖으로 끄집어내려고 할 때였다.

츠츠츠츳—.

지옥의 평원에 나타났던 디아볼의 황궁이 흐릿해 지면서 제국 내 또 다른 곳으로 공간이동했다.

이런 경우는 처음이었다.

디아볼의 황궁이 제국 내 이곳저곳을 랜덤하게 떠돌아다니는 것은 사실이었지만, 한 번 이동을 하면 그곳에서 몇 날 며칠을 머무르곤 했다.

그런데 지금은 이탄의 앞에 등장하자마자 곧바로 자리를 뜨는 것이 아닌가. 그 모습이 마치 황궁이 이탄을 두려워하여 황급히 도망치려는 것 같았다.

"뭐야? 어디로 가는 거야?"

이탄이 어깨를 으쓱했다.

이탄은 '디아볼의 황궁을 쫓아가볼까?' 라는 생각을 얼핏 품었다. 이탄이 마음만 먹으면 공간을 열어 황궁을 쫓아가는 것은 일도 아니었다.

곧 생각이 바뀌었다.

"그렇게 디아볼을 쫓아갔다가 시간이 오래 걸리면 루건과 사냥개의 생명이 위험해지겠지? 녀석들을 그냥 놔두기에는 이곳의 기운이 상당히 독하단 말이지. 쳇! 부정 차원에서 애써 포섭한 소중한 신도를 잃을 수는 없지."

이탄은 일수도장을 포기할 수 없다고 뇌까렸다.

이탄이 진짜로 루건에게 일수도장을 받는 것이 중요하여 디아볼과 싸워볼 기회를 포기한 것인지, 아니면 겉으로 표현만 이렇게 할 뿐 사실 이탄이 루건과 사냥개의 목숨을 걱정하는 것인지는 알 길이 없었다.

이탄 스스로도 본인의 정확한 속마음은 알지 못하였다.

제4화

악몽

Chapter 1

스솨솨솨솨솨—.

사악하고 부정한 기운이 평야지대를 휩쓸고 지나갔다. 이 부정한 기운은 황무지에 모래 폭풍이 휘몰아치는 것처럼 주변을 두텁게 뒤덮었다.

[끄어어억.]

겁도 없이 지옥의 평야를 횡단하던 악마종들은 부정한 기운에 휩쓸려 앙상한 뼈로 변했다. 그와 반대로 땅 속에 파묻혀 있던 오래된 뼈다귀들이 부정한 기운을 받아 비틀비틀 일어섰다.

산 자는 죽고, 죽은 자는 다시 살아났다. 남녀의 성별도 종종 바뀌었다. 이와 같은 괴현상은 지옥의 평원을 지나다 보면 늘 벌어지는 일들이었다.

이탄이 루건에게 돌아왔을 때, 붉은 젤라틴처럼 보이는 마법의 보호막은 거의 다 뚫린 상태였다.

[우으으으, 안 돼.]

젤라틴 속에서 루건이 몸서리를 쳤다.

젤라틴 밖에서는 부정한 기운이 금방이라도 루건을 잡아먹을 듯이 넘실거렸다. 루건의 눈이 공포에 질렸다.

한편 사냥개도 몸을 잔뜩 웅크려 부정한 기운에 노출되지 않으려고 애썼다. 루건과 사냥개가 질겁할 만큼 지옥의 평원에 불어 닥친 부정한 기운은 지독했다.

그러나 그 지독한 기운도 이탄을 넘어서지는 못하였다.

[그만.]

이탄이 홀연히 나타나 손을 뻗었다. 그 손짓에 따라 허공에 핏빛으로 번들거리는 반투명한 장막이 환상처럼 일어났다.

이 장막은 고대 악마사원의 저주마법 가운데 하나였다.

루건과 사냥개를 향해서 세차게 불어 닥친 부정한 기운은 핏빛 장막과 부딪치면서 검보랏빛 포말을 일으켰다.

이탄은 그렇게 마법의 장막을 둘러서 루건과 사냥개를 보호한 다음, 그들을 젤라틴 속에서 안전하게 꺼내주었다.

부정한 기운은 이탄 가까이 얼씬도 못 했다. 사방에서 반투명한 핏빛 장막이 나타나더니 마법의 방패가 되어 사악한 기운을 막아주었다.

이탄은 복어처럼 생긴 마수들도 젤라틴 속에서 꺼냈다.

끄응, 끙, 끙, 끄응.

마수들이 애교를 부리듯 이탄의 손에 얼굴을 비볐다.

[그래, 그래. 너희들도 무서웠나 보구나.]

이탄은 세 마리 마수들을 차례로 토닥여준 다음, 손가락을 뻗어 웜 트레인 포트가 있는 방향을 지목했다.

[웜 트레인 포트 주변에 제국령으로 만든 초대형 도서관이 있다지? 그곳으로 갈 것이다.]

이탄의 말귀를 알아들은 것일까? 아니면 이탄이 지옥의 평원에서 벗어나겠다고 하니 반가웠던 것일까?

복어를 닮은 마수들은 이탄의 말이 떨어지기 무섭게 바닥에 엎드리더니 어서 자신들의 등에 올라타라는 시늉을 했다.

이탄이 먼저 탔다.

루건과 사냥개도 복어형 마수의 등에 꽉 매달렸다.

[출발하자.]

이탄의 말이 떨어지기 무섭게 세 마리 마수들은 전속력으로 비행했다.

이탄이 제국도서관에 도착한 것은 사흘이 지난 뒤의 일이었다.

디아볼의 황궁이 신비한 힘에 의해서 온 동네를 떠돌아다니는 것과 달리, 제국의 수도는 한 자리에 고정되었다.

수도 중심부에는 제국의 행정을 살피는 제국중앙청을 필두로 하여, 수도방위군사령부, 외교부, 상업부 등이 자리했다. 그 주위를 힘 있는 가문의 대저택들과 각종 상단들이 둘러싼 모습이었다.

한편 수도에서 100 킬로미터 정도 떨어진 곳에는 타 행성과 왕래를 위한 웜 트레인 포트가 설치되었다.

웜 트레인 포트 광장 건너편에는 디아볼 제국에서 가장 번화한 시장이 펼쳐져 있는데, 이 시장의 규모가 어찌나 컸던지 100 킬로미터 저편의 수도 성벽까지 연결되었다.

이탄이 찾고 있는 제국도서관은 시장의 끝자락, 즉 수도 성벽 바로 앞에 자리했다.

이탄은 시장을 관통하지 않고 제국도서관으로 직접 날아갔다.

이탄이 막 도착할 무렵, 태양은 산 너머로 뉘엿뉘엿 져가는 중이었다. 구름 아래로 황혼의 붉은 빛이 번져가면서 찬란한 광채를 발산했다.

태양이 저무는 반대편에서는 어둠이 찾아왔다. 이탄이

지켜보는 가운데 먼 동쪽 건물 지붕들이 하나둘 빛의 영역에서 이탈하여 어둠의 영역으로 빨려들었다. 어둠은 해안가 백사장을 적시는 파도처럼 넓게 밀려와 도시를 차례로 잠식했다.

뎅뎅뎅뎅!

그때 갑자기 급박하게 종이 울렸다.

종소리가 들리자마자 제국도서관의 철문이 굳게 내려왔다. 이탄의 바로 앞에서 문이 닫혀버린 것이다.

[이런! 조금만 더 일찍 올걸.]

이탄이 안타까움에 발을 굴렀다.

루건은 움찔하여 고개를 숙였다.

[죄송합니다, 이탄 님.]

이탄 일행은 조금 더 일찍 도착할 수도 있었으나, 여정 중에 루건이 부정한 기운에 침습을 받아 휴식을 취하느라 일정이 지체되었다.

이탄은 마뜩지 않은 눈빛으로 루건을 노려본 다음, 고개를 내저었다. 어차피 루건에게 화풀이를 해봤자 닫힌 도서관이 다시 열리지는 않을 것이다. 그렇다면 굳이 루건을 윽박지를 이유는 없었다.

[루건, 그렇게 자책할 것 없다. 몇 시간 일찍 도착해봤자 내가 원하는 자료를 찾지 못했을 거야. 차라리 잘 되었다.

이 근처에서 밤을 보내고 내일 아침에 다시 오자꾸나.]

이탄은 루건을 부드럽게 대해주었다.

루건이 냉큼 고개를 들고 여쭸다.

[이탄 님, 밤을 보낼 숙소를 알아볼깝쇼?]

[당연히 알아봐야지. 평원을 지나면서 매일같이 노숙을 했는데, 여기에서까지 길바닥에서 자라고?]

이탄은 딱 잘라 말했다.

사실 이탄은 밤에 잠을 자지 않아도 되는 언데드였다. 따라서 숙소 따위는 필요도 없었다.

설령 그렇다고 하더라도 이탄은 샤워를 하고 싶은 마음이 굴뚝같았다.

'마침 이 일대는 디아볼 제국에서 가장 규모가 큰 시장이 아니던가. 당연히 깨끗한 숙소가 많겠지.'

이탄은 숙소를 쉽게 구할 수 있을 것이라 여겼다. 그리고 이왕이면 다홍치마라고 이탄은 쾌적하고 깨끗한 숙소를 원했다.

Chapter 2

'좋은 숙소에 짐을 풀고 따뜻한 물에 샤워를 하고 싶구나.'

이게 이탄의 소망이었다.

이 소박한 소망은 의외의 방해꾼 때문에 이루어지지 않았다. 아니, 좀 더 엄밀하게 말하자면 소망성취가 뒤로 늦춰졌다.

뎅뎅뎅뎅뎅뎅!

이탄의 귀에 종소리가 미친 듯이 급박하게 울렸다.

[으어억, 그날이 왔구나.]

[급하다, 급해.]

이탄 주변의 상인들은 점포의 물건들을 모두 다 내팽개친 채 귀중품만 챙겨서 후다닥 성문으로 달려왔다.

[빨리 안으로 들어와. 어서 서두르라고.]

[곧 성문을 봉쇄할 것이다.]

성문 앞의 경비병들이 상인들을 향해서 아우성을 쳤다.

성문이 닫힌다는 이야기에 상인들의 안색이 하얗게 질렸다.

[으아악, 안 돼.]

[제발 조금만 기다려주십시오.]

상인들은 겁을 잔뜩 먹고 성문을 향해서 전력으로 질주했다. 수천 명의 상인들이 우르르 내달리자 흙먼지가 뿌옇게 일었다.

성문을 통과하여 수도 안으로 들어가려는 상인들의 숫자

는 대략 5,000에서 6,000명 수준이었다.

반면 시장에서 물건을 파는 상인들의 숫자는 이와는 비교도 되지 않을 정도로 많았다.

이 많은 상인들이 모두 성 안에 들어가기란 쉽지 않았다. 시장의 규모는 한쪽 방향으로만 무려 100 킬로미터가 넘어서 방대한 규모의 도시를 방불케 했다. 그러니 이 상인들이 모두 다 줄을 서서 성문을 통과하려면 밤을 꼬박 새워도 부족할 판이었다.

"저들이 왜 저렇게 뛰는 거지? 그리고 성문이 곧 닫힌다고? 그럼 성문과 멀리 떨어진 곳에 있던 상인들은 어쩌라는 거야?"

이탄이 고개를 갸웃했다.

사실 그것보다 더 큰 의문은 따로 있었다.

"종소리가 울리자 상인들이 기겁을 하네? 대체 이유가 뭘까?"

호기심이 발동한 이탄이 상인들의 행동을 유심히 살펴보았다.

일부 상인들은 성문을 향해서 전력으로 내달렸다. 그들은 어떻게든 성 안으로 들어가려 했다.

그와 달리 대부분의 상인들은 자신들의 점포 밑에 설치된 커다란 뚜껑을 열고서 지하로 내려갔다.

놀랍게도 이곳 시장의 지하에는 미로와 같은 지하도시가 형성되어 있었다.

물론 언노운 월드에서 이탄이 경험했던 으리으리한 지하도시는 아니었다. 이 일대의 지하도시는 하수구를 서로 연결해놓은 듯한 수준의 열악한 환경이었다. 그리하여 지하도시가 아니라 마치 지하 미로 같았다.

미로 속은 환경이 좋지 않았다. 내부가 지저분할 뿐 아니라 공기질도 최악이었다. 미로 곳곳에는 반쯤 썩어 들어가는 쥐를 닮은 마수의 시체가 널려 있었다. 바닥은 축축했고 곰팡이 냄새가 극심했다.

그래도 상인들은 아랑곳하지 않았다. 다들 지하로 몸을 숨기기에 급급했다.

상인들뿐만이 아니었다. 시장에서 물건을 사던 고객들도 시장통 곳곳에 마련된 문짝을 쳐들고는 사다리를 통해서 지하로 내려갔다.

[서둘러.]

[곧 악몽이 몰려온다.]

악마종들은 이렇게 외치면서 내달렸다.

이탄도 그 흐름에 끼어서 지하로 내려갔다.

[으으읏. 이탄 님, 저도 데려가 주십시오.]

루건은 분위기가 심상치 않다고 느꼈는지 이탄을 바짝

쫓아왔다.

사냥개와 마수 세 마리도 후다닥 이탄에게 따라붙었다.

하수구를 연상시키는 미로의 천장에는 램프가 일정한 간격으로 매달려 있었다. 램프에서 흘러나오는 희미한 빛이 불안하게 흔들렸다. 미로의 벽에 짙게 드리운 악마종들의 그림자도 램프가 흔들릴 때마다 보조를 맞춰서 까딱거렸다.

상인들과 손님들은 음습한 지하 미로를 따라서 빠르게 뛰었다. 모든 악마종들의 얼굴엔 긴장한 빛이 역력했다.

이탄 일행도 악마종들의 움직임에 합류했다.

미로를 따라서 빠르게 이동하자 제법 넓은 공간이 튀어나왔다.

'오호라? 지하에 이런 곳이 마련되어 있었군.'

이탄이 무릎을 쳤다.

이탄이 보기에 지하 미로 안에는 이런 광장 같은 공간이 여러 개 있는 듯했다. 악마종들은 가장 가까운 광장으로 피신한 뒤, 이곳에서 악몽이 지나가기만을 숨죽여 기다리는 모양이었다.

칙칙해 보이는 광장 안에는 무수히 많은 상인과 고객들이 와글와글 모여서 불안한 듯 자신들의 팔뚝을 쓰다듬었다. 지하 광장의 한쪽 벽면에는 이곳으로 대피한 악마종들을 위한 식량이 수북하게 쌓인 모습이었다.

[곧 악몽이 몰려오겠지?]

[으으으.]

광장 안의 악마종들이 가늘게 신음했다. 그들의 불안한 시선은 온통 천장으로 쏠렸다.

처음에는 불투명해 보이던 천장이 시간이 갈수록 반투명하게 바뀌었다. 투시가 가능한 천장을 통해서 지상의 모습이 뿌옇게 비쳐졌다.

지상에는 벌레 한 마리 지나다니지 않았다. 텅 빈 거리에는 스산한 바람이 불었다. 주인 없는 가판대가 바람에 흔들려 삐꺽 삐꺽 듣기 싫은 소리를 내었다.

아니, 벌레 한 마리 지나다니지 않는다는 표현은 잘못되었다. 사태의 심각성을 모르는 외지인들, 그리고 일부 행동이 굼뜬 악마종들과 마수들이 아직도 지상에 남아 있었다.

[아, 안 돼. 제발.]

그들 가운데 일부는 손가락으로 머리를 감싸 쥔 채 지하미로로 내려가는 문을 찾아서 헤맸다.

사태의 심각성을 느꼈거나, 혹은 악몽에 대해서 알고 있는 악마종들은 마음이 조급했다. 그런 악마종들은 어떻게든 지하로 내려가는 문짝을 발견하고는 열려고 발버둥 쳤다.

안타깝게도 문은 열리지 않았다. 시간이 되자 안쪽에서 칼같이 빗장을 걸어 잠근 탓이었다.

한편 외지에서 온 악마종들은 갑자기 왜 이런 사태가 벌어졌는지 영문을 몰라서 주변만 두리번거렸다.

[뭐야? 다들 어디로 가는 거야?]

[갑자기 왜 이래? 괜히 불안해지잖아.]

그나마 외지인들 가운데 눈치 빠른 자들만이 이런 뇌파를 주고받으며 불안에 떨었다.

반대로 눈치가 둔한 악마종들은 여전히 아무것도 몰랐다. 그들은 상인들이 모두 사라지자 이게 웬 횡재인가 싶어서 물건을 마구 쓸어 담기에 바빴다.

바로 그때였다.

키이야앙!

고양이의 발톱을 산 채로 잡아 뽑을 때나 들릴 법한 괴성이 울렸다.

Chapter 3

시장통을 떠돌아다니던 소형 마수 한 마리가 피투성이가 되어 가판대를 뛰어넘었다.

그 마수의 뒤쪽에서 펑! 소리와 함께 연기가 터졌다.

이 검푸른 연기는 얼핏 보기에는 이탄이 사행술(蛇行術)로 이동할 때 나타나는 현상과 비슷했다.

실제로 이탄이 피사노교의 보고에서 얻은 사행술은 북명의 뱀 일족 수인족 수도자들이 만들어낸 놀라운 체술이지만, 사행술의 뿌리 가운데 한 가닥은 부정 차원의 악마종에게도 닿아 있었다.

하여 이탄은 검푸른 연기가 터지는 모습을 보자마자 익숙한 느낌을 받았다.

그 검푸른 연기 속에서 이탄이 난생 처음 접하는 흉악한 악마종이 모습을 드러내었다.

이 악마종은 피부가 모두 벗겨져서 시뻘건 근육이 겉으로 드러난 형태였다. 그들의 근육 사이로 붉고 푸른 혈관들이 꼬여서 지나갔다. 근섬유 사이사이에는 눈알 같은 것이 박혀서 위아래, 그리고 좌우로 데룩데룩 움직였다.

[으으읏. 악몽이다.]

[악몽이 나타났어.]

지하 광장에 모인 악마종들이 동요했다.

악몽은 피부와 뼈, 그리고 내장이 없었다. 뇌도 존재하지 않았다. 대신 악몽들은 오로지 근육과 혈관, 눈알들, 그리고 입으로만 이루어진 존재였다.

악몽들은 악마종과 마수 사이에 위치한 어중간한 생명체였는데, 신체가 부정형에 가깝고 좌우대칭이 아니라 보는 것만으로도 기괴한 느낌이 들었다.

어떤 악몽은 팔이 5개에 다리는 하나뿐이었다. 또 다른 악몽은 허리 아래에 빙 둘러 방사형으로 돋아 있는 8개의 다리로 거미처럼 걸었다. 고깃덩이를 둥글게 빚어 놓은 듯한 구형의 악몽도 존재하였다. 시뻘건 고기를 길쭉하게 뭉쳐서 거대한 벌레 모양으로 만들어놓은 듯한 악몽도 군데군데 섞여 있었다.

벌레 모양의 악몽 머리 부위에는 더듬이 같은 것들이 비쭉비쭉 돋았는데, 자세히 보면 이것은 더듬이가 아니라 기괴한 방향으로 꺾인 다리근육들이었다.

악몽들은 덩치도 제각기 달랐다.

몇몇 악몽은 이탄과 비슷한 덩치를 지녔다.

또 다른 악몽은 어깨 높이가 성탑에 견줄 만큼 체격이 거대했다.

소형견만큼 덩치가 작은 악몽도 보였다.

어쨌거나 악몽들의 개체수는 끔찍할 정도로 많았다.

키야아아앙—. 키야앙—, 키야아앙—.

날카로운 울음소리가 사방에서 메아리치듯이 들렸다. 이루 헤아릴 수 없이 많은 악몽들이 검푸른 연기와 함께 등장하여 시장을 쓸어버렸다.

거대 벌레 모양의 악몽들은 땅거죽을 우두두둑 뜯어낸 뒤, 거대한 몸체를 지상으로 솟구쳐 올라왔다. 그런 다음 위에서 아래로 머리를 내리꽂더니 한 입에 가판대를 집어삼켰다.

가판대가 와그작 부서졌다. 거대 벌레가 본격적으로 요동을 치자 주변 상점들도 형편없이 찌그러졌다.

미처 피신하지 못한 악마종들은 정면으로 악몽을 맞닥뜨려야 했다.

[으아악, 저리 가. 저리 가라고.]

[이런 씨팔. 이것들은 다 뭐야?]

궁지에 몰린 악마종들은 무기를 휘두르고 악을 쓰면서 악몽들에게 저항했다. 그들은 어떻게든 살아남으려고 발버둥 쳤다.

소용없는 짓이었다.

악몽들은 악마종의 공격을 두려워하지 않았다. 악마종이 휘두른 칼날에 부딪친 즉시 악몽의 몸뚱어리가 펑! 터졌다.

악몽들은 검푸른 연기로 변해서 상대의 공격을 무산시킬 줄 알았다.

물리적인 공격뿐 아니라 마법 공격을 받아도 마찬가지였다. 일정 수준 이상의 타격을 받는 순간, 악몽들은 한 줄기 연기로 변해서 적의 공격을 회피했다. 그런 다음 악몽들이 다시 뭉쳐서 제 모습으로 돌아왔다.

외지인 한 명 당 수십 마리의 악몽들이 달라붙어 마구 찢어댔다. 커다란 아가리를 쩍 벌려서 외지인들을 한 입에 잡아먹는 악몽들도 다수였다.

[끄아악, 살려 줘.]

[안 돼애—.]

악몽들에게 붙잡혀 살이 뜯어 먹힐 때마다 악마종들은 뇌가 터질 듯이 비명을 질렀다.

키이야앙, 키야아앙—.

악몽들은 상대의 울부짖음을 즐기기라도 하는 것처럼 기괴한 소리를 내면서 주변의 모든 생명체들을 도륙했다.

철퍼덕!

이탄이 위를 올려다보는 가운데, 반투명한 천장 위로 시뻘건 고깃덩이가 날아들었다.

이 고깃덩이의 정체는 허리 아래쪽이 끊긴 악마종이었다. 악마종은 끊어진 부위로부터 내장과 피를 줄줄 흘리며 악을 썼다.

[살려 줘. 제바알, 제발.]

악마종은 손톱으로 땅을 파 내려가기라도 할 것처럼 벅벅 긁었다. 흙과 부딪치면서 악마종의 손톱이 깨졌다. 손톱

밑 피부가 피투성이가 되었다.

악마종의 필사적인 몸짓은 그리 오래 가지 못했다. 그의 주변에서 펑! 펑! 소리가 나는가 싶더니 검푸른 연기가 터졌다. 연기 속에서 악몽들이 튀어나와 상체만 남은 악마종을 마구 물어뜯었다.

악몽의 근육 속에서 이빨이 돋아나서 악마종의 어깨를 깨물었다. 악몽의 근육 속에서 눈알이 튀어나와 눈을 마구 부라렸다.

[끄아아아악—.]

불쌍한 악마종은 그렇게 수십 마리의 악몽들에게 뜯어먹혔다. 지하 미로 속에 피신한 악마종들의 귓가에 우드득 우드득 뼈 씹어 먹는 소리가 울렸다. 후루릅 후루릅 내장 발라먹는 소리도 들렸다.

악몽들은 짧고 뭉툭한 이빨로 살점과 뼈를 야무지게 뜯어먹었다. 혓바닥을 기괴하게 놀려서 악마종이 흘린 피도 샅샅이 핥아 마셨다.

[으으읏.]

그 흉악한 광경에 지하 미로 속의 악마종들이 몸서리를 쳤다.

종종 동족을 잡아먹던 루건도 눈앞에서 벌어지는 식마(악마종끼리 서로 잡아먹는 짓) 행위가 꺼려졌는지 헛구역질을 했다.

바로 그때, 악몽 한 마리가 땅바닥에 한쪽 눈알을 바짝 들이밀었다.

Chapter 4

[헙!]

지하 미로 속의 악마종들이 화들짝 놀랐다.

상인들은 다들 손으로 입을 막고 숨소리 하나 내지 않으려고 애썼다. 손가락 하나 까딱하지 않으려고 조심했다.

그러는 가운데 악몽은 땅바닥에 눈알을 바짝 밀착한 다음, 땅 속을 들여다보았다.

한 마리의 악몽이 이상 행동을 보이자 다른 악마종들도 일제히 땅에 눈알을 밀착했다. 반투명한 천장을 통해서 수십 개의 눈알들이 다가왔다.

[으으윽.]

지하 미로로 피신한 악마종들은 부르르 몸서리를 쳤다. 몇 명은 옅은 신음을 흘리다가 손으로 입을 꽉 틀어막았다.

다행히 악몽들은 지하 미로를 발견하지 못한 모양이었다. 눈알을 밀착했던 악몽들이 하나둘 자리를 떴다.

[휴우우우.]

상인 가운데 한 명이 안도의 한숨을 내쉬었다.

그때였다.

콰앙!

둔탁한 소리와 함께 반투명한 천장에 금이 쩍 갔다. 거대 벌레 모양의 악몽이 수십 미터 위까지 대가리를 치켜들었다가 일직선으로 낙하하여 반투명한 천장을 단숨에 들이받은 것이다.

[꺄아악—.]

[안 돼. 천장이 무너진다.]

지하 미로, 아니 지하 광장에 모여 있던 악마종들은 놀라서 사방으로 흩어졌다.

거대 벌레를 닮은 악몽이 대가리를 다시 높이 치켜들었다가 힘차게 들이받았다. 땅바닥에 쩍 갈라지면서 지하 광장이 함몰되었다.

키이야아앙—.

날카로운 울음소리와 함께 수십, 수백 마리의 악몽들이 지하 광장으로 뛰어내려 왔다. 악몽들은 온 사방으로 흩어지는 악마종들을 향해서 수십 개의 눈알을 희번덕거리면서 달려들었다.

지하 미로를 향해서 폭포수처럼 밀려드는 악몽들도 문제

지만, 더 큰 문제는 악마종들 사이에서 벌어진 내분이었다.

허둥지둥 도망치던 악마종 상인 한 명이 이탄의 목에 칼날을 들이밀었다.

[마수를 내놔랏!]

이 악마종 상인은 이탄의 마수를 빼앗아 타고 도망칠 요량이었다.

루건과 사냥개를 향해서도 몇몇 악마종들이 달려들었다. 그들의 목표는 루건에게서 마수를 빼앗는 것이었다.

[크풍! 이것들이 쳐돌았나?]

루건이 콧방귀를 뀌었다.

루건은 해일처럼 밀려드는 악몽은 두려웠으나, 한낱 일반마에 불과한 상인들까지 두려워할 이유는 없었다.

[어디 한번 다 죽어봐라. 크흥.]

루건이 아공간에서 몽둥이를 꺼내어 미친 듯이 휘둘렀다.

빽! 빽! 빽! 둔탁한 소리가 울릴 때마다 루건을 위협하려던 악마종들은 대가리가 깨져서 나자빠졌다.

이탄의 목젖에 칼날을 들이밀었던 악마종도 당연히 비참한 최후를 맞았다. 이탄은 상대의 칼날을 맨손으로 쥐어서 우그러뜨렸다. 그런 다음 이탄은 상대의 멱살을 잡아서 악몽들에게 휙 던져주었다.

[으아아악, 안 돼.]

감히 이탄을 공격했던 악마종 상인은 수십 마리의 악몽들에게 둘러싸여서 팔다리가 뜯어 먹혔다. 내장도 줄줄 뽑혔다. 악몽들은 악마종 상인의 야들야들한 뱃속에 경쟁적으로 입을 처박았다.

[크아악, 제발 그만! 그만!]

상인이 발버둥 치는 가운데 그의 뱃속에서 살점 뜯어 삼키는 소리가 울렸다. 경쟁에서 밀린 악몽 한 마리는 뭉툭한 이빨을 딱딱거리더니 악마종 상인의 얼굴에 달라붙어 눈알을 파먹었다.

그 끔찍한 장면에 지하 미로에 숨어 있던 모든 악마종들이 패닉 상태에 빠졌다. 겁을 집어먹은 악마종들은 뿔뿔이 흩어져 수십 개의 미로 속으로 도망쳤다.

악몽들이 5개, 7개, 혹은 13개의 비대칭적인 다리를 놀려서 먹잇감, 즉 악마종 상인들을 뒤쫓았다.

[으아아악, 살려줘.]

지하 미로 곳곳에서 끔찍한 비명이 메아리쳤다.

악마종들끼리 서로 욕하는 소리도 들렸다.

[이쪽으로 오지 말라고. 병신아.]

[제발 이리로 악몽들을 끌고 오지 마. 씨팔!]

입을 쩍 벌리고 눈알을 희번덕거리면서 밀려드는 악몽들

의 숫자가 어찌나 많았던지 배짱 두둑하던 루건조차 얼굴이 하얗게 질렸다.

[아, 젠장. 저리 가. 이쪽 방향으로 오지 말라고.]

루건은 눈알 달린 몽둥이를 마구잡이로 휘둘렀다. 루건의 몽둥이로부터 주홍 광선과 노란 광선이 쭝쭝 쏘아져 나가 악몽들을 지졌다.

펑! 펑! 퍼엉!

광선에 명중 당할 때마다 악몽들은 검푸른 연기로 흩어졌다가 다시 나타났다. 루건의 몽둥이는 이탄으로부터 하사받은 보물이었으나 악몽들에게는 통하지 않았다.

이탄은 거듭 호기심을 느꼈다.

[호오? 물리 이뮨인 것은 짐작했었지. 그런데 이제 보니 마법 공격에도 이뮨이네?]

이뮨(Immune)이란 면역, 혹은 면제 상태를 의미하는 단어였다. 따라서 물리 이뮨이란 모든 물리적인 공격으로부터 피해를 받지 않는다는 뜻이고, 마법 이뮨은 모든 마법 공격으로부터 자유롭다는 의미였다.

이 사기적인 특성을 가진 악몽들이 한 마리도 아니고, 수백 마리도 아니고, 수천 수만 마리나 되었다. 어쩌면 그보다 더 많을지도 몰랐다.

무수히 많은 악몽들이 이탄을 향해서 우르르 달려들었다.

아니, 엄밀하게 말해서 악몽들은 이탄에게 달려든 것은 아니었다. 그들은 루건이 쏜 광선에 자극을 받은 듯 루건을 향해서 밀어닥쳤다.

[우힉?]

그러자 루건은 기겁을 하면서 이탄의 등 뒤로 숨었다. 덕분에 이탄은 악몽들을 정면으로 맞닥뜨리게 되었다.

[하!]

이탄은 어이가 없다는 듯이 루건을 노려보았다.

[죄송합니다.]

루건이 고개를 푹 숙였다.

[이 일에 대해서는 나중에 다시 이야기하자.]

이탄은 루건에게 잠시 으르렁거린 뒤, 검지와 중지를 나란히 붙여서 위로 치켜들었다.

이탄이 동원한 음차원의 마나가 고대 악마사원의 저주마법을 완성시켰다. 이탄 앞에 핏빛 장막이 한 겹 둘러쳐지면서 악몽들의 앞을 막았다.

Chapter 5

출렁~.

대가리로 핏빛 장막을 들이받았던 악몽들이 뒤로 튕겨나갔다. 핏빛 장막을 물어뜯은 악몽들도 뒤로 튕겨났다.

그러자 거대한 벌레처럼 생긴 악몽이 지하 미로를 벽째 허물어뜨리며 이탄을 덮쳤다. 놈의 아가리가 어찌나 컸던지 이탄이 소환한 핏빛 장막도 한 입에 삼켰다.

이탄은 손을 뻗어 상대의 큼지막한 이빨을 붙잡았다.

악몽의 이빨은 이탄의 손끝에 닿자마자 으스러졌다. 그 즉시 악몽의 몸뚱어리가 펑! 터지면서 검푸른 연기로 흩어졌다.

이탄은 아나테마에게 배운 사역마법진을 펼쳤다. 이탄의 손끝에서 주홍색 실이 돋아나 벌레를 닮은 악몽을 휘리릭 휘감았다.

악몽이 또다시 검푸른 연기로 변해서 주홍색 실을 벗어났다.

[사역마법진도 통하지 않네? 흐으음, 이걸 어쩐다?]

순간적으로 이탄의 팔이 36개로 촤라락 늘어났다. 이탄의 머리는 눈 깜짝할 사이에 18개가 되었다. 이탄의 피부는 청동으로 빚은 듯 구리빛을 띠었다. 이탄의 이마에서 뿔이 자랐다. 이탄의 입꼬리는 귀에 걸릴 정도로 길게 찢어졌다. 입술 사이에서 혓바닥이 길게 빠져나와 뱀의 그것처럼 날름거렸다.

악귀수라 출현!

이탄은 백팔수라(百八修羅) 제2식인 수라군림(修羅君臨)의 수법으로 악몽들을 휩쓸었다.

이탄과 부딪친 악몽들은 연달아 검푸른 연기가 되어 흩어졌다. 악몽들은 두려움을 느낀 듯 악귀수라에게 달려들지 못했다.

하지만 이탄은 만족하지 못했다. 그는 씁쓸하게 고개를 좌우로 흔들었다.

'타격감이 전혀 없었어. 수라군림으로는 저 괴상한 놈들에게 타격을 주지 못해.'

이탄은 양손을 가까이 모았다.

츠츠츠츠츳!

이탄의 손바닥 사이에서 빛의 씨앗, 즉 광정이 강렬하게 자라났다. 이탄은 나비를 놓아주는 듯한 동작으로 광정을 풀어놓았다.

빛의 정수, 빛의 씨앗이 벼락처럼 날아갔다.

이탄의 광정은 지하 미로를 일직선으로 관통하면서 무수히 많은 악몽들도 함께 꿰뚫어 버렸다.

광정에 저격을 당한 악몽들은 검푸른 연기로 흩어졌다가 다시 뭉쳤다. 악몽들은 광정이 두려운 듯 거리를 더 벌렸다.

하지만 이탄의 광정은 악몽들에게 두려움을 주었을지는 몰라도 직접적인 타격을 입히지는 못했다.

[광정도 통하지 않네? 흐으음.]

이탄의 표정이 살짝 굳었다.

드디어 이탄은 붉은 금속의 권능을 꺼내들었다. 이탄이 마음속으로 만금제어(萬金制御)를 떠올리자 지하의 금속들이 이탄의 의지에 따라 우르르 일어났다. 그 금속들이 촘촘한 그물로 변해서 악몽들을 나포했다.

퍼엉! 펑! 펑! 펑!

악몽들은 제각기 연기로 변해서 도망쳤다.

이탄이 금속 그물을 넓게 펴서 가두려 했다. 그러나 연기로 변한 악몽들은 놀랍게도 금속판마저 그대로 투과하여 빠져나갔다.

붉은 금속의 권능마저 통하지 않는다면, 이제 이탄에게 남은 방법은 네 가지뿐이었다.

첫째, 만자비문의 권능.

둘째, 정상세계 언령의 권능.

셋째, 모레툼 교단의 신성력.

넷째, 광목 시리즈의 음악.

이 가운데 만자비문은 사용하기 꺼려졌다. 이탄은 혹시라도 만자비문을 사용했다가 여섯 눈의 존재를 불러들일까

우려했다.
이곳은 부정 차원이므로 두 번째와 세 번째 방법도 사용 불가능했다.
'여기서 정상세계의 인과율을 사용할 수는 없지. 모레툼 교단의 신성력도 마찬가지야.'
그렇다면 이탄에게 남은 수법은 광목 시리즈의 음악뿐이었다.
이탄은 우선 주먹을 위로 뻗었다.
쿠콰콰콰콰!
이탄의 주먹에서 방출된 무지막지한 힘이 드래곤처럼 용솟음치면서 지상까지 길을 뻥 뚫어버렸다.
[가자.]
이탄은 복어를 닮은 마수를 잡아타고 지상으로 뛰쳐나왔다.
[이탄 님, 부디 저도 데려가주십시오.]
루건이 후다닥 이탄의 뒤를 따랐다.
사냥개도 마수를 타고 이탄을 쫓아왔다.
땅 위는 이미 악몽들로 홍수를 이루었다. 지평선 이쪽 끝부터 저쪽 끝에 이르기까지 이탄의 눈에 보이는 모든 곳이 다 악몽들로 뒤덮였다.
악몽들의 개체 수를 세는 것은 무의미했다. 그저 온 세상이 다 악몽으로 뒤덮여 있다고 보면 되었다.

키야아앙—.

이탄을 발견한 악몽들이 우르르 달려들었다.

[우힉?]

루건은 뒤늦게 지상의 풍경을 확인하고는 기겁했다. 루건을 태운 마수도 악몽들이 두려운지 허둥지둥했다.

이탄은 부하들의 주변에 핏빛 장막을 둘러주었다.

악몽들이 여러 개의 입을 쩍 벌리고 장막을 물어뜯었다. 그때마다 핏빛 장막이 찢어질 듯이 출렁거렸다.

[이탄 님, 이탄 님, 이러다 장막이 뚫리겠습니다. 으허어엉.]

루건이 벌벌 떨었다. 어찌나 무서웠던지 사타구니에 두른 천 속에서 루건의 불알이 몸속으로 바짝 쪼그라들었다.

이탄은 서두르지 않았다.

악몽의 수가 아무리 많다 한들, 그리고 그 악몽들이 물리 이뮨에 마법 이뮨이라고 한들 이탄에게는 눈곱만큼의 두려움도 주지 않았다. 악몽들이 제아무리 달려들어서 물어뜯는다고 해도 이탄의 피부에 단 0.001 밀리미터의 손상도 주지 못할 것이기 때문이었다.

이탄은 여유롭게 아공간을 열어서 아몬의 토템을 꺼냈다.

Chapter 6

이것이 벌써 두 번째였다.

얼마 전, 이탄은 여섯 눈의 존재와 싸우기 위해서 아몬의 토템을 꺼내들었다. 그때 아몬의 토템이 큰 손상을 입었다. 그리곤 아몬의 토템은 아직까지도 완전히 복구가 되지 않은 상태였다.

“그래도 음악을 한 번 연주하기에는 충분하지.”

이탄은 2 미터가 넘는 크기의 토템을 어깨에 걸친 뒤, 오른손으로 현을 잡아 뜯었다.

띠디디딩!

경쾌한 소리와 함께 화염이 일어났다.

뜨거운 불길은 아몬의 토템을 중심으로 동심원을 그리면서 넓게 전파했다. 바닷물로도 끌 수 없는 초고온의 화염이 발화와 동시에 이미 지평선 끝까지 번져나간 것이다.

아니, 이건 불이 전파하는 게 아니었다. 마치 케이크의 한 토막을 자르는 것처럼, 온통 불로만 이루어진 세계의 한 조각을 칼로 잘라내어 이곳으로 옮겨온 듯한 현상이 발생하였다.

광목이 지은 불의 노래, 광목화음(廣目火音) 발현!

그 뜨거운 열기에 악몽들이 반응을 보였다. 수억, 수십

억, 혹은 그 이상의 악몽들은 불에 닿은 즉시 검푸른 연기로 변해서 열기를 피했다. 놀랍게도 연기가 된 악몽은 초고온의 화염에도 그다지 큰 영향을 받지 않았다.

"광목화음으로는 안 되나? 그렇다면!"

이탄이 곡조를 바꾸었다.

띠디디딩!

이탄이 다시금 현을 뜯자 세상을 뒤덮었던 화마가 사라졌다. 대신 빽빽한 밀도를 자랑하는 물방울이 나타나 지평선 동쪽 끝부터 서쪽 끝까지를 가득 채웠다.

이것은 광목수음(廣目水音).

광목이 작곡한 물의 노래였다.

광목수음으로 만들어낸 물방울이 검푸른 연기들을 꽁꽁 가두었다. 악몽들은 세상을 뒤덮어버린 거대 물방울로부터 벗어나려고 부단히 몸부림쳤다. 악몽들은 불보다 물을 더 꺼려 하는 것은 분명했으되, 물에 대한 두려움이 그렇게까지 큰 것 같지는 않았다.

"하나로는 통하지 않는다고? 그러면 둘은 또 어떨까?"

이탄이 광목수음 위에 새로운 곡을 하나 더했다. 이번에는 광목이 지은 나무의 노래, 즉 광목목음(廣目木音)이 광목수음과 겹쳐서 연주되었다.

음악이 펼쳐진 즉시 거대 물방울 속에는 눈에 보이지 않는 조그만 씨앗, 혹은 포자들이 마구 생겨났다.

그것도 모르고 악몽들은 검푸른 연기의 상태, 즉 기체의 상태에서 벗어나 다시 본래 모습으로 뭉치려 들었다.

그런데 이 기체 속에는 이미 씨앗이 침투한 상태였다.

우두둑!

악몽의 몸뚱어리 속에서 씨앗이 발아하여 새싹으로 돋아났다.

우두둑! 우두둑!

악몽의 근육을 찢고 푸른 싹이 돋았다. 악몽의 눈알에 뿌리를 박고 식물이 자라났다. 악몽의 입을 비집고 초목이 솟구쳤다.

악몽들은 몸속에서 나무가 자라나는 고통을 견디지 못하고 다시 검푸른 연기로 변했다. 하지만 빡빡한 물속이라 검푸른 연기는 자유롭게 움직이지 못했다.

그렇게 악몽들이 연기 상태로 오래 머물자 연기가 물에 녹아들기 시작했다. 악몽들이 점차 흩어질 기미를 보였다.

악몽들이 기체 상태에서 벗어나려고 하면 몸에서 씨앗이 자라나 악몽들을 괴롭혔다. 악몽들이 다시 기체가 되면 물에 녹기 시작했다.

이제 악몽들은 기체로 변하지도 못하고, 그렇다고 본래 모습으로 돌아올 수도 없었다. 동쪽 지평선과 서쪽 지평선,

북쪽과 남쪽 지평선 사이를 뒤덮은 거대 물방울에 갇혀서 악몽들은 진퇴양난에 빠졌다.

시간이 갈수록 검푸른 연기는 물에 녹아들었다. 검푸른 연기가 대량으로 물에 풀어지면서 물이 선명한 파란색으로 변하였다.

"응?"

이탄이 눈을 동그랗게 떴다. 주변을 뒤덮은 파란 물이 어쩐지 익숙한 까닭이었다.

"이건 내가 그릇된 차원에서 얻은 것과 비슷한데? 조그만 병 속에 들어있는 파란 액체가 바로 이런 느낌을 주었어."

이탄이 그릇된 차원에 처음 진입했을 때 그는 알블—롭 일족의 곁에 머물렀다.

그러던 어느 날이었다. 이탄은 머록 가주의 요청을 받아들여 토트 일족과의 거래에 참여하게 되었다.

거래는 무난하게 이루어지는 듯했다.

그런데 토트 족의 티우키 노인이 갑자기 약속을 깨고 머록 가문의 보물들을 약탈하려 드는 것이 아닌가.

이탄은 약속대로 토트 족의 만행을 막아주었을 뿐 아니라 거꾸로 토트 일족과 티우키를 싹 다 죽여 버렸다.

그 후 이탄은 티우키의 아공간에 담긴 보물들을 전리품

으로 획득했다.

“토트 족의 그 음흉한 티우키 늙은이는 조그만 병 속에 정체를 알 수 없는 파란 액체를 5분의 2 분량만큼 보관하고 있었지. 내가 아무리 조사해보아도 액체의 용도를 알 수 없어서 그냥 가지고만 있었는데, 이제 보니 악몽들을 물에 녹인 액체가 티우키 늙은이의 파란 액체와 느낌이 비슷하구나.”

이탄은 자신의 아공간 박스 속에서 파란 액체가 담긴 병을 꺼냈다. 이탄이 병뚜껑을 열고 마나를 일으키자 찰랑거리던 병 속의 액체가 한 방울 튀어 올라와 이탄의 눈앞에 둥실 떠올랐다.

이탄은 악몽이 녹은 물도 한 방울 샘플링했다.

두 액체는 이탄이 보는 앞에서 서서히 섞였다. 거품도 일어나지 않고, 분리 현상도 없이 서로 잘 섞이는 액체를 보면서 이탄은 무릎을 쳤다.

“역시 이거였구나. 티우키 늙은이는 악몽을 녹인 액체를 소유하고 있었어.”

부정 차원의 악몽이 어떻게 그릇된 차원으로 넘어간 것인지는 알 길이 없었다. 기체화된 악몽을 물에 녹이려는 생각은 과연 누구의 아이디어였는지도 알지 못했다.

“가만!”

이탄의 머릿속에서 반짝하고 새로운 아이디어가 떠올랐다.

이탄은 광목화음으로 조그만 불꽃을 생성하여 그것으로 파란 액체가 담긴 병을 달궜다. 파락 액체가 부글부글 끓으면서 수분이 증발했다. 잠시 후, 병 속의 액체는 모두 증발하고 파란 가루만 남았다.

이탄은 가루를 손바닥에 톡톡 털어 엄지와 검지로 비볐다.

가루가 푸스스 부스러지면서 이윽고 기화되었다. 파란 기체가 이탄의 손바닥 위로 확산되더니 이내 악몽의 형태로 바뀌었다.

피부를 강제로 벗겨낸 듯 시뻘건 근육만 남은 몸체.

근육 사이에 살포시 드러난 눈알 하나.

눈알 주변에 기괴하게 뻗은 붉고 푸른 핏줄 다발.

하나뿐인 팔뚝과 하나뿐인 다리.

비둘기처럼 자그마한 크기.

파란 액체로부터 탄생한 악몽은 다른 악몽들에 비해서 작고 연약해 보였다.

그래도 이것은 악몽이 분명했다. 디아볼 제국의 악마종들조차 기겁을 하면서 도망치게 만드는 바로 그 악몽 말이다.

Chapter 7

이탄이 무릎을 쳤다.

"오호라. 수분을 증발시키니까 악몽이 되살아나는구나? 파란 액체의 사용법을 드디어 알아낸 거야."

사용법을 알았으니 이제 최대한 많은 파란 액체를 확보할 차례였다.

"읏차!"

이탄은 어둠의 법력을 뭉텅이로 끌어올려서 물방울을 꽉 압축했다. 거기에 더해서 이탄은 광목수음을 연주하여 물방울을 컨트롤했다.

어둠의 법력에 광목수음의 권능이 더해지면서 거대 물방울을 작게 줄어들었다. 그 바람에 선명한 파란색이던 물방울의 빛깔이 진해지다 못해서 검푸른 색으로 변했다.

그래도 여전히 물방울의 크기는 어마어마했다. 이탄은 어둠의 법력을 더 많이 쏟아부어 물방울을 축소했다.

마침내 물방울의 크기가 이탄이 두 팔을 활짝 벌리면 끌어안을 수 있을 정도까지 압축되었다.

"작아지기는 했지만 이렇게 물방울 상태로는 보관하기 힘들겠지? 물방울을 담을 그릇이 필요해."

이탄은 만금제어의 권능으로 땅속의 금속 성분을 끌어올

렸다.

이탄의 명을 받은 금속 성분이 땅속에서 튀어나와 지름 2 미터 크기의 검푸른 물방울을 한 겹 둘러쌌다. 반짝거리는 금속 성분은 악몽이 녹아든 검푸른 물방울을 동그랗게 감싼 뒤 팅! 하고 청명한 소리를 내었다.

"자, 완성!"

이탄은 지름 2미터의 금속 구체를 아공간 박스 속에 넣어두었다.

"나중에 이 액체를 터뜨려 기화시키면 악몽들을 떼거지로 소환할 수 있을 거야. 악몽들을 내 뜻대로 컨트롤할 수 있을지는 모르겠으나, 어딘가 써먹을 때가 있겠지."

이탄은 토트 일족의 티우키로부터 빼앗은 파란 액체도 검푸른 물방울 속에 함께 섞어두었다. 굳이 파란 액체만 병 속에 따로 보관할 이유는 없어서였다.

이탄이 광목수음을 연주하여 어마어마한 크기의 물방울을 만들어내고, 그 물방울 속에 대규모의 악몽들을 가둬버리기까지는 그리 오랜 시간이 걸리지 않았다.

이탄은 악몽을 물에 녹일 때 순도가 중요하다고 여겼다. 그래서 악몽이 아닌 불순물들, 즉 악마종들은 모두 걸러내었다.

[어푸푸푸. 허어억.]

[우허헉. 하마터면 익사할 뻔했네. 허헉.]

악마종들은 악몽과 함께 거대 물방울 속에 갇혔다가 겨우 빠져나왔다. 그들이 부르르르 머리를 털었다. 뱃속에서 물도 게워내었다.

그나마 역마급 악마종들은 물방울 속에 갇히고도 죽지 않고 버텼다. 일반마들은 대부분 익사했다. 거대 물방울이 훑고 지나간 자리엔 죽은 악마종들의 시체가 아무렇게나 널려 있었다.

단지 시체만 널린 것이 아니었다. 이 일대 상가 전채가 물방울에 휩쓸려서 허물어졌다. 가판대의 파편들은 쓰레기가 되어 바닥에 나뒹굴었다. 이건 마치 홍수가 휩쓸고 지나간 재해 현장을 보는 듯했다.

그나마 이런 잔해물이라도 남은 지역은 일부에 불과했다. 대부분의 상가와 가판대는 거대 물방울이 등장하기 전, 초고온의 화염이 한바탕 요동치고 지나갈 때 이미 새까맣게 타버렸다.

이처럼 시장은 파괴되었으되 사망자 수는 그리 많지는 않았다. 지상에 남아 있던 악마종과 달리 지하 미로에 숨었던 자들은 대부분 살았다. 생존자들은 거대 물방울이 사라진 뒤, 하나둘 고개를 내밀었다.

생존자들이 지하 미로로 연결된 문을 다시 열었다. 생존

자들은 지상에 악몽들이 사라진 것을 재차 확인한 뒤 조심스럽게 지상으로 올라왔다.

한데 지하 미로 속으로 쳐들어왔던 악몽들도 있었다. 그들은 운 좋게도 이탄에게 포획을 당하지 않았다.

소수의 악몽들이 악마종 상인들과 함께 섞여서 지상으로 올라왔다.

[우와? 악몽들이닷.]

[저놈들이 아직 남아 있었어.]

악마종 상인들은 갑자기 나타난 악몽들에게 놀라서 비명을 질렀다. 상인들이 사방으로 도망쳤다.

악몽들은 상인들을 뒤쫓지 않았다. 악몽들은 여러 개의 눈알을 굴려서 조심스럽게 주변을 살피더니 갑자기 검푸른 연기로 흩어져서 도망치려 들었다.

이탄이 코웃음을 쳤다.

"흥! 어딜 도망치려고?"

이탄은 아몬의 토템을 띠리리링 뜯어서 광목수음과 광목목음을 동시에 연주했다.

광목수음에 의해서 허공에 수십 개의 물방울들이 퐁퐁퐁 생겨났다. 물방울 속에는 눈에 보이지 않는 씨앗들이 가득했는데, 이것은 광목목음의 영향이었다.

씨앗을 품은 신비로운 물방울들이 악몽들을 빠르게 추격

했다. 그럼 다음 상대의 머리부터 물방울로 뒤집어씌워서 내부에 폭 가뒀다.

키이야앙!

악몽들이 자지러졌다.

그러나 악몽들이 아무리 버둥거려봤자 물방울의 속박으로부터 벗어나지는 못했다. 악몽들이 기체로 변하면 그 기체가 물에 녹았다. 악몽들이 다시 본래 몸으로 돌아오면 몸뚱어리 이곳저곳에서 나무가 마구 자라나 그들의 신체를 훼손했다.

발버둥 치던 악몽들은 검푸른 연기로 기화되었다가 결국엔 물에 서서히 녹아버렸다. 투명하던 물이 파란색으로 바뀌었다.

물에 녹았다고 해서 악몽들이 소멸한 것은 아니었다. 이탄이 물방울로부터 파란 가루를 추출하여 기화시키면 다시 악몽들이 되살아날 것이다.

"자, 이제 끝."

이탄은 여러 개의 물방울들을 하나로 합친 다음, 꾹꾹 눌러서 작게 만들었다.

압축을 끝마쳤으니 이제 그릇에 담을 차례였다.

사라락!

땅속에서 솟구친 금속들이 1 밀리미터보다 더 얇게 펼쳐지는가 싶더니 물방울을 덮어 씌워 동그랗게 코팅을 입혔다.

이것은 코팅이라기보다는 검푸른 액체를 담기 위한 그릇, 즉 용기의 역할을 하였다. 반짝거리는 금속 표면에서 팅! 소리가 맑게 울렸다.

"이것들도 나중에 쓸모가 있겠지."

이탄은 금속으로 코팅된 물방울을 아공간 박스에 잘 보관했다.

Chapter 8

악마종 상인들은 입을 딱 벌리고 이탄이 물방울을 회수하는 장면을 목격했다.

조금 전, 악몽 군단이 들이닥쳤을 때만 하더라도 상인들은 자신들의 목숨을 걱정해야만 했다.

그런데 기이한 음악 소리와 함께 거대한 물방울이 형성되더니 어마어마한 숫자의 악몽들을 내부에 가둬버리는 것이 아닌가.

이어서 거대한 물방울이 지름 2 미터 크기까지 축소되었다. 이후 얇은 금박이 나타나 물방울의 표면을 휘리릭 감싸버렸다.

이 모든 일들이 불과 몇 분 사이에 뚝딱 지나갔다.

[이게 대체 뭔 일이래?]

[내가 도대체 뭘 본 거야? 악몽이 저렇게 쉽게 사라진다고?]

악마종 상인들은 이탄이 보여준 이적이 믿어지지가 않아서 눈만 끔뻑거렸다. 상인들은 지금 꿈을 꾸는 게 아닌가 생각했다.

비단 상인들만 놀란 것이 아니었다. 성벽 위에서 이 과정을 지켜보던 경비병들도, 그리고 경비병들을 지휘하는 경비대장도 입을 쩍 벌렸다.

악몽들이 나타난다는 경고가 울리자마자 수도 성벽 위에는 디아볼 제국의 귀족들이 대거 등장했는데, 그 귀족들도 모두 이탄이 보여준 이적에 놀라서 기겁을 했다.

사실 디아볼 제국의 수도에는 가끔씩 악몽들이 등장하여 해일처럼 모든 것을 쓸어버리곤 했다.

아무도 이 악몽들이 어디서 나타나는지, 왜 나타나는지, 그들이 어떤 목적을 가지고 악마종들을 잡아먹는지 알지 못하였다.

수도의 악마종들이 알고 있는 사실은 오직 하나뿐.

악몽을 제대로 막아내지 못하면 도시가 통째로 작살 난다는 점이었다.

따라서 악몽의 출현 조짐을 발견한 즉시 경비병들은 비상종을 울려서 악몽의 등장을 알리도록 명을 받았다.

경비병들이 긴박하게 타종을 하면, 성 밖의 상인들은 시장 지하에 미리 만들어둔 미로로 피신하는 것이 악몽에 대한 대피 공식이었다.

한편으로 디아볼 제국 수도에 사는 귀족들은 비상종이 울리자마자 성벽 위로 달려와야 했다. 귀족들의 임무는 악몽으로부터 수도를 지키기 위해서 마법보호막을 구축하는 일이었다.

이 임무로부터 자유로운 귀족은 없었다. 디아볼 수도에서 살고 있는 귀족이라면 단 한 명도 빠짐없이 마법보호막 설치에 동원되었다.

물론 귀족들도 악몽을 겁냈다. 디아볼 제국의 내로라하는 귀족들도 성벽 밖으로 직접 나가서 악몽들과 맞서 싸울 엄두는 내지 못했다. 악몽들은 죽일 수도 없고, 또 물리칠 수도 없는 존재들이었다.

그래서 붙여진 명칭이 악몽, 즉 나이트메어가 아니던가.

귀족들은 성벽 밖으로 나가는 대신 전력을 다해서 마법보호막을 치고 수도의 성벽을 보호할 뿐이었다.

그렇게 귀족과 병사들이 밤을 꼬박 새워서 버티고 또 버티면, 어느 순간 악몽들이 신비롭게 자취를 감추었다.

만약에 버티지 못하면?

그러면 수도에 거주하는 악마종들 가운데 최소한 3분의 1 이상은 죽은 목숨이었다. 악몽들이 성벽을 타넘어 수도로 진입하는 순간, 디아볼 제국의 수도는 파탄지경을 맞을 수밖에 없었다.

이는 디아볼 제국의 유구한 역사가 증명하는 사실이었다. 과거 악몽들의 무차별적인 공습으로 인해서 디아볼의 수도는 수십 차례 이상 무너져 내릴 뻔했다.

이렇게 엄청난 파괴력을 보여줬음에도 불구하고 악몽들에 대해서는 널리 알려지지 않았다. 제국의 악마종들 가운데는 악몽이 무엇인지도 모르는 자들이 여전히 많았다. 디아볼이 아닌 타 제국의 악마종들은 대부분 악몽에 대해서 들어본 적도 없었다.

디아볼 제국의 수뇌부들은 그동안 쉬쉬하면서 악몽들의 존재를 숨겨왔다. 특히 외교관들 사이에서 소문이 돌지 않도록 조심했다.

굳이 악몽에 대해서 숨겨야 하는 이유?

이건 명확하지 않았다. 다만 황명에 의해 발설이 금지되었다는 점은 분명했다.

악몽들의 습격이 어찌나 무서웠던지 디아볼의 귀족들 가운데 일부는 불경스러운 의심을 품기도 했다.

'혹시 폐하께서 수도에 머무르지 않으시고 제국 영토를 여기저기 떠도는 이유가 악몽들의 습격 때문 아니야?'

'맞아. 그럴지도 몰라.'

일부 귀족들은 은근히 이런 의심을 품곤 했다.

그렇다고 해서 이런 위험한 견해를 뇌파로 내뱉는 귀족은 아무도 없었다. 불손한 의견을 퍼뜨리는 즉시 그 귀족은 황명에 의해서 목이 잘릴 것이 뻔했다.

어쨌거나 이런 의심이 들 만큼 악몽들의 습격은 무서웠다.

한데 그 악몽이 본격적으로 날뛰기도 전에 싹 사라져버린 게 아닌가!

귀족들 전체가 눈이 휘둥그레졌다.

[말도 안 돼. 아무래도 내가 헛것을 본 게야.]

수염을 길게 늘어뜨린 귀족이 손등으로 자신의 눈을 비볐다.

또 다른 귀족이 그 뇌파를 받았다.

[환상이었겠지? 아니면 우리가 약에 취하기라도 했나?]

다들 비슷한 생각들이었다. 죽을 각오로 성벽에 늘어서 있던 귀족들은 이탄이 보여준 엄청난 이적을 눈으로 직접 목격하고도 믿지 못했다. 눈으로는 분명히 보았으되 상식에서 너무 벗어난 일인지라 믿기지가 않았다.

귀족들 가운데 한 명이 고개를 갸웃했다.

[그나저나 대체 저놈, 아니 저분은 뉘시지?]

그 즉시 성벽 위가 들끓어 올랐다. 귀족들은 이탄의 정체를 궁금히 여겼다.

[조금 전에 발휘한 이적으로 보건대 최소한 성마급 존재임이 분명해. 물의 근본을 깨우친 성마가 아니고서는 저렇게 엄청난 권능을 발휘할 수 없다고.]

성마라는 단어에 귀족들이 열광했다.

[뭣이? 성마라고?]

[허걱! 설마 우리 제국에 세 번째 성마가 탄생하셨나?]

[폐하와 말론 공작 전하에 이어서 세 번째 성마가 탄생하셨다고?]

제국의 군주인 디아볼은 까마득한 옛날에 만자비문 가운데 일부를 깨닫고는 성마의 자리에 올랐다.

그 후 시간이 한참 흐른 뒤, 디아볼 제국에는 또 한 명의 성마가 탄생했다.

스악골 공작.

검의 끝을 보았다고 일컬어지는 무시무시한 존재가 등장한 것이다.

일반적으로 하나의 제국에 2명의 성마가 양립하는 경우는 드물었다. 디아볼 제국과 오랜 라이벌인 모드레우스 제국의 경우만 보아도 그러했다. 군주 외에 새로운 성마가 탄생하면 그의 앞에는 세 가지 선택지가 놓였다.

첫째, 기존의 군주에게 도전했다가 패배하여 소멸하는 길.

둘째, 기존의 군주를 꺾고 새로운 군주로 등극하는 길.

셋째, 제국을 떠나서 새로운 왕국이나 공국을 세우는 길.

스악골 공작은 이상 세 가지 선택지 가운데 어떤 것도 고르지 않았다. 스악골은 군주에게 도전하지도 않았을뿐더러 제국을 떠나지도 않았다. 검에 미친 악마종답게 스악골은 깊은 산골에 처박혀서 검술 연마에만 몰두할 뿐이었다.

Chapter 9

군주인 디아볼도 스악골 공작을 굳이 건드리지 않았다.

덕분에 오늘날 디아볼 제국에는 2명의 성마가 존재하게 되었다.

그런데 세 번째 성마라니!

모든 귀족들이 열광할 만했다.

[대체 저분은 어떤 가문 소속이시지?]

[물의 마법을 다루는 가문이라면 말론 후작가가 유명하

지 않나?]

[그렇다면 저분이 말론 후작님이란 말이야?]

말론 후작가는 수도에 뿌리를 내린 가문은 아니었다. 저 멀리 변방에 자리를 잡은 변경백의 가문이었다.

그 후작가의 가주가 물의 마법에 정통하여 상당히 강하다는 소문이 돌았다. 수도의 귀족들은 일제히 말론 후작을 떠올렸다.

하지만 곧 반론이 등장했다.

[아니야. 내가 말론 후작을 본 적이 있는데 저렇게 생기지 않았다고.]

[맞아. 나도 말론 후작님과 안면이 있어. 저분은 말론 후작님이 아니야.]

일부 귀족들이 이렇게 증언했다.

이를 반박하는 또 다른 반박이 쏟아졌다.

[말론 후작님은 아니더라도, 그분의 후계자일 수도 있잖아.]

[그렇지. 말론 가문의 젊은 천재가 갑자기 큰 깨달음을 얻어서 성마의 경지에 올라섰을 수도 있지.]

이 주장은 일견 그럴듯하게 들렸으나, 곧 새로운 반론이 제시되었다.

[아니야. 말론 가문의 혈통들은 몸보다 머리가 큰 것이

특징이라고. 게다가 그쪽 가문은 다리가 셋이야.]

귀족 가운데 한 명이 이렇게 주장했다.

그 말대로였다. 귀족들의 눈에 비친 이탄은 그렇게까지 가분수 꼴은 아니었다. 이탄은 3개의 다리를 가지지도 않았다.

[아아, 그렇다면 말론 가문이 아니네.]

[저분은 그럼 대체 어느 가문 출신이야?]

수도의 귀족들은 또다시 오리무중에 빠졌다.

다들 웅성거리는 가운데 멋들어지게 생긴 귀족 사내가 성벽 밖으로 휘익 몸을 날렸다.

[여기서 우리끼리 의논을 한들 정답이 구해지겠는가? 괜히 시간 낭비를 할 바에는 저분께 가서 직접 물어보는 게 낫지.]

이 용감한 귀족은 반백의 머리카락을 휘날리면서 이탄에게 날아갔다. 그는 이마 양쪽에 뭉툭하게 뿔이 돋아 있었다. 등에는 박쥐의 그것과 비슷한 날개를 매달았다.

반백 머리카락의 귀족은 우아하게 날갯짓을 하여 이탄에게 향했다.

[오오올! 역시 세온 님이시다.]

[처음 보는 성마에게 거침없이 다가서시다니, 역시 세온 님은 남다르셔.]

다른 귀족들은 온통 세온의 용기를 칭찬했다.

부정 차원에서 자신보다 강한 상마에게 함부로 접근했다가 한 입에 잡아먹히는 사례는 수천 개의 손가락으로도 다 꼽을 수도 없을 만큼 많았다. 그러다 보니 부정 차원의 그 어떤 악마종도 강자에게 함부로 접근하지 못했다.

세온은 예외였다. 세온은 자신감이 가득한 표정으로 이탄에게 다가섰다.

세온의 무력이 특별해서 용감한 게 아니었다. 디아볼 제국의 유력 귀족들이 진마 최상급인데 비해서 세온은 아직까지도 진마 상급 수준을 벗어나지 못했다.

그럼에도 불구하고 디아볼 제국의 귀족들은 세온을 얕잡아 보지 못했다.

왜냐하면 세온은 3명의 딸과 4명의 손녀, 그리고 2명의 아들과 2명의 손자를 군주의 빈으로 키워낸 전설적인 악마종이기 때문이었다.

또한 세온의 고모와 이모들 가운데도 빈이 존재했다.

그리하여 세온의 가문은 X자 모양의 황궁 오른쪽에 총 11명의 여성 빈을 배출하였고, 황궁 왼쪽에는 8명의 빈을 채워 넣었다.

이 뼈대(?) 있는 가문의 당대 가주가 바로 세온이었다.

보통 한 가문에서 단 한 명의 빈을 배출하는 것도 쉬운 일은 아니었다. 하지만 외모가 출중한 소수의 가문들은 여러 명의 빈을 내기도 하였다. 그리고 그 가운데 더 극소수의 가문들은 남성 빈과 여성 빈을 골고루 배출했다.

디아볼 제국에서는 황궁의 왼편과 오른편에 모두 빈을 탄생시키는 것을 일컬어 '그랜드 슬램'이라 표현했다.

세온 가문은 그랜드 슬램을 오래 전에 달성하였으며, 현재도 달성하고 있고, 미래에도 달성할 특별한 가문으로 손꼽혔다.

또한 세온 가문의 여성 악마종들 가운데는 계약을 통해서 언노운 월드로 넘어간 자들도 존재했다.

언노운 월드에서는 이들을 '서큐버스'라는 특별한 명칭으로 불렀다.

세온이 우아하게 날개를 펄럭이며 이탄 앞에 나타났다.

[잠시 여쭙겠습니다.]

세온은 우아하면서도 당당하게 뇌파를 걸었다.

마침 이탄은 악몽을 녹인 검푸른 액체를 금속으로 감싸서 아공간 박스에 집어넣던 중이었다.

이탄이 '넌 또 뭐냐?'는 표정으로 세온을 바라보았다. 이탄의 눈은 무저갱을 보는 어둡고 깊었다.

'헙!'

세온이 움찔했다.

하지만 세온은 배에 힘을 꽉 주어 겁먹은 티를 내지 않았다. 군주인 디아볼 앞에서도 세온은 할 말을 다 하는 악마 종이었다.

이것은 세온의 평소 철학과도 맞아 떨어졌다.

세온과 그의 혈통들은 '매혹의 권능'이 주력이었다. 그런데 매혹은 상대를 겁내는 순간 사라지게 마련이었다.

[잠시 말씀 좀 여쭙겠습니다. 제 이름은 세온이라고 합니다.]

세온은 한 번 더 우아하게 뇌파를 보냈다. 그러면서 그는 '세온'이라는 이름을 유독 힘주어 강조했다.

'상대가 바보가 아니라면 당연히 우리 가문의 명성을 들어봤겠지.'

이것이 세온의 생각이었다.

안타깝게도 이탄은 세온 가문에 대해서 무지했다.

[뭐가 궁금한 거지?]

이탄이 퉁명스럽게 반문했다.

세온은 한 번 더 움찔하였으나, 애써 마음을 가라앉히고 뇌파를 붙였다.

[혹시 어느 가문의 상마이신지 여쭤봐도 되겠습니까?]

[흠. 말해 줘도 모를 거다.]

이탄은 딱히 가문이랄 게 없었다.

언노운 월드에서 이탄은 고아이자 언데드였다. 간씨 세가의 세상에서도 이탄은 부모가 누구인지도 모르는 처지였다.

굳이 가문을 내세우려면 이탄이 새로운 가문을 열 수밖에 없는데, 이탄은 언데드이므로 가문의 시조가 될 수도 없는 몸이었다.

제5화

본 사이드의 탄생

Chapter 1

이탄은 자신의 구구절절한 처지를 난생 처음 보는 악마종에게 털어놓을 마음이 없었다.

이탄이 표정을 딱딱하게 굳히자 세온도 흠칫했다.

세온은 여러 명의 빈을 배출해낸 권력자였다.

군주의 빈이라는 자리는 비단 외모만 아름답다고 해서 앉을 수 있는 것이 아니었다. 빈이 되기 위한 자질 가운데 가장 중요한 것이 바로 눈치였다. 군주의 비위를 맞출 수 있는 눈치 말이다.

당연히 세온은 눈치가 빨랐다.

'아무래도 내가 역린을 건드린 것 같은데? 이 상마에게

는 가문을 물어보는 게 역린이었나?'

세온은 이탄이 언짢아하기 전에 황급히 화제를 돌렸다.

[그나저나 저희가 상마께 큰 은혜를 입었습니다. 악몽들이 떼거지로 습격하여 참 난감했는데 상마께서 그놈들을 물리쳐주신 덕분에 수도에서 살고 있는 수많은 악마종들이 목숨을 구하였지요. 하하하.]

[그래서?]

이탄이 냉정하게 팔짱을 꼈다.

세온은 이탄의 냉정한 태도에도 실망하지 않았다.

[혹시 상마님께서 괜찮으시다면 저에게 은혜를 갚을 기회를 주시겠는지요? 부족하나마 제 가문으로 상마님을 모시고 가서 융숭하게 대접을 해드리고 싶습니다.]

세온은 악마종답지 않게 붙임성이 좋고 상냥했다. 이탄은 세온을 보면서 흐나흐 일족의 샤론을 연상했다.

[너희 가문은 세도가인가?]

이탄이 물었다.

이탄은 '상대가 힘 있는 세도가라면 제국도서관을 이용하는 데 도움을 좀 받을 수 있겠구나.' 라고 판단했다.

세온은 당당하게 고개를 끄덕였다.

[어디까지가 세도가문이라 불려야 할지는 모르겠습니다. 하지만 이곳 수도에서 제 가문의 말빨이 잘 먹히는 편이기

는 합니다.]

[나는 제국도서관에서 찾아야 할 정보가 있다. 그러니 제국도서관에 압력을 넣을 정도면 된다.]

이탄은 솔직하게 원하는 바를 밝혔다.

부정 차원의 악마종들은 다들 속이 시커멓고 음험하여 그 앞에서 솔직하게 속내를 드러내는 것은 바보짓이었다.

이탄도 이 사실을 잘 알고 있었다.

'하지만 그것은 실력이 비슷할 때 이야기고, 조금 전에 악몽들을 제거하는 모습을 보았다면 나를 상대로 헛된 수작을 벌이지는 않겠지.'

압도적인 무력 차이가 있을 경우에는 도리어 원하는 바를 직설적으로 밝히는 것이 오히려 더 유리했다. 이탄은 그동안 부정 차원에 머물면서 이 원리를 체험으로 파악했다.

게다가 이탄은 디아볼 제국에 오래 머물 생각이 없었다. 원하는 바를 짧은 시간 안에 손에 넣으려면 어렵게 빙빙 돌려서 이야기하면 곤란했다.

이탄이 생각했다.

'디아볼 제국에서 언령의 벽을 찾았으니 가장 중요한 목적은 이미 달성했지 뭐야. 이제 세불 제국으로 돌아가기 전에 제국도서관을 뒤져서 아조브나 피사노의 비석에 대한 정보가 있나 살펴보기만 하면 되지.'

이탄이 제국도서관을 찾은 이유는 바로 이것이었다.

아조브의 행방.

그리고 피사노 비석에 대한 단서.

이탄은 이상 두 가지 정보가 제국도서관이 있는지 여부만 확인한 뒤, 곧장 디아볼 제국을 떠날 계획이었다.

세온이 반색을 했다.

[그렇다면 제가 아주 적임자입니다. 저와 제 가문은 제국도서관에 매년 많은 기부를 하고 있지요. 따라서 도서관장에게 직접 원하는 바를 말할 수 있습니다.]

세온은 자신감이 넘쳤다.

실제로도 세온의 대답은 사실이었다. 세온은 자식들과 손자 손녀들을 군주의 빈으로 만들기 위해서 그들의 외모만 가꾸어 준 것이 아니었다.

[대가리에 든 게 없고 멍청하면 폐하께오서 어찌 관심을 두겠느냐? 외모로 폐하의 눈을 사로잡고, 지혜로 폐하의 마음을 움직여야 비로소 빈이 되는 것이다.]

평소 세온은 가문의 후손들에게 이렇게 잔소리를 해댔다.

세온의 후손들은 가주의 명에 따라 엄격하게 훈육을 받았다. 그들은 제국도서관도 종종 이용해야만 했다.

그 과정에서 세온과 그의 가문은 제국도서관에 많은 기

부를 하게 되었다. 도서관장의 입장에서는 세온의 가문이 제일 큰 후원자나 마찬가지였다.

그러니 세온의 입김이 들어가면 제국도서관의 빗장도 활짝 열 수밖에 없으리라.

그날 밤 이탄은 수도로 들어가 세온의 가문에서 하루를 머물렀다.

루건과 사냥개도 시장 언저리에 여관을 알아보려다 말고 덩달아 세온의 가문으로 초대를 받았다.

[이히히. 역시 이탄 님만 쫓아다니면 자다가도 스테이크가 나온다니까. 히히히.]

루건은 희희낙락했다. 루건은 화려한 대저택에서 하룻밤을 호화롭게 지낼 생각에 입이 귓가에 걸렸다.

경망스러운 루건과 달리 사냥개는 아무런 표정 변화가 없었다.

한편 디아볼 제국의 귀족들은 이탄과 어깨를 나란히 하고 날아가는 세온을 무척 부러워했다.

[세온 님의 사교성은 정말 대단하군요. 성마로 추정되는 분을 단숨에 구워삶아서 자신의 가문으로 모시다니요.]

[그러게 말이오. 저러니 어느 누가 세온 님의 가문을 거스를 수 있겠소.]

[그나저나 저 상마님은 어느 가문 출신일까요?]

[어허험. 아마도 내일 세온 님께 슬쩍 물어보면 답이 나오지 않겠소?]

귀족들은 세온의 뒤에서 이렇게 속닥거렸다.

세온은 귀가 간지러웠으나, 마음 한편으로는 다른 귀족들이 뒤에서 수군거리는 모습을 즐겼다.

Chapter 2

그날 저녁 세온은 이탄 일행을 자신의 대저택으로 초대하여 온갖 산해진미로 대접했다. 이탄 일행에게 안락한 숙소도 제공했다.

이탄은 맛있는 음식을 입에 대는 척만 하고 모두 버렸다.

대신 루건이 이탄의 몫까지 게걸스럽게 먹어치웠다.

세온의 대접은 여기서 끝나지 않았다. 밤이 되자 세온은 가문의 여성 4명을 이탄의 방에 들여보냈다.

이탄뿐 아니라 루건과 사냥개도 여악마종들의 은밀한 방문을 받았다.

이탄은 세온의 성의를 거절했다. 이탄에게 쫓겨난 여악마종들은 자존심이 상했는지 [흥! 흥! 흥!] 콧방귀를 뀌었다.

사냥개도 이탄과 마찬가지로 여악마종들을 거부했다. 사냥개의 침실을 찾았던 여악마종들도 이탄의 방을 방문했던 여악마종들과 마찬가지로 자존심이 팍 상해서 돌아갔다.

오직 루건만이 신바람이 났다.

다음 날 아침.

이탄은 눈이 퀭하게 풀린 루건을 내버려 둔 채 제국도서관을 방문했다. 이탄은 루건뿐 아니라 사냥개도 세온의 저택에 남겨두었다.

"녀석들을 도서관에 데려간들 나에게 무슨 도움이 되겠어?"

이게 이탄의 생각이었다.

친절하게도 세온이 손수 나서서 이탄을 도서관 안까지 안내해주었다.

세온이 방문하자 도서관장이 부리나케 달려와 세온과 이탄을 맞았다. 도서관장은 이탄의 요구를 귀 기울여 들은 뒤, 그를 도서관 지하의 홀로그램실에 들여보내 주었다.

홀로그램실은 일반 열람자에게는 개방되지 않는 장소였다. 제국의 어지간한 귀족들도 홀로그램실에는 함부로 출입하지 못했다.

그러나 세온이 나서준 덕분에 복잡한 절차가 모두 생략되었다.

이탄은 제국도서관 지하 5층으로 내려가 디아볼 제국의 모든 역사가 담긴 홀로그램들을 열람했다.

홀로그램실에 쌓인 정보는 방대하기 이를 데 없어서 전부 살펴보려면 얼마나 오랜 시간이 걸릴지 알 수 없었다.

하지만 이탄은 빠른 스캔 능력과 방대한 뇌 용량을 가졌다. 이탄은 한 번에 어마어마한 양의 정보를 받아들이고, 또 분류해내었다.

알블—롬 일족의 곁에 머물 당시, 이탄은 기억의 바다에 입수하여 방대한 정보를 탐색하는 일을 수도 없이 반복했다.

그때 갈고닦은 솜씨가 이번에도 발휘되었다. 이탄은 디아볼 제국의 선조들이 모은 정보들을 뭉텅이로 탐색하고, 또 걸러내었다.

하루, 이틀, 사흘, 나흘…….

이탄은 꼬박 4일 동안 정보 분석에만 매달렸다.

이곳이 부정차원인지라 이탄은 무한시의 권능을 사용하지 못했다. 여섯 눈의 존재 때문에 만자비문의 권능도 함부로 쓸 수 없었다. 그래서 이탄은 귀중한 시간을 무려 나흘이나 투자할 수밖에 없었다.

대신 이곳 도서관의 정보는 알블—롭 일족의 기억의 바다와 달리 체계적으로 분류되어 있었다. 덕분에 이탄이 원하는 정보를 검색하는 일이 훨씬 더 수월했다. 이탄은 필요한 정보 위주로 살펴보면서 빠르게 진도를 뽑았다.

그 결과 나흘째 되는 날 알쏭달쏭한 단서 한 가지가 이탄의 눈에 띄었다.

큐브는 문이다.

정육면체의 큐브 속에 근원이 존재한다.

큐브는 음험하다.

장차 큐브를 남긴 자가 재래하리니, 그가 곧 소이*이고 그가 곧 뮤테*이다.

이 한 구절의 시가 이탄의 시선을 사로잡았다.

도대체 누가 이 시를 지었는지는 기록에 없었다. 작자미상의 이 시는 까마득한 고대, 디아볼 제국이 세워지기도 더 이전부터 퀘   산 절벽에 새겨져 있었다고 전한다.

그 후 제국의 늙은 귀족 한 명이 퀘펭 산을 탐험하다가 절벽에 새겨진 시를 발견하고는 홀로그램 영상에 담아서 수도로 가지고 왔다.

지금 이탄이 보고 있는 홀로그램 영상은 바로 그 늙은 귀족이 찍어놓은 자료였다. 이탄은 이 자료에서 두 가지 단서를 뽑아내었다.

첫 번째 단서는 시에 등장하는 '큐브'라는 단어였다.

그리고 두 번째 단서는 뤠펭 산이었다.

"큐브라면 혹시 아조브를 의미하는 것일까?"

이탄은 가능성이 충분하다고 생각했다. 왜냐하면 고대 악마사원의 삼대법보 가운데 하나인 아조브를 낫 형태로 만들어서 허공을 그으면, 빈 허공이 찢어지면서 그 속에서 알 수 없는 차원의 존재들이 마구 튀어나오기 때문이었다.

이것은 이탄이 직접 목격했던 현상이었다.

"그때 그 장면은 마치 낫으로 공간을 찢고 외계의 존재들에게 문을 열어주는 것과 비슷한 느낌이었지. 그러니까 큐브가 문이라는 첫 번째 줄은 이해가 돼."

이탄은 과거를 회상하면서 이렇게 뇌까렸다.

이어서 이탄은 두 번째 줄과 세 번째 줄도 납득했다.

"아조브로 문을 열었을 때 그 문 속에 근원 같은 것이 존재할지도 몰라. 내가 비록 문 안쪽에 직접 들어가 본 적은 없지만, 가능성이 0은 아닐 거야. 게다가 그 속에 근원 같은 것을 감추고 있다면 아조브가 음험하다고 볼 수도 있겠지?"

이탄은 나름의 해석을 내놓았다.

우우웅! 우우우웅!

음험하다는 평가에 항의라도 하듯이 아공간 속의 아조브들이 마구 진동했다.

이탄은 아조브들이 투덜거리거나 말거나 신경 쓰지 않고 독백을 이었다.

"그런데 마지막 줄이 영 해석이 안 되네. 큐브를 남긴 자? 그가 장차 도래할 거라고? 그가 곧 소이 어쩌고이고 뮤테 뭐시기라고?"

홀로그램 속의 이름들은 끝 글자가 마모되어 제대로 알아볼 수가 없었다.

설령 이탄이 마지막 글자를 알아본다고 한들 해석이 가능해지는 것도 아니었다.

"그러니까 아조브를 남긴 자가 있다 치자. 그의 이름이 소이 어쩌고라는 것 아냐. 그리고 그의 또 다른 이름은 뮤테 뭐시기고. 그런데 지금까지 내가 간씨 세가의 선조 간용음이 남긴 열하고성일지도 읽어보고, 아나테마에게 고대의 신화도 귀동냥하고, 또 그릇된 차원과 동차원에서 전해져 내려오는 옛 이야기에도 관심을 두었지만, 소이 어쩌고라는 이름은 생소한데? 뮤테 뭐시기라는 이름도 낯설고 말이야. 흐으음."

이탄이 아무리 다각도로 살펴보아도 여기까지가 한계였

다. 이탄은 더 이상 이 시로부터 유의미한 정보는 얻지는 못했다.

이제 이탄은 시 자체가 아니라 시가 남겨진 장소로 관심을 돌렸다.

"또 퀘펭 산이란 말이지."

이탄은 손으로 자신의 턱을 조몰락거렸다.

Chapter 3

퀘펭 산은 지옥의 평원 한복판에 존재하는 산이었다. 퀘펭 산 일대에는 부정한 기운이 진하게 농축되어 있어 악마종이나 마수들도 함부로 접근하지 못했다.

이탄은 바로 그 퀘펭 산에서 번개의 연못을 발견하였고, 연못 속에 직접 잠수하여 언령의 벽을 얻었다.

한데 아조브에 대한 단서가 남겨진 곳 또한 퀘펭 산이란다.

이탄이 짐짓 성질을 부렸다.

"캬악. 이거 퀘펭 산에 한 번 더 다녀와야 하나? 이럴 줄 알았으면 번개의 연못에만 들릴 게 아니라 절벽도 한 번 찾아보는 것인데."

겉으로는 이렇게 화를 내는 척했으나, 사실 이탄은 그렇게까지 짜증이 치밀지는 않았다.

'단서를 얻은 것만 해도 어디야? 퀘펭 산이 험하고 멀기는 하지만 한 번 더 다녀오지.'

이탄은 고생을 되풀이하는 한이 있더라도 아조브에 대한 확실한 실마리만 찾을 수 있다면 대만족이었다.

하지만 이어지는 홀로그램 영상이 이탄의 희망을 산산이 깨뜨렸다.

홀로그램 영상의 후반부.

빠카카카캉!

검보라빛 하늘에서는 무수히 많은 낙뢰가 떨어졌다. 그 낙뢰가 퀘펭 산의 절벽을 무너뜨리는 장면이 영상 속에 생생하게 기록되었다.

이 영상이 녹화된 것은 까마득한 옛날이었다. 그러니 지금 이탄이 퀘펭 산을 방문해봤자 시가 새겨진 절벽은 이미 무너지고 없을 것이 뻔했다.

"아, 젠장. 이미 절벽이 사라진 거였어?"

이탄은 10개의 손가락을 자신의 머리카락 속에 콱 박아 넣었다.

그 후로도 이탄은 홀로그램실에 8시간가량을 더 머물렀

다. 이탄은 좀 더 자료를 뒤져보았으나 추가로 얻는 바는 없었다.

"아쉽지만 할 수 없지."

이탄은 미련을 훌훌 털어버리고 제국도서관을 나왔다.

다음 날이 되자 이탄은 디아볼 제국의 외교부를 비롯하여 몇몇 행정처들을 방문했다.

이탄이 디아볼 제국을 방문한 진짜 목적이 무엇이건 간에, 어쨌거나 표면적으로 이탄이 이곳을 방문한 이유는 요제프 황자의 서신을 디아볼 제국의 외교부에 공식적으로 전달하는 것이었다.

이탄은 공식적인 업무들을 하나하나 마무리 지었다.

이탄이 세불 제국 출신이라는 사실은 이내 세온의 귀에 들어갔다. 세온은 내심 큰 충격을 받았다.

[뭐야? 그자가 우리 디아볼 제국의 악마종이 아니라고? 그렇다면 세불 제국에 성마가 2명이나 탄생했단 말인가?]

이건 보통 일이 아니었다. 세온은 서둘러 대책을 마련해야 한다고 판단했다.

사실 타국의 성마가 디아볼 제국을 방문하는 것은 지극히 이례적인 일이었다.

성마는 그 자체가 전략병기나 마찬가지.

아니, 전략병기를 넘어선 존재가 바로 성마였다.

따라서 성마급 악마종을 홀로 타국에 보내는 경우는 없었다. 그 중요한 병기를 함부로 타국에 보냈다가 적들에게 포위 공격이라도 받으면 어마어마한 손실이기 때문이었다.

그런데 이탄은 그 상식을 깨고 디아볼 제국에 스스로 들어왔다. 디아볼 제국의 입장에서는 절호의 찬스를 맞은 셈이었다. 타국의 성마 한 명을 제거할 수 있는 찬스 말이다. 세온은 이 기회를 놓치면 안 된다고 생각했다.

'하지만 저 무시무시한 성마를 상대로 내가 뭘 어쩔 수 있단 말인가? 이 사태는 폐하께서 직접 나서셔야 해. 아니면 최소한 스악골 공작 전하께서 개입하셔야 한다고.'

세온은 부랴부랴 황궁에 보고를 올렸다. 다른 한편으로 스악골 공작가에도 전령을 파견하여 성마의 등장에 대한 소식을 전했다.

세온의 음험한 수작을 아는지 모르는지 이탄은 유유자적하게 세온의 저택에서 하루를 더 머물렀다.

그러다 저녁나절이 되자 이탄이 갑자기 세온에게 작별을 고했다.

세온은 당황하여 이탄을 붙잡았다.

[아니, 벌써 가신다고요? 이탄 님, 혹시 저의 대접이 소홀했습니까?]

세온은 황궁이나 스악골 공작가에서 연락이 올 때까지

이탄을 붙잡아두고 싶었다.

이탄이 희미하게 웃었다.

[대접이 소홀하긴. 아주 융숭한 대접을 받았소. 다만 내가 다른 바쁜 일이 있으니 다음에 또 봅시다.]

이탄은 이 말만 남기고는 펑! 소리와 함께 검푸른 연기로 흩어졌다.

루건과 사냥개는 이탄이 작별을 고하기 전에 이미 세온의 저택을 떠난 뒤였다.

이탄은 마수 세 마리까지 알뜰하게 챙겨서 자리를 떴다.

뒤에 홀로 남은 세온이 독백을 했다.

[웜 트레인 포트에 연락해서 타국과의 왕래를 중단시켜야 하나? 지금이라도 이탄이라는 자의 출국을 막아야 하는 것 아냐?]

세온의 뇌리에는 얼핏 이런 고민이 떠올랐다.

불가능한 일이었다. 진마 상급에 불과한 세온이 성마의 앞을 가로막는다는 것은 맨몸으로 태풍을 막아서는 것보다 훨씬 더 위험했다.

'내가 죽기 살기로 이탄의 앞길을 막아선다면 몇 분가량 시간을 벌 수 있을지는 모른다. 운이 좋아서 웜 트레인 포트를 폐쇄하면 몇 시간을 지체시킬 수도 있겠지. 하지만 그 때까지도 폐하께서 오시지 않는다면? 스악골 공작 전하가

나타나지 않는다면? 그럼 나는 죽는다. 나뿐만이 아니라 내 가문도 몰살당할 수 있음이야.'

세온은 상대의 무력이 얼마나 대단한지 똑똑히 목격했다. 대륙을 뒤덮을 만한 신비로운 물방울로 저 끔찍한 악몽을 단숨에 잠재운 자가 바로 이탄이었다. 이탄이 그때의 이적을 한 번만 더 발휘한다면 세온의 가문을 세상에서 지워버리는 것은 일도 아니었다. 세온은 차마 자신의 목숨과 가문을 위태로운 칼끝에 올려놓지 못했다.

세온이 행동을 망설이는 사이, 이탄 일행은 웜 트레인 포트를 통과하여 세불 제국으로 향하는 트레인에 몸을 실었다.

이탄이 다시 나타나자 웜 트레인 포트의 책임자인 스켈레톤 악마종은 곧장 이탄의 출국 절차를 도와주었다.

이 스켈레톤 악마종은 사실 웜 트레인 포트처럼 중요한 기간시설의 책임자를 맡을 만큼 강자가 아니었다. 그는 이탄이 사역마법진으로 제압한 잔혹한 송곳니의 악마종의 숙주에 불과했다.

스켈레톤 악마종은 그래서 오히려 더 이탄의 출국을 빠르게 진행했다.

'내 비밀을 알고 있는 자를 오래 붙잡아 두면 안 되지. 이자를 빨리 내보내야 해.'

스켈레톤 악마종이 재촉을 하자 하체가 없는 빨간 여악마종들은 후다닥 일을 처리했다. 덕분에 이탄은 일사천리로 포트를 통과했다.

루건과 사냥개도 이탄 덕분에 수월하게 관문을 지났다.

Chapter 4

이번에 이탄이 디아볼 제국을 여행하는 동안, 루건과 사냥개는 제대로 된 역할을 하지 못했다.

"이것들은 빵만 축냈잖아? 아무래도 괜히 데려왔어. 쯧쯧쯧."

이탄은 괜한 짓을 했다며 혀를 찼다.

하지만 이탄은 전지전능한 신이 아니었다. 미래의 일을 알지 못하니 가끔씩 헛발질을 하는 게 당연했다.

루건도 눈치가 있는 터라 주눅 든 표정으로 얌전히 이탄을 뒤따랐다.

다행히 이탄의 관심은 곧 다른 악마종에게 옮아갔다.

이탄이 세불 제국으로 향하는 실버 웜 게이트에 막 도착할 때였다. 그곳에서 이탄은 우연찮게도 빌헬름을 또 만나게 되었다.

콧수염을 그럴듯하게 기른 빌헬름은 파이낸스 & 트레이드 디파트먼트, 즉 재정무역부 소속의 관료였다.

이탄은 세불 제국을 떠날 때 빌헬름과 처음 안면을 텄는데, 인연이 닿았는지 디아볼 제국을 떠나서 세불 제국으로 돌아갈 때에도 함께 출국하게 되었다.

[어어? 이탄 님이 아닙니까? 여기서 또 만나는군요.]

빌헬름이 모자를 살짝 들어 이탄에게 먼저 인사를 했다. 이탄이 요제프 황자의 측근이라는 사실을 알게 된 이후로 이탄을 대하는 빌헬름의 태도는 한결 정중하게 변했다.

[그러게요. 또 뵙네요.]

이탄도 상대를 향해서 목례를 살짝 했다.

빌헬름은 특유의 넉살을 발휘하여 이탄에게 이것저것 물었다.

[이탄 님, 출장 목적은 모두 달성했나 봅니다. 외교부에 다녀온 겁니까? 출장 기간 동안 어디에서 머무셨나요? 외교부 관사? 아니면 고급 여관?]

이탄은 대충 둘러대었다.

[뭐, 디아볼 제국에 아는 귀족이 있어서 그곳 신세를 좀 졌지요. 황자님의 편지도 디아볼 제국 외교부에 잘 전달했고요.]

빌헬름은 깜짝 놀란 표정을 지었다.

[허! 진짜로 디아볼의 귀족과 안면이 있으시다고요? 이탄 님께서는 언제 또 그런 인맥을 쌓으셨답니까?]

빌헬름의 수다스러운 뇌파가 계속되었다.

[이탄 님, 이거 참 부럽습니다. 이왕에 말이 나왔으니까 말인데, 제가 속한 상업부, 즉 재정무역부에서는 디아볼 제국과 교역 문제가 터질 때마다 여간 골치가 아픈 게 아니거든요. 이곳의 힘 있는 귀족과 안면만 있어도 어떻게 문제를 풀어보겠는데, 그런 인맥이 없다 보니 아주 진땀을 흘린답니다.]

빌헬름은 짐짓 이마의 땀을 훔치는 시늉을 했다. 그리곤 이탄에게만 들리도록 작은 뇌파로 속삭였다.

[이탄 님도 겪어봐서 아실는지 모르겠데, 디아볼의 관료 녀석들은 무식하기 짝이 없거든요. 녀석들과는 도저히 뇌파가 통하지 않아요. 이럴 때 바로 인맥이 필요한 것 아니겠습니까? 그런데 제가 무능하여 도저히 이쪽 파이프 라인(Pipe Line: 연결통로)을 뚫을 수 없지 뭡니까.]

빌헬름은 자책하는 이야기를 스스럼없이 꺼냈다. 그런 다음 '혹시나?' 하는 표정으로 이탄을 바라보았다.

이탄은 여러 말 늘어놓지 않고 곧바로 요점을 물었다.

[빌헬름 님, 내게 무슨 할 말이라도 있나요?]

[험험험. 이탄 님께서 신세를 졌다는 디아볼의 귀족 말입니다. 혹시 어떤 분인지 여쭤봐도 될까요? 지금 우리 상업부에서 단단히 꼬인 문제가 하나 있는데, 아무래도 나 같은 관료의 힘으로는 풀기 어렵고 귀족의 도움을 받아야 할 것 같아서요.]

빌헬름이 솔직하게 사연을 밝혔다.

[흠.]

이탄은 잠시 생각에 잠겼다.

'세온이라는 귀족이 제법 말이 통하는 것은 같던데. 하지만 나와 그렇게 친한 사이도 아니잖아. 그러니 세온에게 부탁을 해봤자 문제가 풀릴까?'

이탄은 귀찮은 일에 휘말리기는 싫었다.

그러면서도 이탄은 가급적 빌헬름을 도와주고 싶었다. 이탄이 본 빌헬름은 악마종답지 않게 성실하면서도 성격도 좋았다.

'빌헬름이 사적인 부탁을 하는 것도 아니고, 세불 제국을 위해서 업무를 맡은 거잖아. 그러니 나도 이름 정도는 빌려줘야 도리가 아닐까?'

이탄은 약간이나마 힘을 써보기로 마음먹었다. 이탄이 아공간에서 펜과 종이를 꺼내어 글자를 끄적거렸다.

세온에게 보내는 편지였다.

친애하는 세온 경,

지난 며칠간 세온 경의 도움을 받아 편히 머물다 갑니다. 타국에서 세온 경과 같은 분을 만나서 즐거웠소.

본국에 갑작스러운 일이 생겨 인사도 제대로 나누지 못하였소. 다음에 기회가 되면 세온 경이 세블 제국을 방문해 주시구려. 내 필히 세온 경에게 진 신세를 갚으리다. 혹은 내가 다시 한번 귀국을 방문하게 되면 꼭 연락하리다.

그동안의 도움에 대한 감사를 표시해야 마땅할 것이나, 염치없게도 부탁 하나만 더 드리리다. 내가 아는 세블의 관료가 귀국과의 무역 문제 때문에 곤경에 처한 모양이오. 이 관료에게 내 편지를 들려서 보낼 터이니 혹시라도 도움을 줄 만한 귀족이 있으면 소개 좀 시켜주시오.

혹시 주변에 도움을 줄 만한 귀족이 없으면 나의 부탁은 무시해도 무방하오.

다음에 또 소식을 전하리다.

— 세블 제국의 이탄 씀

이탄은 편지를 휘갈겨 쓰고 마지막에 서명을 넣은 뒤, 잘 밀봉하여 빌헬름에게 건넸다.

[이게 뭡니까?]

빌헬름이 눈을 동그랗게 떴다.

이탄은 세온의 이름을 뇌파에 담았다.

[디아볼 제국 수도에 세온이라는 귀족이 있소.]

[으헉? 혹시 세온 가문의 가주 말입니까?]

빌헬름이 펄쩍 뛰었다.

그가 이렇게 놀랄 만도 했다. 세온의 가문은 디아볼 제국 내에서도 몇 손가락 안에 꼽히는 세도가였다. 특히 그곳의 가주인 세온은 군주인 디아볼에게 직접 연락을 취할 수 있는 몇 안 되는 핫 라인(Hot Line)을 가진 실세 중의 실세였다.

빌헬름은 이탄의 인맥이 다름 아닌 세온 가주라는 사실을 알게 되자 망치로 머리를 한 대 얻어맞은 듯 사고가 정지했다.

하지만 이건 시작에 불과했다. 세불 제국으로 돌아와서 재정무역부에 복귀한 뒤, 빌헬름은 한 번 더 기겁을 하게 되었다.

Chapter 5

[네에? 출장 중에 이탄 님을 만나셨다고요? 혹시 황태자 저하의 최측근이라 불리는 바로 그분 말입니까?]

[왜 있잖아요. 요제프 황자님, 이자벨라 대영주님, 그리고 이탄 님. 이렇게 세 분이 황태자 저하의 직계 라인이라잖아요. 지난번 어프로칭 데이 때에도 이 세 분이 황태자 저하를 도와서 전쟁을 승리로 이끌었다고 하더라고요.]

재정무역부의 후배 관료들은 이런 이야기로 빌헬름을 기겁하게 만들었다.

빌헬름은 손바닥으로 자신의 이마를 세게 쳤다.

[이런! 어쩐지 이탄이라는 이름이 익숙하더라니. 내가 왜 그분의 성함을 알아차리지 못했을까?]

빌헬름은 자신의 사무실 안에서 분주하게 서성거렸다.

[역시 이탄 님은 관료가 아니라 귀족이셨어. 그것도 제국의 실세 귀족이라고. 하긴, 그쯤 되시니까 디아볼 제국의 실세인 세온 가주와도 친분이 있는 거겠지. 아아아, 내가 눈이 없어서 그런 귀하신 분을 알아보지 못하고 무례를 범하였으니 이걸 어쩐단 말인가.]

빌헬름은 겁이 덜컥 났다. 혹시라도 이탄에게 무례하게 굴어서 화를 돋웠을까 봐 걱정하는 것이다.

하지만 다른 한편으로 빌헬름은 뒤가 든든해지는 기분도 느꼈다.

[내가 비록 초면에 이탄 님께 실수를 좀 하였으나 그분은 대범하게도 나의 실수를 눈감아주시는 눈치였어. 게다가 내가 무역 일로 곤란해하니까 친히 세온 가주께 소개장도 써주셨지 뭐야.]

빌헬름은 이탄에게 받은 편지를 소중하게 손에 들었다.

'이탄 님께서 써주신 편지를 잘만 활용하면 재정무역부의 골칫거리를 쉽게 풀 수 있을지도 몰라.'

이런 생각을 하자 빌헬름은 한결 이탄에게 고마움을 느꼈다.

세불 제국으로 돌아온 뒤, 이탄은 다음 계획을 세웠다.

"언령의 벽은 이미 얻었고, 아조브와 피사노의 비석에 대한 단서는 세불 제국, 클루티 제국, 그리고 디아볼 제국에는 없었지. 그러니 그것들을 찾으려면 아무래도 다른 제국에 다녀와야 할까 봐."

이탄은 우선 7개의 제국을 떠올렸다.

부정 차원에는 칠제국 외에도 크고 작은 21개의 왕국과 36개의 공국들이 존재했다. 그래도 이탄이 찾는 정보는 왕국이나 공국보다는 제국에 있을 가능성이 높았다.

"물은 바다로 흘러들게 마련이고, 정보도 강대국이 많이 가지고 있겠지. 우선은 가능성이 높은 제국들부터 뒤져볼 수밖에."

이게 이탄의 판단이었다. 이탄은 세불, 클루티, 디아볼을 제외한 나머지 4개의 제국을 다음 목표로 삼았다.

디아볼과 함께 2대 강국으로 통하는 모드레우스 제국.

역사가 가장 오래된 올드 릭 제국.

올드 릭과 견줄 만큼 오랜 역사를 가진 올드 로니 제국.

마지막으로 아몬의 토템과 관련이 있는 아몬 제국.

이상 4개의 제국들은 모두 이탄이 한 번 둘러봐야 할 곳들이었다.

우선 모드레우스는 부정 차원 전체를 통틀어서 가장 넓은 영토와 인구를 가진 곳이었다.

"자연히 모드레우스 제국이 가진 정보가 가장 방대하겠지."

이탄은 모드레우스 제국을 1순위 방문국으로 점찍어 놓았다.

다른 한편으로 이탄이 찾는 정보는 긴 역사를 가진 곳에 있을 가능성도 다분했다.

"그러니 올드 릭과 올드 로니 제국도 소홀히 할 수 없어. 최소한 그 두 제국은 까마득한 과거에 태초의 마신 피사노를 직접 섬겼던 곳들이잖아."

이탄은 올드 릭과 올드 로니 제국을 공동 2순위에 올려 놓았다.

마지막으로 아몬 제국도 반드시 들려봐야 할 곳이었다. 그곳의 군주인 아몬은 자신의 심혈관을 뽑아서 아몬의 토템을 만든 악마종이었다.

"한데 아몬의 토템이야말로 아조브와 더불어 악마사원의 삼대법보가 아닌가! 그렇다면 아몬 제국에 아조브의 비밀이 숨겨져 있을 가능성이 있지."

이탄은 아몬 제국을 4순위 방문국으로 점찍었다.

하지만 이들 제국을 다녀오기에 앞서서 이탄에게는 할 일이 있었다.

얼마 전 이탄은 디아볼 제국의 웜 트레인 포트에서 잔혹한 송곳니의 악마종을 포획했다.

이 독특한 악마종은 주로 무기의 형태로 존재하는데, 껍질이 엄청나게 단단하고 마나가 잘 흐르는 특성을 지녔다. 그래서 고대 악마사원의 사도들, 특히 리치들은 잔혹한 송곳니의 악마종으로 라이프 베슬을 만드는 것이 소원이었다.

아나테마가 잔혹한 송곳니의 악마종을 보자마자 흥분하여 날뛴 것도 바로 이 때문이었다.

이탄은 아나테마를 위해서 잔혹한 송곳니의 악마종을 제련하여 라이프 베슬로 만들어줄 요량이었다.

[끼요오옵. 끼요오옵.]

아나테마는 차마 이탄에게 고맙다는 말도 못 했다. 대신 그는 정신 사나운 괴성만 연신 질러댔다.

솔직히 이탄도 아나테마에게 인사치레를 받고 싶은 마음은 없었다.

'괜히 그런 소리를 들으면 민망하기만 하지. 그리고 이건 굳이 영감이 내게 고마워할 일은 아니야. 내가 수고를 해준 대가로 영감이 일수도장을 찍는 기간을 늘려야지. 후후훗.'

이 생각을 하는 순간, 이탄의 입가에는 소름 끼치는 미소가 걸렸다.

[끼요옥? 왜 갑자기 추워졌지? 끼요오옥, 이상하다.]

이탄의 영혼 속에서 아나테마는 영문 모를 오한을 느끼고는 자신의 팔뚝을 손으로 벅벅 문질렀다.

이탄이 아나테마를 다그쳤다.

'영감, 딴 생각 말고 어서 마법진이나 읊어 보쇼. 이왕 하는 거, 잔혹한 송곳니의 악마종을 제대로 제련해야 할 것 아니겠소?'

[끼요옵. 그렇지. 모처럼 귀한 재료를 얻었으니 제대로

해야지.]

아나테마가 의지를 불태웠다.

그때부터 아나테마는 온 신경을 집중하여 이탄에게 악마종을 무기로 제련하는 마법을 구술해 주었다.

이탄은 아나테마의 지식을 물먹은 솜처럼 빨아들이며 악마종 제련에 나섰다.

잔혹한 송곳니의 악마종은 속박마법진에 산채로 묶인 채 퍼덕거렸다.

[가만히 있어. 잘 제련해줄 테니까 가만히 있으라고.]

이탄은 살아 있는 생선처럼 펄떡이는 상대를 왼손으로 붙잡아 누른 뒤, 오른손에 음차원의 마나를 불어넣었다.

후오옹!

이탄의 오른손이 어둑하게 빛났다. 마치 검은 불꽃이 이탄의 손에 어려서 활활 타오르는 듯한 현상이 빚어졌다.

이탄은 검게 타오르는 손으로 고대 악마사원의 비법을 구현했다. 이탄의 손끝에서 흘러나온 마법의 문자는 잔혹한 송곳니의 악마종 위로 연달아 떨어졌다.

강한 힘을 가진 문자들이 대검의 칼날 위에 도장처럼 찍히자 잔혹한 송곳니의 악마종이 발악을 했다.

Chapter 6

대검 중앙의 날이 좌우로 쩍 갈라지면서 상어의 이빨을 연상시키는 치열들이 섬뜩하게 드러났다.

[크아악! 크아아악!]

뼈로 이루어진 칼날은 우르릉 진동했다. 사방으로 날카로운 기파가 뻗었다.

그래 봤자 이탄의 악력을 버티지는 못했다. 잔혹한 송곳니의 악마종이 아무리 발버둥 쳐도 이탄의 손아귀에서 단 한 치도 벗어나지 못했다.

펑! 펑! 펑! 펑!

고대 악마사원의 마법 문자가 내리 찍힐 때마다 잔혹한 송곳니의 악마종은 더욱 거세게 발악했다.

[크아악, 안 돼. 하지 마. 야 이 개새끼야, 하지 말라고. 크아악. 이런 XX를 내서 XX에 튀겨죽일 새끼야.]

차마 입에 담을 수 없는 욕설들이 이탄의 뇌리에 흘러들어왔다.

"어디서 뉘 집 개가 짖나? 룰룰루~."

이탄은 귀를 막고 제련마법에 집중했다.

조금 더 시간이 흐르자 잔혹한 송곳니의 악마종이 잠잠해졌다. 잔혹한 송곳니의 악마종은 제련이 계속될수록 영혼이 마모되었다. 이대로 가다간 그는 모든 지성과 의지를 잃고서 몸뚱어리만 남을 판이었다.

[제발 살려줘. 크아악. 제발. 크허어엉. 살려주세요.]

잔혹한 송곳니의 악마종이 방법을 바꿨다. 그는 이탄에게 욕설을 퍼붓는 대신 애걸복걸했다.

이탄은 상대의 간절한 청을 들어주지 않았다.

"루룰룰룰루~."

이탄은 얄밉게도 뇌파를 차단한 채 제련마법에만 열중했다.

이렇듯 이탄은 마법으로 상대의 영혼을 말살하는 한편, 무기로 사용하기 좋도록 강화마법도 병행했다.

이탄은 제련마법은 난생 처음 시도해보는 초보자였으되 무기를 강화하는 인챈트(Enchant) 마법은 아나테마보다도 오히려 더 능숙했다.

이탄이 곰곰이 생각에 잠겼다.

"어디 보자. 영감에게 무슨 선물을 해주면 좋을까? 잔혹한 송곳니의 악마종은 뼈로 이루어졌으니까 같은 뼈 계열의 재료가 궁합이 잘 맞겠지?"

이탄은 짧은 고민 끝에 아공간의 박스를 뒤지더니 구아로 일족의 최상급 발톱을 6개나 꺼내들었다.

이 발톱들은 이탄이 그릇된 차원에서 약탈을 하거나 블

랙마켓에서 비싸게 산 재료들이었다. 이탄은 그 귀한 재료를 아낌없이 인챈트 마법에 쏟아부었다.

츠스스스슷—.

구아로의 발톱에 어린 날카로운 살육의 기운이 잔혹한 송곳니의 악마종에 스며들었다. 그것도 무려 6겹이나 중첩되어 들어갔다.

이어서 이탄은 30 센티미터 크기의 퍼플 스톤(Purple Stone: 자주색 돌)도 3개나 꺼냈다.

퍼플 스톤은 자체적으로 음차원의 마나를 생성해내는 특성을 지녔다. 그래서 그릇된 차원의 몬스터들은 이 퍼플 스톤을 무척 귀하게 여겼다.

이탄도 퍼플 스톤의 가치를 잘 알고 있었으나, 그것들을 아낌없이 인챈트 마법의 재료로 사용했다.

샤라랑~. 샤라랑~. 샤라랑~.

뼈의 검이 지닌 손잡이 부분에 보라색 기운이 영롱하게 깃들었다. 보랏빛이 감도는 손잡이로부터 음차원의 마나가 쉼 없이 생성되었다.

이탄의 행동은 여기서 그치지 않았다.

"에잇! 이왕 퍼주는 거, 아낌없이 퍼주지 뭐."

이탄이 선심을 쓰듯이 외쳤다. 이탄은 아공간 박스 속 깊은 곳에서 크리스털 병을 하나 꺼냈다.

병뚜껑을 열자 기이한 기운을 품은 노란색 털이 하늘하늘 솟구쳐 올라왔다. 이 노란 털 한 가닥은 이탄이 그릇된 차원에서 입수한 정체불명의 재료였다.

"이 털이 어떤 기능을 하는지 모르겠구나. 하지만 풍기는 기세로 보아 보통 보물은 아닐 거야. 이것도 분명히 아나테마 영감에게 도움이 되겠지."

이탄은 노란 털 한 가닥을 끌어당겨 인챈트 마법의 재료로 사용했다.

후오옹!

이탄의 풍부한 마나와 노란 털, 그리고 강화 마법이 하나로 버무려지면서 신비로운 문양들이 허공에 떠올랐다.

그 문양들은 얼핏 보기에는 고양의 눈처럼 느껴졌다.

이탄은 왜 이런 문양들이 생겼는지는 알지 못했다. 다만 이 문양들이 무척 신비로운 힘을 품고 있으며, 그 권능이 정상 세계의 언령이나 부정 차원의 만자비문과는 궤를 달리한다는 점을 깨닫게 되었다.

"흐으음. 이게 뭔지 도통 모르겠네? 자세한 것은 나중에 알아보기로 하고, 일단은 인챈트부터 끝내야지."

이탄은 고양이 눈처럼 생긴 문양들을 뼈의 검에 내리찍었다.

콰창! 콰창! 콰창! 콰창! 콰창!

칼날 속의 뾰족한 이빨을 따라서 노란 문양들이 조각이라도 한 것처럼 정교하게 새겨졌다. 칼날에도 노란 고양이 눈 문양이 음각되었다.

눈알의 개수는 모두 9개.

이 눈알들이 섬뜩하도록 노란 빛을 내뿜었다.

"오오오, 좋아. 아주 그럴듯해."

이탄이 고양이 눈 문양을 모두 찍고 나자 무기 자체가 한결 고급스럽게 바뀌었다. 이탄은 강화된 대검을 한 손으로 쥐고는 만족스러운 웃음을 흘렸다.

때마침 칼날 위로 고양이의 환영이 환상처럼 나타났다.

캬아아앙!

귓가에 아스라이 고양이의 울음소리도 들렸다.

이탄은 그제야 고양이 일족을 떠올렸다.

"가만! 조금 전의 그 노란 털이 묘족, 즉 고양이 일족의 것이었나? 그릇된 차원에 고양이 일족이 있다는 이야기는 들어본 바가 없는데?"

이탄은 기억의 바다를 통해서 그릇된 차원에 대한 온갖 정보를 다 흡수했었다. 그 방대한 지식을 뒤져보아도 고양이 일족에 대한 내용은 거의 찾아보기 힘들었다.

"그게 고양이 일족의 털이었다고? 이상하네?"

이탄은 연신 고개를 갸웃거렸다.

어쨌거나 털에 대한 의문은 나중에 조사해보면 될 일이고, 우선은 제련과 강화를 마무리하는 것이 중요했다.

"뭐, 그릇된 차원이 동네 앞마당도 아니잖아. 넓디넓은 우주에는 고양이 일족도 살고 있었을 테지."

이탄은 고양이에 대한 생각은 우선 머릿속에서 지워버린 다음, 끝까지 집중력을 잃지 않고 무기 강화에 집중했다.

Chapter 7

마침내 제련마법과 강화마법이 막바지에 이르렀다.

마무리를 짓기 전, 이탄이 아나테마의 의견을 물었다.

'영감, 어떻소? 마음에 드쇼?'

[끼요오옵! 크흑. 크흐흑.]

아나테마는 감격에 겨워서 말도 잘 잇지 못했다. 연신 괴성과 울음만 터뜨리면서 뼈의 검을 바라보고 또 바라볼 뿐이었다.

조금 전 아나테마는 이탄이 아공간 박스 속의 보물들을 거침없이 꺼내어 인챈트를 거는 모습을 목격하고는 큰 감동을 받았다.

'끼요옵. 이탄 녀석이 평소에는 못돼 처먹어서 나를 마구 구박하는 것 같더니 이제 보니 속으로는 나를 무척 위해주는구나. 끼요오옵. 녀석이 나를 이렇게까지 생각해줄 줄이야. 마음속의 연인인 샤흐크 종주에게는 미안한 이야기지만 내가 영혼만 남은 처지가 아니라면 이탄 녀석에게 몸이라도 한 번 주었으려나? 끼요옥.'

아나테마는 부끄러운 듯 허리를 꼬았다.

만약 아나테마가 자신의 생각을 뇌파로 꺼내었다면 그 즉시 아나테마는 이탄의 손에 소멸을 당했을 것이다.

그뿐만이 아니었다. 이탄은 화딱지가 나서 애써 제련 중이던 뼈의 검을 확 분질러 버렸을지도 모른다.

다행히 아나테마는 쓸데없는 뇌파를 내뱉지 않았다.

그 전에 이탄이 아나테마를 독촉했다.

'영감, 이 무기가 어떠냐고 묻는데 왜 괴성만 지르는 거요? 어디 또 손 볼 곳이 없겠소? 지금 영감이 의견을 이야기하지 않으면 나중에 수정하는 것은 불가능하니까 곰곰이 잘 생각해보소.'

아나테마가 한참 만에 뇌파를 보냈다.

[끄요오옵……. 이것만으로도 나는 만족한다.]

'진짜? 그럼 이대로 마무리 짓겠소.'

이탄이 뼈의 검을 완성하려 들 때였다. 아나테마가 갑자기 이탄을 불러 세웠다.

[잠깐만! 끼요옵. 잠깐만 기다려라.]

아나테마의 만류에 이탄이 행동을 멈췄다.

'영감, 왜 그러쇼? 어디 손 볼 곳이라도 생각났소?'

아나테마는 살짝 상기된 표정으로 물었다.

[끼욕. 혹시 이 무기의 형태를 바꿔주면 안 되겠냐?]

'엉? 형태를 바꿔 달라고? 검이 싫다는 거요?'

이탄이 의문을 품었다.

[끼욕. 그래. 검 말고 다른 것으로.]

아나테마는 힘차게 고개를 주억거렸다.

'다른 거라니? 검이 아니라 영감이 원하는 무기가 따로 있소? 있으면 말해 보쇼.'

이탄이 손가락을 까딱거렸다.

아나테마는 잠시 머뭇거리다가 대답했다.

[끼욕. 나는 낫이 어떨까 싶다만…….]

아나테마는 말을 꺼내놓고서는 은근히 이탄의 눈치를 살폈다.

'낫? 아조브와 같은 낫 말이오?'

이탄이 아나테마에게 반문했다.

사실 이탄은 무기를 별로 좋아하지 않았다. 그나마 무기들 중에서 낫이 멋있어 보이기에 자유롭게 형태가 변하는 아조브도 낫의 형태로 바꾸어 썼다.

그런데 이제 보니 아나테마도 이탄의 취향에 동조되었나 보다. 그러니까 이탄에게 검 대신에 낫을 요구했을 테지.

이탄은 흔쾌히 상대의 요구에 응했다.

'그러지 뭐. 이왕에 만들어주기로 한 거, 영감의 소원이라면 못 들어줄 것도 없지.'

이탄은 음차원의 마나를 다시 끌어올려 뼈의 검에 강한 압력을 주었다. 뜨거운 열기도 동시에 가했다.

츳츳츳츳츳—.

긴 대검이 점차 둥글게 휘면서 날의 모양을 잡았다. 보라빛깔의 손잡이 부분이 나선형으로 비틀려서 길게 늘어났다. 이탄은 머릿속으로 아조브의 형태를 연상하면서 뼈의 검을 낫으로 바꿨다.

이탄이 한 30분쯤 주물럭거리자 무기의 모양이 완전히 대형 낫으로 자리를 잡았다. 죽음의 신이 들고 다닐 법한 멋들어진 대형 낫이 완성된 것이다.

[끼요오옥! 크흐흡. 이게 내 것이라니! 크흐흡. 끼요오옥.]

아나테마는 이탄이 만들어준 무기가 마음에 쏙 든 듯 눈물을 글썽거렸다. 아나테마의 표정만 보더라도 그가 얼마나 감격했는지 한눈에 드러났다.

휘링!

이탄이 대형 낫을 손 안에서 풍차처럼 한 바퀴 돌렸다. 그리곤 턱짓을 했다.

'영감, 뭐 하쇼? 모처럼 별장이 생겼으니 한번 들어가 봐야지.'

[으잉? 맞다. 맞아. 내 별장이니 당연히 내가 들어가 봐야지.]

아나테마의 악령이 이탄의 영혼 속에서 튀어나와 뼈의 낫 속으로 뛰어들었다.

일반 마법 아이템과 달리 잔인한 송곳니의 악마종을 제련하여 만든 무기는 악령이 안착하기에 딱 좋았다.

두근! 두근! 두근! 두근!

대형 낫 속에서 심장박동이 들렸다.

이건 아나테마의 심장 소리였다. 헤아릴 수 없이 긴 세월 동안 아나테마가 느껴보지 못했던 심장의 뜀박질이란! 그 희열이란!

[오오오옷!]

아나테마가 울듯이 몸을 떨었다.

뼈의 낫 속에서 수많은 신경다발이 자라나서 아나테마의 악령과 연결이 되었다. 한 가닥 한 가닥이 연결될 때마다 아나테마는 새로운 몸을 장악해가는 느낌을 받았다. 아나테마가 전율했다.

이탄이 낫을 손에서 놓아주었다.

뼈의 낫이 허공에 둥실 떠올라 바르르 진동했다. 아나테마는 신경다발을 모두 연결한 다음 뼈의 낫에 부여된 권능까지도 하나씩 장악해갔다.

잔혹한 송곳니의 악마종이 가지고 있던 단단한 방어력.

구아로의 발톱 6개로부터 비롯된 흉포한 살기.

퍼플 스톤이 제공하는 마르지 않는 마나의 샘물.

그리고 정체불명의 고양이 눈 문양으로부터 기인한 환생의 권능에 이르기까지.

[오오오오오오오옷!]

아나테마는 새로 얻은 별장(?)이 마음에 쏙 들었다. 이탄의 영혼으로 되돌아가고 싶은 생각이 사라질 만큼 새 몸뚱어리가 흡족했다.

Chapter 8

'어떻소? 쓸 만한가 몰라?'

이탄이 아나테마의 의향을 떠보았다.

아나테마는 확신에 차서 소리쳤다.

[끼욕? 쓸 만하냐고? 이 라이프 베슬이 쓸 만하냐고 물

었더냐? 당연히 쓸 만하고말고. 이건 단연 최고다. 역대 악마사원의 선배 리치 중에서도 이처럼 뛰어나고 안락한 별장을 가진 자는 없었을 게다. 끼요오오옵.]

아나테마가 흥분을 하자 뼈의 낫이 허공을 헤집으며 훙훙 날아다녔다.

'훗. 그렇게 좋을까?'

어린아이처럼 기뻐하는 아나테마를 보면서 이탄도 피식 웃었다.

그 후로도 아나테마는 뼈의 낫으로 허공을 베어보기도 하고, 씰룩씰룩 춤을 춰보기도 했다. 아나테마가 엉덩이를 앞뒤로 빠르게 흔들 때마다 낫의 손잡이 중간 부분이 바이브레이터처럼 부르르 진동했다.

'쓰읍. 약속도 안 지키고.'

이탄은 그 춤이 신경에 거슬렸는지 눈을 찌푸렸다.

아나테마는 더 이상 이탄이 보는 앞에서 추잡한 춤을 추지 않기로 약속했었다.

[으허험, 으허허험.]

아나테마도 이탄의 눈치를 살피느라 춤을 즉각 중단했다. 대신 아나테마는 자신이 익혔던 저주마법들을 하나씩 펼쳐보았다.

샤라라랑~.

낫의 손잡이에서 생성된 음차원의 마나가 낫의 날 부분에 어렸다. 아나테마가 캐스팅을 마치자 뼈의 낫으로부터 각종 저주마법들이 발현되었다.

생명체의 생명력을 빼앗아가는 드레인 라이프(Drain Life: 생명 고갈) 마법.

상대의 심장 속에 뾰족한 가시 식물을 자라게 만드는 하트 프릭클(Heart Prickle: 심장 가시) 마법.

사람의 뼈를 이상 증식시켜서 살을 찢고 튀어나오게 만드는 본 그로우쓰(Bone Growth: 뼈 성장) 마법.

사람과 사람을 서로 엉겨 붙게 만들어 머리가 2개이고 팔이 4개, 다리가 4개인 괴물을 탄생시키는 휴먼 컴바인(Human Combine: 합체) 마법.

각종 사령마를 소환하는 마법.

이 밖에도 아나테마가 과거에 즐겨 사용하던 저주마법들이 차례로 구현되었다. 아나테마가 구현한 마법들은 이탄이 펼치는 것보다 매끄러우면서도 효율적이었다.

이탄도 아나테마에게 추상적인 설명을 듣는 것보다 이렇게 저주마법을 실제로 보니까 한결 이해도가 올라갔다.

아나테마가 흥분해서 외쳤다.

[끼요오옵. 다 되는구나. 이 아나테마 님의 실력이 아직 녹슬지 않았어. 끼요오옥.]

아나테마는 또다시 특유의 엉덩이춤을 추었다. 낫의 손잡이 윗부분이 또다시 추잡하게 진동했다.

'에효.'

이탄이 고개를 절레절레 내저었다.

그러나 이번에는 이탄도 아나테마에게 면박을 주지 않았다. 상대의 눈꼴사나운 저질 춤을 그냥 눈감아 주었다.

아나테마가 신이 나서 이 마법 저 마법들을 점검해 보는 동안, 이탄은 손가락으로 관자놀이를 긁적였다.

'어색하네. 아무래도 어색해.'

[끼욕? 어색하다니? 뭐가 어색해? 나는 좋기만 하구먼. 끼요오오옵.]

아나테마는 활기차게 허공을 날아다녔다.

뼈로 이루어진 낫이 훙훙 소리를 내면서 회전을 하고 허공을 활공하는 모습이 이탄의 눈에는 해괴하게만 보였다.

'보쇼. 어색하잖아. 무기의 주인은 아무 데도 보이지 않고 무기만 홀로 떠돌아다니는 게 어디 정상이겠소? 누가 봐도 괴상한 일이지.'

[그, 그런가? 그렇다면 나도 잔혹한 송곳니의 악마종처럼 숙주를 하나 키워야 하나?]

아나테마는 전에 잔혹한 송곳니의 악마종(대검)을 들고 다니던 스켈레톤 악마종을 떠올렸다.

사실 디아볼 제국에서 만난 그 스켈레톤은 평범한 일반 악마종에 불과했다. 그런데 잔혹한 송곳니의 악마종이 평범한 악마종을 숙주로 삼자 신분이 급상승했다. 다른 악마종들의 눈에는 스켈레톤 악마종이 강자이고 대검은 그저 무기에 불과하다고 여기겠지만, 사실은 대검이 주인이었다.

아나테마가 숙주를 언급하자 이탄이 고개를 가로저었다.

'영감이 계속 낫 속에 들어가 있을 거라면 괜찮겠지. 하지만 영감은 그 무기를 별장처럼 가끔씩만 사용하겠다며? 그럼 영감이 낫을 떠나 있는 동안에는 숙주에 대한 통제를 잃을 것 아뇨? 만일에 숙주가 그때를 노려서 영감의 낫을 들고튀기라도 하면 어쩌려고?'

이탄의 지적이 옳았다.

[헉! 그건 안 되지. 이건 내 거야. 아무에게도 못 줘. 끼요오옵.]

아나테마가 펄쩍 뛰었다.

아나테마는 이 진귀한 무기를 절대 잃어버리고 싶지 않았다. 누군가 이 낫을 들고튄다는 상상만 해도 끔찍했다.

이탄은 잠시 고민하다가 아공간 박스 속에서 새로운 보물을 꺼냈다.

이번에 이탄이 꺼내든 것은 뿔이 2개 달린 여우 두개골이었다.

이 두개골은 흐나흐 일족의 선조들 가운데 유일하게 왕이었던 자가 언데드가 되면서 만들어진 기물이었다. 이 두개골 안에는 왕뿐만이 아니라 왕의 재목 24명의 혼령이 함께 버무려져 있었다.

또한 이 두개골에는 신비로운 마법진이 내부에 새겨져 있는데, 덕분에 여우왕과 왕의 재목들의 힘을 200퍼센트나 증폭하는 일이 가능했다.

뿔이 2대 달린 여우 두개골이 어찌나 강력한 무기였던지, 최근 이탄은 강적 중의 강적인 여섯 눈의 존재와 치열하게 싸울 당시 이 두개골을 사용했었다. 그만큼 여우왕의 두개골은 이탄도 인정하는 무기였다.

솔직히 이탄은 아나테마에게 여우왕의 두개골을 내줄 마음은 없었다.

한데 뼈의 낫이 홀로 허공을 떠다니는 모습을 보자 이탄의 생각이 바뀌었다.

"쳇! 여섯 눈의 존재와 또 싸움이 벌어진다면 아나테마 영감이 나를 돕겠지. 밀어주는 김에 팍팍 밀어주자."

이탄은 큰마음 먹고 뿔이 2개 달린 여우 두개골을 아나테마에게 선물하기로 결정했다.

이탄이 아공간 박스 속에서 뿔 달린 여우 두개골을 꺼낸 순간 아나테마가 눈을 동그랗게 떴다.

아나테마는 여우 두개골에 대해서 자세히 알지 못했다. 그릇된 차원에서 깨어 있는 시간이 제한되었던 탓이었다.

하지만 아나테마는 느꼈다.

'저건 보통 물건이 아니다. 요물이야. 요물.'

아나테마가 기겁을 할 만큼 뿔이 2개 달린 여우 두개골이 풍기는 기세는 범상치 않았다.

Chapter 9

이탄은 그 두개골을 거침없이 재료로 삼아서 저주마법과 인챈트 마법을 부여했다.

콰창! 콰창! 콰창!

이탄의 손끝에 어린 신비로운 문자들이 여우 두개골 위로 연달아 떨어졌다. 그럴 때마다 두개골이 바르르 진동했다. 하얗던 두개골의 표면이 휘황찬란한 빛을 내뿜었다.

이윽고 이탄이 손가락을 딱! 튕겼다.

스릉.

뿔 달린 여우 두개골이 허공 1.8 미터 높이로 떠올랐다. 두개골 아래쪽에선 검은 연기가 뭉클뭉클 쏟아져 나와 어렴풋이 사람의 신체를 이루었다. 검은 연기 위로 시커먼 망토가 생겨나면서 몸을 가려주었다.

이탄의 눈앞에는 마치 그 옛날의 여우왕이 언데드 스켈레톤이 되어서 검은 망토를 두르고 되살아 난 듯한 장면이 연출되었다.

"하하하. 좋아. 이제 거의 다 되어가네."

이탄은 만족스럽게 웃었다.

이탄은 마지막으로 여우 두개골과 뼈의 낫을 연결했다. 이탄이 허공에 그린 마법진이 여우 두개골과 뼈의 낫 속으로 연달아 스며들었다. 그러면서 두 아이템 사이에 눈에 보이지 않는 끈이 연결되었다.

잠시 후, 뼈의 낫 손잡이 아래쪽에는 조그맣게 두개골 모양이 돋아났다. 이것은 뿔이 2개이고 주둥이가 뾰족한 두개골 조각이었다.

"합체!"

이탄이 소리를 쳤다.

그러자 여우 두개골이 연기로 변해 뼈의 낫 속으로 빨려들어 갔다. 좀 더 엄밀하게 말하자면, 낫이 아니라 손잡이에 돋아난 조그만 두개골 조각 속으로 흡수되었다.

[끼욕?]

갑작스런 변화에 아나테마가 움찔했다. 아나테마는 뼈의

낫으로 비집고 들어온 여우왕의 혼령을 느꼈다.

이탄이 다시 외쳤다.

"소환!"

그 즉시 조그만 두개골 조각으로부터 검은 연기가 튀어 나와 뿔이 2개 달린 여우왕 스켈레톤으로 바뀌었다. 스켈레톤의 몸뚱어리는 검은 망토로 휘감겼다.

휘릭—.

뼈의 낫이 한 바퀴를 회전하더니 여우왕 스켈레톤의 겨드랑이 사이에 끼워졌다.

"오오오, 좋아."

이탄이 박수를 쳤다.

뿔이 2개인 여우왕 스켈레톤이 온몸에 검은 망토를 두르고 대형 낫을 움켜쥔 모습이 보기에 제법 그럴듯했다.

그 후로도 이탄은 합체와 소환을 몇 번이고 반복했다.

"합체. 소환. 합체, 소환……."

이탄이 명을 내릴 때마다 여우왕의 혼령은 뼈의 낫에 흡수되었다가 다시 소환되기를 되풀이했다.

'이제 영감이 직접 해보쇼.'

이탄은 여우 두개골에 대한 지휘권을 아나테마에게 넘겨주었다.

아나테마가 눈을 동그랗게 떴다.

[내가?]

'그럼 영감이 해야지 누가 하겠소? 설마 고대문명 최고의 지성인이자 리치 중의 리치라는 영감이 여우 나부랭이의 두개골 하나 감당 못 하지는 않겠지.'

이탄의 무시하는 듯한 말투가 아나테마를 자극했다.

[빠득! 못하긴 누가 못해? 이따위 해골 녀석이야 얼마든지 컨트롤할 수 있느니라. 끼요오오옵.]

아나테마가 우렁차게 소리쳤다. 아나테마는 이탄에게 보란 듯이 여우왕의 두개골을 지휘하기 시작했다.

한데 웬걸?

솔직히 말해서 뿔 달린 두개골 속에는 여우왕을 비롯하여 24명 왕의 재목들의 혼령이 어렴풋이 남아 있었다.

'하지만 그 혼령은 이성이 사라진 마모된 존재들이잖아? 따라서 이 아나테마 님이 명을 내리면 고분고분 잘 따라야 정상이잖아? 그런데 이게 왜 안 되는 게야?'

아나테마가 아무리 애를 써도 여우왕의 스켈레톤은 소환되지 않았다.

[어어? 이상하다. 이게 왜 안 되지? 어어엉?]

아나테마는 진땀을 흘렸다.

이탄이 어이없다는 듯이 핀잔을 주었다.

'아니, 그것도 하나 못하나? 영감, 나이를 항문으로 처

먹은 거요? 아니면 그동안 너무 편하게 지내서 실력이 퇴보하기라도 했소? 대체 이게 왜 안 되나? 소환!'

이탄이 손가락을 딱 튕겼다.

그 즉시 뼈의 낫 손잡이에 돋아난 조그만 두개골 조각으로부터 검은 연기가 쏟아져 나왔다. 그 연기는 이내 뿔 달린 여우왕 스켈레톤으로 변했다.

이탄이 거보란 듯이 쏘아붙였다.

'이렇게 쉽구먼. 왜 이걸 못하지? 이해할 수가 없네.'

[큭!]

아나테마는 자존심이 팍 상했다. 뼈의 낫 속에서 아나테마의 악령은 두 주먹을 꼭 움켜쥐었다.

그 날부터 아나테마는 여우 두개골을 통제하기 위하여 갖은 애를 다 썼다.

다행히 아나테마는 리치였다. 스켈레톤과 같은 언데드 악마종은 기본적으로 리치 마법사에게 약할 수밖에 없었다.

이러한 상성의 법칙은 뼈만 남은 아이템에게도 적용되었다.

여우왕의 두개골이 제아무리 영험하다고 하더라도 그 두개골은 이미 이성이 사라진 물건에 불과했다. 아나테마가 노력에 노력을 거듭하자 조금씩 통제권이 아나테마에게로 넘어오기 시작했다.

마침내 닷새 뒤.

드디어 아나테마가 여우왕 스켈레톤의 소환에 성공했다. 이탄의 도움 없이도 소환에 성공한 순간, 아나테마는 펄쩍 펄쩍 뛰면서 기뻐했다.

[된다! 된다! 드디어 소환을 해냈어. 그러면 그렇지. 하마터면 이 아나테마 님이 천재가 아닐까 봐 걱정할 뻔했잖아. 끼요오오옵. 이 아나테마 님이 천재가 아닐 리는 없는데 말이야. 끼요오오옥, 끼요오옥.]

'허!'

또다시 약속을 깨고 덩실덩실 저질 춤을 추는 아나테마를 보면서 이탄은 헛웃음을 흘렸다. 그러다 무슨 생각이 들었는지 이탄이 아나테마를 불렀다.

'영감.'

[응? 왜?]

아나테마가 춤을 추다 말고 이탄을 돌아보았다.

Chapter 10

'이제 영감의 별장도 완성되었으니 이름을 붙여줍시다.'

이게 이탄이 낸 의견이었다.

아나테마가 흠칫했다.

[끼욕? 별장을 만들어준 것만으로도 충분한데 거기에 이름까지 붙여준다고? 끼요옵. 좋다. 이렇게 귀한 마법 아이템을 만들었으니 당연히 이름을 붙여야지. 끼요옵.]

'그러니까 영감이 의견을 내보쇼. 영감의 별장이니까 이름도 영감이 붙이는 게 좋겠소.'

[끼요옵? 내가? 나더러 이름을 지으라고?]

아나테마는 손가락으로 자신의 얼굴을 가리켰다.

조금 전 아나테마는 이탄이 뼈의 낫에 이름을 붙이겠다고 주장하는 줄 알았다. 아나테마는 마음속으로 '이탄 녀석이 이 무기의 소유권을 주장하는 겐가?' 라고 생각하며 살짝 서운함을 느꼈다.

한데 오해였다. 이탄은 무기의 소유권을 주장하기는커녕 무기의 이름을 붙여줄 권리마저도 아나테마에게 넘기는 게 아닌가.

'하아! 이 기특한 녀석 좀 보게.'

아나테마는 속이 울컥했다. 아나테마의 가슴 깊은 곳에서는 무언가 간질간질하면서도 뜨거운 것이 치밀었다.

아나테마가 멍하게 있자 이탄이 상대를 재촉했다.

'영감, 뭐 하쇼? 어서 이름부터 지으라니까.'

[끼요옥, 그렇게 재촉하지 좀 마라. 이 늙은이가 머리를 싸매고 생각 중이지 않느냐. 끼요오옵.]

아나테마는 괜히 한 번 성질을 부린 뒤, 열심히 머리를 굴렸다.

아나테마가 가장 먼저 떠올린 것은 아조브에게 붙여진 이름이었다.

고대 악마사원의 삼대법보 가운데 하나이지 가장 신비로운 아이템이라 불리던 아조브는 자존심도 없는지 이탄의 마음에 들기 위해서 형태마저 스스로 바꾸었다. 아조브가 대형 낫으로 변하자 이탄은 아조브에게 둠 사이드(Doom Scythe: 파멸의 낫)이라는 그럴듯한 이름을 붙여주었다.

조금 전 아나테마가 이탄에게 대형 낫 형태의 무기를 요청한 이유도 둠 사이드가 멋져 보였기 때문이었다.

아나테마는 둠 사이드를 염두에 두고 몇 가지 이름을 고민했다. 그러다 한 가지 이름이 아나테마의 뇌리에 퍼뜩 떠올랐다.

[본 사이드(Bone Scythe: 뼈의 낫). 그래, 본 사이드로 정하자. 끼옺옺옺옺.]

드디어 아나테마가 결정을 내렸다.

'본 사이드? 흐음. 뭐, 영감이 그 이름으로 짓겠다면 나야 반대할 이유가 없지.'

이탄은 본 사이드라는 명칭을 순순히 받아들였다. 이탄이 손을 휘젓자 본 사이드라는 이름이 낫의 옆면에 작게 새겨졌다.

[끼요옵. 이제부터 너는 본 사이드니라. 끼끼끼끼끼.]

아나테마는 진심으로 기뻐했다.

장차 툼 군단의 1호 노예로 악명을 떨치게 될 신비로운 악마종 '본 사이드'는 이렇게 탄생하게 되었다.

8월이 지나 9월 초가 되자 이탄이 머무는 태자궁에도 선선한 바람이 불었다. 보랏빛 하늘은 더욱 요염한 빛깔을 내뿜었다.

요새 이탄은 태자궁과 이자벨라의 영주성을 오가면서 지냈다. 이탄이 태자궁에 머물 때는 말테 황태자의 모습으로 지냈다. 그러다 이자벨라의 영주성으로 넘어가면 본 모습을 드러내곤 했다.

"이제 슬슬 모드레우스 제국을 들러봐야지."

이탄은 뒷짐을 지고 창문 앞에 서서 다음 계획을 구상했다. 이자벨라의 영주성에 마련된 이탄의 숙소 창문 너머에서는 나뭇가지가 바람에 한들한들 흔들렸다.

사실 이탄이 세운 것은 계획이라 하기에도 민망했다. 모드레우스 제국으로 넘어가서 아조브와 피사노 비석에 대한 단서를 찾아보겠다는 것이 계획의 전부였다.

계획은 단순했으되 이탄의 의지는 확고했다.

"방해가 되는 것들은 가만히 놔두지 않아. 아조브와 피사노의 비석은 내 거라고."

이탄은 탐욕이 그리 강한 편은 아니었으되 언령의 벽이나 피사노의 비석, 아조브, 혹은 술법과 관련된 것들에는 강한 집착을 보였다.

그날 이후로 이탄은 모드레우스 제국에 대한 구체적인 정보를 수집했다.

모드레우스는 부정 차원 최대의 강국이었다.

물론 전투력만 따지면 디아볼 제국도 모드레우스에 못지 않았다. 하지만 영토의 크기, 거주민의 수, 자원의 방대함까지 모두 합치면 부정 차원에서 감히 모드레우스 제국에 견줄 만한 곳은 없었다.

모드레우스는 그만큼 막강한 곳이었다.

"한데 그 모드레우스 제국이 피사노교와 깊은 관계를 맺고 있단 말이지?"

이탄이 조사한 바에 따르면, 모드레우스의 악마종들은 피사노교의 신인이나 사도들과 결합하여 언노운 월드에 현신하는 짓을 즐기곤 했다.

모드레우스의 악마종들은 자신들의 취미생활(?)을 좀 더

원활하게 즐기기 위해서 부정 차원과 언노운 월드를 잇는 차원의 통로를 제작하기까지 했다.

과거 이탄이 포함된 동차원의 특수부대가 피사노교의 총단에 쳐들어갔을 때 박살 낸 시설이 바로 부정의 요람, 즉 부정 차원과 언노운 월드를 잇는 차원의 통로였다.

"모드레우스 제국으로 건너가면 피사노교의 수뇌부들을 마주치게 될지도 몰라. 그러니까 내 본 모습을 곧이곧대로 드러내기는 꺼림칙하지. 그렇다고 말테 황태자의 신분을 쓸 수도 없고 말이야."

부정 차원에서 일국의 황태자, 그것도 성마급의 존재가 타국을 방문하는 사례는 거의 없었다. 그러니 이탄이 말테 황태자의 신분으로 모드레우스 제국을 방문하는 것은 말도 안 되는 일이었다.

이탄은 잠시 고민하다가 외모만 살짝 손보기로 마음먹었다.

다행히 이탄에게는 사행술이 있었다.

이탄이 피사노교의 보고에서 익힌 사행술은 북명 지역 뱀 수인족으로부터 비롯된 흑체술의 일종이었다. 이탄은 사행술을 이용하여 뱃속의 음차원 덩어리를 가슴으로 올리는 데 성공하였고, 그 후로는 볼록한 배 때문에 스트레스를 받을 일이 사라졌다.

하지만 사행술의 용도가 단지 배를 홀쭉하게 만드는 것뿐일 리는 없었다.

이탄은 사행술로 얼굴을 살짝 바꿨다.

“광대뼈를 조금만 더 튀어나오게 만들자. 코도 살짝 매부리코가 좋겠지? 게다가 부정 차원의 악마종답게 뿔도 나면 적당하겠어.”

이탄은 거울 앞에 서서 자신의 얼굴을 조몰락거렸다.

잠시 후, 다소 날카로운 인상에 이마에 뿔이 하나 돋은 악마종이 거울 앞에 등장했다. 다름 아닌 이탄이었다.

이탄은 외모를 크게 바꾸지는 않았다. 살짝만 손을 대어도 분위기가 확 달라지므로 굳이 많이 바꿀 필요는 없었다.

이탄은 루아 영지의 후견인이라는 신분은 그대로 사용했다.

“얼마 전 디아볼 제국을 방문할 때는 외교관의 신분을 사용했더랬지. 하지만 모드레우스 제국에 갈 때는 귀족의 신분이 유리할 거야.”

이탄이 이런 판단을 한 이유는 명확했다. 모드레우스 제국은 신분을 무척 중요하게 여기는 분위기였다. 그곳에서 신분이 낮은 악마종들은 여러모로 제약이 따랐다.

“그렇게 제약을 받으면 내가 아조브와 피사노 비석에 대한 정보를 모으는 데 방해만 될 뿐이지.”

이탄은 신분과 외모 외에도 몇 가지 사전 준비를 더했다. 마침 한 달 뒤에는 모드레우스 군주의 탄신일이 다가오는 참이었다.

이 사실을 알게 된 이탄은 손뼉을 치면서 좋아했다.

"야아, 그거참 잘 되었네. 모드레우스의 탄신일 축하를 위해서 사절단을 보내는 것으로 하자. 요제프 황자를 사절단장에 임명하고, 들러리들을 좀 세워야지. 그리고 나는 들러리들 사이에 섞여서 모드레우스 제국을 방문하는 거야."

이탄은 차근차근 계획을 세웠다.

제6화

모드레우스 제국을 방문하다

Chapter 1

며칠 뒤, 태자궁으로부터 내려온 칙령이 요제프 황자에게 전달되었다. 칙령서에는 다음과 같은 내용이 기술되었다.

요제프 황자는 황태자의 특사 자격으로 모드레우스 제국을 방문하여 군주의 탄신일을 축하하라

또한 이것은 우리 세불 제국을 대표하는 외교 행사인 만큼 격식을 갖추어야 할 것이다. 요제프 황자를 호위할 병력과 수행원들도 충분히 준비하여 데려갈지어다.

이것이 말테(이탄) 황태자의 명이었다.

[태자 저하, 명을 받들겠나이다.]

요제프 황자는 태자궁 방향으로 절을 하면서 이탄의 명을 받들었다.

얼마 지나지 않아 모드레우스 제국에 다녀오기 위한 사절단이 구성되었다.

요제프는 우선 이자벨라를 사절단 명단에 넣었다.

이자벨라 외에도 이탄과 수투루, 그리고 악룡족 군단장 등이 사절단에 포함되었다.

사절단의 포함된 악마종들 가운데 수투루는 눈이 보이지 않는 장님 검수로, 이탄에게 무기 강화를 받은 이후 충성심이 한결 높아졌다.

한편 악룡족 군단장은 진마 최상급의 강자로, 어프로칭 데이 때 말테(이탄) 황태자에게 굴복하여 툼 군단에 강제로 가입하게 된 불쌍한 희생양(?)이었다.

이들에 이어서 리종 일족인 코후엠, 이탄이 다크 샌드로 오염시킨 사냥개도 사절단 명단에 이름을 올렸다.

이탄과 악룡족 군단장은 몰라도 수투루와 코후엠, 그리고 사냥개는 사절단에 포함되기에 적합한 자들은 아니었다.

그래도 반발하는 자는 없었다. 작금의 세불 제국에서 말테 황태자의 오른팔인 요제프 황자의 명을 거역할 만큼 간이 부은 악마종은 없었다. 다만 코후엠만이 남몰래 신경질을 부릴 따름이었다.

[아니. 내가 또 왜 거기에 들어갔대? 이런 빌어먹을. 대체 왜 나를 못 잡아먹어서 안달이냐고?]

코후엠은 갈기처럼 늘어진 머리카락을 신경질적으로 쥐어뜯었다.

9월 10일.

요제프 황자가 이끄는 사절단이 웜 트레인 포트를 통과하여 모드레우스 제국을 방문했다.

이번 사절단은 세불 제국이 보내는 공식 단체였다. 게다가 사절단의 단장은 권력의 실세인 요제프 황자가 직접 맡았다.

요제프를 수행하기 위하여 행정 관료들이 30명이나 차출되었다. 고위 귀족도 이자벨라와 이탄을 포함하여 10명 이상 움직였다. 사절단의 고위인사들을 호위하기 위한 병력은 무려 100명이 넘었다.

사절단에 동행한 관료들 중에는 이탄과 안면이 있는 빌헬름도 포함되었다.

[이탄 님.]

빌헬름은 이탄과 다시 재회를 하게 되자 진땀을 삐질 삐질 흘렸다. 빌헬름도 이제는 이탄이 황태자의 최측근 가운데 한 명이자 진마 최상급의 높으신 귀족이라는 사실을 알게 된 때문이었다.

쩔쩔 매는 빌헬름과 달리 그를 대하는 이탄의 태도에는 변함이 없었다.

[빌헬름 님, 이렇게 또 보네요.]

[아, 네. 또 뵙습니다.]

빌헬름은 바짝 얼어서 대답했다.

한편 주변의 관료들은 눈이 휘둥그레져서 빌헬름을 돌아보았다.

[아니, 빌헬름이 언제 황태자 저하의 최측근과 선이 닿았지?]

[그러게 말이야. 평소에는 권력에 욕심이 없는 척하더니 그새 줄을 댔나 보네?]

관료들은 뒤에서 수군거리면서 빌헬름의 탄탄한 인맥을 부러워했다.

빌헬름은 괜히 귀가 간지러웠다.

이탄이 빌헬름과 안부를 주고받는 사이, 웜 트레인이 출발할 준비를 마쳤다.

말테 황태자는 요제프를 위하여 세 종류의 웜 트레인 가운데 가장 등급이 높은 골드 웜 게이트를 열어주었다. 덕분에 사절단은 가장 호화로우면서도 안락한 행성 간 여행을 경험하게 되었다.

웜의 뱃속을 통과하는 동안 사절단원들의 눈꺼풀 안에서는 무지갯빛이 번쩍번쩍 명멸했다. 몇몇 관료들은 구토를 했다.

얼마 지나지 않아 요제프 황자의 사절단은 모드레우스 제국에 무사히 도착했다. 그들이 포트 밖으로 나오자마자 환영인파가 그들을 맞았다.

꿍꾸루궁, 꿍꿍꿍꿍~.

이탄의 귓가에는 팡파르 비슷한 소리가 힘차게 울렸다.

모드레우스의 악마종들은 특이하게도 나팔이 아니라 고둥처럼 생긴 마수의 꽁무니에 입을 대고 힘차게 숨을 불었다. 그러면 고둥처럼 생긴 마수가 희한한 소리를 내는 방식이었다.

'재미있네.'

이탄은 흥미롭게 그 모습을 관찰했다.

팡파르에 이어서 환영 뇌파가 우렁차게 들렸다.

[요제프 황자님의 방문을 환영합니다.]

포트 앞에 마중을 나온 환영인파는 크게 두 부류였다.

첫 번째는 모드레우스 황실에서 요제프를 영접하기 위해 보낸 환영단.

두 번째는 모드레우스 제국으로 파견을 나간 세불 제국 대사 및 대사관의 고위 외교관들.

이 가운데 모드레우스 제국에서 보낸 환영단의 대표는 제국의 여러 황녀들 가운데 한 명인 아네타가 맡았다.

Chapter 2

아네타는 찬란한 금발에 몸매가 늘씬한 미녀 악마종이었다. 아네타의 머리 양쪽에는 구불구불한 뿔이 돋아 있었다. 뿔의 색깔은 선명한 자줏빛을 띠었는데, 그녀의 목에 걸린 목걸이와 색이 맞아 무척 화려해 보였다.

[오! 아네타.]

요제프가 아는 체를 했다.

요제프는 얼마 전에도 모드레우스 제국에 특사로 다녀온 경험이 있었다. 게다가 요제프는 모드레우스 제국에 유학을 다녀온 유학파였다. 덕분에 요제프는 아네타 황녀를 비롯하여 모드레우스의 유력 악마종들과도 안면을 튼 사이였다.

단지 안면만 튼 정도가 아니었다. 요제프는 아나테 황녀와 같은 아카데미에서 공부를 했던 동문이었다.

아네타 황녀가 두 팔을 벌려 요제프를 반겼다.

[요제프 황자, 오랜만이야.]

[여어어, 아네타 황녀님. 이거 귀하신 분이 직접 마중을 다 나오시고. 영광일세.]

요제프도 두 팔을 활짝 벌려 아네타와 가볍게 포옹을 했다. 두 황족은 서로 뺨도 살짝 부딪쳤다.

요제프와 아네타가 살갑게 인사를 나누는 동안, 모드레우스 제국의 환영단 뒤쪽에 서 있던 악마종 몇 명이 날카로운 눈빛으로 요제프 일행을 관찰했다. 그들은 아네타 황녀의 환영단 사이에 몸을 숨긴 채 요제프와 악룡족 군단장, 이탄과 이자벨라 등 사절단의 주요 인사들을 꼼꼼히 체크했다.

세불 제국과 모드레우스 제국은 상호 우호적인 분위기 속에 교역을 하는 중이었다. 양국은 서로 대사관도 설치했다.

그러나 이것은 겉보기 친분일 뿐, 부정 차원의 모든 악마종들은 상대가 약하다 싶으면 언제든지 공격하여 잡아먹는 것이 일상다반사였다.

상대가 강한지 약한지 파악하려면 정찰이 필수.

모드레우스 제국의 정보부에서는 세불 제국의 주요 인사들의 동정을 놓치지 않고 미리 미리 살펴두었다.

모드레우스 정보부 소속의 악마종들 가운데 유리알 안경을 한쪽 눈에 착용한 악마종이 부하에게 속삭였다.

[저기 요제프 황자 뒤편에 소녀처럼 보이는 여자 있지?]

[네.]

[그녀가 말테 황태자의 측근이라 불리는 이자벨라 영주다. 확실히 체크해 둬라.]

[넵.]

덩치가 큰 악마종이 바로바로 대답했다.

유리알 안경을 쓴 악마종은 시선을 다시 돌려서 이탄을 힐끗 쳐다보았다.

[이자벨라 옆의 미소년처럼 생긴 자가 보이느냐?]

[보입니다.]

[저자가 이탄이다. 그는 이자벨라와 더불어 말테 황태자의 최측근이지. 또한 진마 최상급의 강자라고 한다. 우리가 절대 놓치지 말고 신경을 써야 할 악마종이야.]

[넵. 명심하겠습니다.]

덩치가 큰 악마종이 군기가 바짝 들은 표정으로 대답했다.

그때 유리알 안경을 쓴 악마종이 고개를 갸웃했다.

[그런데 이탄이라는 자의 외모가 몽타주와는 조금 다르네? 몽타주에서 봤던 것보다 더 날카롭게 생겼어. 뿔도 나 있고. 흐으음.]

유리알 안경을 쓴 악마종은 다시 한번 이탄의 얼굴을 확인했다.

모드레우스 제국 정보부의 악마종들이 이탄 등을 살피는 동안, 이탄도 상대를 유심히 보았다.

'훗!'

이탄은 유리알 안경을 쓴 악마종과 덩치가 큰 악마종을 감각의 범위에 집어넣은 뒤 피식 웃었다. 심지어 이탄은 이 두 악마종이 은밀하게 주고받는 뇌파를 하나도 놓치지 않고 전부 엿들었다.

모드레우스 제국의 수도는 부정 차원 다른 제국의 수도와는 확연하게 형태가 달랐다. 특이하게도 모드레우스의 수도는 8층의 원반 위에 세워져 있었다.

원반의 크기는 층마다 달랐다. 아래층의 원반은 컸고, 위층으로 올라갈수록 원반의 크기가 줄어들었다.

가장 아래쪽의 1층 원반은 지름이 세불 제국의 수도와 엇비슷했다.

2층 원반은 1층보다 직경 방향으로 수백 킬로미터는 작았다.

3층은 2층보다 더 작았고, 4층은 3층보다 작은 식이었다.

가장 꼭대기인 8층은 1층에 비해서 수십 분의 1 크기에 불과하였으나, 인구밀도는 8층이 가장 낮고 쾌적했다.

따라서 이곳 수도에서는 위층일수록 고위층 악마종이 살았다.

당연히 군주인 모드레우스의 황궁은 가장 꼭대기인 8층에 떡하니 자리했다.

그 아래 7층 원반에는 황족들과 고위 귀족들의 저택이 차지했다.

6층은 제국의 행정처와 군사령부, 재정부 등 주요 관청과 시설들이 즐비하게 세워진 곳이었다. 고위 관료들의 저택과 외국의 대사관이 설치된 곳도 다름 아닌 6층 원반이었다.

층수로만 보면 7층이 6층보다 높았다.

하지만 중요도로 따지면 이곳 6층이 모드레우스 제국에서 가장 중심일지도 몰랐다. 외적에 의해 6층이 타격을 받는 순간 모드레우스 제국의 상당수 기능이 마비되는 까닭이었다.

한편 1층부터 8층에 이르기까지 모드레우스의 수도를 지탱하는 것은 한 그루의 어마어마한 나무였다.

이 거대 나무는 이탄이 캐내었던 용아목보다도 훨씬 더 거대하여, 뿌리는 행성 반대편의 지표면을 뚫고 튀어나올 정도로 깊었고, 8층 원반을 지탱하는 가지는 행성의 대기권을 훌쩍 넘어 우주로 솟구쳐 올라온 상태였다.

다시 말해서 모드레우스의 황궁이 세워진 곳은 공기라고는 전혀 찾아볼 수 없는 대기권 밖의 우주인 셈이었다.

심지어 7층이나 6층만 해도 대기권을 뛰어넘어 우주로 튀어나올 만큼 고도가 높았다.

모드레우스의 악마종들은 수도를 떠받치는 이 거목에게 '신마목' 이라는 거창한 이름을 붙여주었다.

신마란 곧 군주인 모드레우스를 지칭했다.

따라서 이곳 주민들에게 신마목이란 곧 군주의 나무라는 의미였다. 신마목이 어찌나 컸던지 인근 위성에서도 이 나무의 외형이 보일 정도라고 했다.

Chapter 3

수도의 주민들은 각 층과 층 사이를 오갈 때 신마목 내부의 통로를 이용했다.

그릇된 차원의 흐나흐 일족이 긴 허리 여우를 대중교통처럼 이용하여 먼 거리를 빠르게 이동하는 것처럼, 모드레우스 제국 수도의 주민들은 전기뱀장어를 닮은 마수를 이용하여 층과 층 사이를 오갔다.

아네타 황녀는 황실 전용의 전기뱀장어 마수를 비리 준

비해두었다.

수도의 일반 백성들이 타고 다니는 일반 전기뱀장어가 한 번에 200명가량의 악마종을 태울 수 있는 것과 달리, 황실 전용 마수는 그 보다 두 배는 더 몸이 길었다. 이것은 황실 전용 마수가 한 번에 400명까지도 실어 나를 수 있다는 의미였다.

또한 황실 전용 마수는 일반 전기뱀장어 마수에 비해서 몸뚱어리의 빛깔도 진한 황금색을 띠었다.

[와아, 이런 귀한 탈것을 다 내주다니. 이거 감동인데?]

요제프가 황궁 전용 마수를 보고는 과장되게 환호했다.

아네타 황녀가 손으로 입을 가리고 웃었다.

[호호호호. 세불 제국의 실세가 방문했는데 이 정도 의전은 당연한 거 아냐?]

[실세라고? 내가?]

요제프가 눈을 동그랗게 떴다.

아네타는 팔꿈치로 상대의 팔뚝을 툭 쳤다.

[야야. 요제프. 괜히 엄살 부리지 마라. 최근 세불 제국에 어프로칭 현상이 벌어진 이후로 세불 제국의 권력 구도가 크게 바뀌었잖아.]

[엉?]

[세불 제국에서는 말테 황태자 저하께서 라이벌들을 물

리치고 확고하게 실권을 잡았다면서? 그런데 요제프 네가 말테 저하의 오른팔이잖아. 내 뇌파가 틀렸어?]

[아니, 뭐. 아주 틀린 뇌파는 아니지만 그래도 내가 우리 제국의 실세라니. 이거 부담스럽다. 야.]

요제프는 짐짓 순진한 표정을 지었다.

아네타가 요제프에게 찡긋 윙크를 보냈다.

[에이, 요제프. 그렇게 겸손 떨 것 없어. 아카데미를 함께 다녔던 동기 중에 너처럼 잘 나가는 실세가 있으면 좋지 뭐. 나중에 네가 나에게도 도움이 될지 모르잖아. 안 그래?]

[그래. 동기들끼리 서로 도움이 되면 좋지.]

요제프도 웃음으로 아네타에게 동의했다.

두 황족이 모처럼 회포를 푸는 사이, 그들 일행을 태운 전기뱀장어형 마수는 신마목의 내부 통로를 타고 무서운 속도로 상승 중이었다.

마침내 마수가 6층 원반에 도착했다. 말이 원반이지, 6층만 해도 끝이 보이지 않을 정도로 넓었다.

대신 이곳 6층부터는 대기권 밖이라 하늘이 없었다. 태양의 반대편은 온통 컴컴했다. 태양이 내리쬐는 곳은 은은하게 보랏빛 오로라가 펼쳐졌다.

이 환상적인 빛깔의 오로라는 6층 원반을 보호하는 마법 보호막 위에 태양광이 내리쬐면서 발현되는 자연현상이었다.

6층 원반이 대기권 밖에 있음에도 그리 춥지 않은 이유는 바로 6층 원반을 보호하는 투명한 마법 보호막 덕분이었다.
6층에 도착하자 아네타가 요제프를 돌아보았다.
[세불 제국의 사절단은 이곳 대사관에서 머무르는 게 편하겠지?]
[물론이지. 대사, 아니 그런가?]
요제프가 자국의 대사를 돌아보았다.
세불 제국에서 파견 나온 대사는 머리가 훤하게 벗겨진 통통한 악마종이었다. 그는 요제프의 눈길을 받자마자 90도로 허리를 접었다.
[맞습니다, 요제프 저하, 제가 책임을 지고 본국의 사절단을 귀빈으로 모시겠나이다.]
[들었지? 내가 데려온 사절단은 대사관에서 머물면 되니까 신경 쓰지 마.]
요제프가 손을 휘휘 저었다.
아네타가 방긋 웃었다.
[그럼 사절단은 이곳에 두고, 너는 나와 같이 7층으로 올라가자. 모처럼 아카데미의 동기가 출세를 해서 방문을 했는데 대사관에 내버려둘 수는 없잖아? 7층에 있는 내 성으로 모실게.]
[나만 초대한다고?]

요제프가 손가락으로 자기자신을 가리켰다.

[응. 너만.]

아네타가 단호하게 고개를 주억거렸다.

요제프가 망설이는 듯하자 아네타 황녀는 부연설명을 덧붙였다.

[나도 마음 같아서는 너희 사절단 전체를 7층으로 데려가고 싶지. 하지만 그건 우리 제국의 율법을 어기는 일이야.]

[으음.]

[요제프, 너도 알잖아. 수도의 7층은 황족들과 고위 귀족 전용이라고. 외지인은 숙박할 수 없어. 단, 특별한 허가를 받은 소수의 귀빈들만은 예외적으로 숙박이 허용되지. 예를 들어서 너 같은 경우 말이야.]

[그렇군.]

요제프는 아네타의 뇌파에 수긍하는 척하면서 이탄의 뇌에만 들리도록 은밀하게 뇌파를 보냈다.

[이탄 님, 어찌할까요?]

요제프 황자는 다크 샌드에 오염된 이탄의 꼭두각시인지라 이탄의 허락을 구하는 것이 우선이었다.

이탄이 요제프 대신 판단을 내려주었다.

[요제프, 황녀의 호의를 받아들여라. 내가 살펴보고 싶은 곳은 이곳 6층의 도서관과 8층의 황궁이다. 7층에는 별 관

심이 없으니까 너만 올라가.]

[알겠습니다.]

요제프가 공손히 대답했다.

요제프가 아네타의 미니 드래곤에 탑승하여 7층으로 올라가는 동안, 이탄을 포함한 사절단은 황궁 전용 전기뱀장어 마수를 타고 세불 대사관으로 이동했다.

대사를 비롯한 대사관의 관료들은 사절단을 극진히 모셨다. 특히 악룡족 군단장과 이탄, 그리고 이자벨라는 귀빈 중의 귀빈 대접을 받았다. 눈치 빠른 관료들답게 누가 실세인지 알아보는 것이다.

대사는 사절단에게 숙소만 제공한 것이 아니었다. 외교관의 신분증도 발급해주었다.

모드레우스 제국에서는 타국의 외교관에게 자국의 중급 관료와 같은 대우를 해주었다. 외교관 신분증만 있으면 중급 관료처럼 자유롭게 모드레우스 제국의 행정시설을 이용할 수 있었다. 또한 도서관 열람도 가능하며, 타국으로 우편물을 보내는 서비스도 받을 수 있었다.

이탄은 이러한 장점들 가운데 '도서관 열람 권리'에 유독 관심을 두었다.

Chapter 4

그날 오후.

이탄은 외교관의 신분증을 들고서 도서관을 방문했다.

대사관에서 도서관까지 거리는 꽤 멀었다. 하지만 이탄이 대사관에서 제공한 은빛 전기뱀장어 마수를 이용하자 금방 도착했다.

이 은빛 전기뱀장어 마수는 황궁 전용 마수보다는 덩치가 작고 속도도 느렸다. 하지만 일반 탈것들보다는 몇 배나 더 빠른 편이었다.

이탄이 은빛 마수를 타고 하늘을 가로질러 도서관에 도착하자 도서관의 사서들이 바짝 긴장했다.

[헉! 높으신 분이 오시나 보다.]

[서둘러 제 자리를 지켜라. 괜히 트집이라도 잡히면 큰일이다.]

도서관 사서들이 바쁘게 움직였다.

그들이 바짝 긴장할 만도 했다. 모드레우스 제국에서 은빛 전기뱀장어 마수를 타고 다니는 악마종들은 대부분 귀족 가문 소속이거나 중급 이상의 관료들이었다. 그러니 도서관 사서들의 입장에서는 하늘처럼 높으신 분이 방문한 셈이었다.

이탄은 마수의 등에서 풀쩍 뛰어내렸다.

모드레우스 제국의 도서관은 디아볼 제국의 도서관만큼이나 크고 웅장했다. 이탄은 도서관의 외관을 눈으로 둘러본 다음, 1층의 안내실로 직행했다.

이탄이 외교관의 신분증을 내밀자 도서관 안내실에서는 원추형으로 생긴 검은 돌을 하나 이탄에게 내주었다.

[귀빈님, 저희 도서관의 자료들은 모두 스톤에 저장되어 있습니다. 1층의 색인실로 가셔서 열람을 원하시는 정보가 몇 층의 몇 번 스톤에 저장되어 있는지부터 검색하십시오. 그런 다음 해당 층으로 이동하셔서 해당 스톤을 찾으신 뒤, 스톤 아래쪽의 구멍에 원추형 돌을 끼워 맞추시면 내용 열람이 가능합니다.]

이상이 도서관 사서의 설명이었다.

이탄은 이곳 도서관이 무척 체계적이라고 느꼈다.

'확실히 모드레우스 제국은 디아볼 제국이나 세불 제국보다 문명이 발달한 것 같구나. 심지어 언노운 월드나 간씨 세가의 도서 시스템도 이곳만은 못한 것 같아.'

이탄은 감탄하는 마음을 속으로 감춘 다음, 도서관 사서가 안내해준 대로 1층의 색인실부터 방문했다.

이탄이 색인실에서 처음 검색한 키워드는 '큐브'와 '비석'이었다. 이어서 이탄은 '아조브'라는 단어도 찾아보았다.

아쉽게도 큐브와 아조브에 대한 내용은 검색되지 않았다.

대신 비석에 대한 자료는 수도 없이 쏟아졌다.

이탄은 이 자료들 가운데 피사노와 관련이 있을 법한 것들만 따로 추렸다. 그런 다음 그것들만 유심히 들여다보았다.

안타깝게도 이탄이 추린 자료 가운데 피사노의 비석에 대한 내용은 없었다.

"그럼 키워드를 바꿔서 태초의 마신에 대해서 찾아봐야 하나?"

이탄은 태초의 마신에 대해서 다시 검색했다.

피사노는 워낙 유명한 신이기에 관련 자료도 많이 쏟아져 나왔다. 이탄은 자료의 제목을 쭉 살펴본 다음, 흥미로운 자료 3개를 골라내었다.

"2개의 자료는 3층에 있고, 나머지 하나는 7층에 보관 중이구나."

이탄은 도서관 3층부터 방문했다.

도서관 안에는 검은색 스톤들이 수목원의 나무들처럼 일정한 간격으로 늘어서 있었다.

스톤의 높이는 성인의 키에 버금갔다. 스톤의 폭은 50센티미터 내외였다. 스톤의 상단부에는 하얀색으로 번호가 새겨져 있었고, 하단부에는 원추형의 구멍이 하나씩 뚫린 모습이었다.

이탄이 색인실에서 찾은 번호는 3—114와 3—115였다.

이탄은 우선 3—114 스톤 앞으로 간 뒤, 안내실에서 받은 원추형 돌을 스톤 구멍에 딸깍 소리가 나도록 끼웠다.

잠시 후, 이탄의 눈앞에 홀로그램이 떠올랐다.

이탄은 홀로그램 화면에 검지를 대고 옆으로 밀어서 불필요한 내용들을 건너뛰었다. 그리곤 원하는 부분만 발췌하여 보았다.

3—114 스톤에는 태초의 마신 피사노의 일대기가 기록되어 있었다. 이탄은 피사노의 탄생부터 성장에 이르기까지 신화의 내용을 흥미롭게 보았다. 특히 홀로그램의 말미에 담긴 기록은 몇 번이고 재생하여 보고 또 보았다.

홀로그램 말미에 담긴 내용은 다음과 같았다.

태초의 마신을 질투하는 자들이여 저주 받으라.

그들은 태초의 마신을 질투하고 모략하였도다.

그들은 먼 곳에서 이주해온 두 신과 결탁하여 태초의 마신을 위해하였느니라.

그들은 심지어 원수 중의 원수인 인과율의 여신까지 끌어들였느니라.

간악한 질투자여!

너의 이름은 뒤틀린 암흑의 신일진대.

너의 이름은 운명의 주사위를 굴리는 자, 오버 스피릿(Over—Spirit) 탈룩일진대.

이탄은 시처럼 여겨지는 위 내용을 되풀이하여 보다가 갑자기 숫자를 세었다.

'먼 곳에서 이주해온 신이 2명이잖아? 그리고 인과율의 여신이 1명이란 말이지. 한편 질투자는 2명인가? 뒤틀린 암흑의 신과 오버 스피릿 탈룩, 이렇게 2명? 아니면 뒤틀린 암흑의 신과 오버 스피릿이 동일한 신인가?'

스톤에서 읽은 정보가 사실이라면, 태초의 마신 피사노는 4명, 혹은 5명의 신들로부터 연합공격을 받아서 소멸한 것 같았다.

'피사노는 그렇게 적들의 연수공격을 받아 소멸하는 와중에 비석을 남겼으려나? 아니지. 급하게 싸우다 소멸하는 도중에 어떻게 비석을 남길 틈이 있었겠어? 아마도 다른 신들과 싸우기 전에 피사노가 자신의 힘을 추출해놓은 것이겠지.'

이탄의 추측이 옳은지 그른지 당장 알아낼 길은 없었다.

다만 한 가지 분명한 것은, 피사노가 남겨놓은 비석의 반쪽이 엉뚱하게도 언노운 월드에 남아 있다는 사실이었다.

이탄은 피사노교의 보고 안에서 비석의 반쪽을 발견하고는 냉큼 흡수해버렸다.

'그렇다면 비석의 나머지 반쪽은 어디에 있는 거지? 혹시 피사노를 소멸시킨 신들이 가져갔을까?'

이탄은 이러한 추측에 다다랐다.

'맞아! 이건 충분히 가능한 일이야. 간씨 세가의 세상이나 언노운 월드에서도 살인사건의 피해자가 중요한 물건을 잃어버렸다면, 살인범이 그 물건을 가져간 경우가 왕왕 있지 않던가!'

만약 이탄의 추측대로라면, 피사노의 비석 반쪽을 가져간 범인은 피사노를 소멸시킨 신들 가운데 있을 것이다.

이탄은 손가락으로 자신의 턱을 쓸면서 중얼거렸다.

"흐으음. 그렇다면 피사노를 죽인 신들이 누구인지부터 알아봐야겠네."

이탄은 일단 이런 결론을 내렸다.

제7화

10명의 신, 5명의 신

Chapter 1

3—114 스톤의 기록을 살펴보았으니 이어서 3—115 스톤에 담긴 내용을 볼 차례였다. 3—115 스톤에는 태초의 마신 피사노와 관련된 또 다른 신화가 담겨 있었다. 내용은 다음과 같았다.

먼 곳에서 온 악신은 모든 차원을 탐하는 포식자였다.

먼 곳에서 온 악신은 음험하게 실력을 감추는 자였다.

먼 곳에서 온 악신은 모략에 능하였으며, 빛 속

에 어둠을 숨길 줄 알았다. 순진한 겉모습 속에 잔혹함과 비정함을 숨길 줄 알았다.

애초에 먼 곳에서 온 신은 6명이었다.

여섯 신 가운데 다섯 신은 악신이 자신들을 쫓아왔다는 사실을 알지 못하였다. 그래서 다섯 신 가운데 두 신이 다시 먼 길을 떠났다.

다섯 신 가운데 남은 세 신은 그때까지도 악신이 자신들을 쫓아왔다는 사실을 깨닫지 못하였다.

그러다 악신이 적신을 잡아먹었다.

남은 두 신은 그제야 악신의 존재를 깨닫고는 깜짝 놀랐다. 그 2명의 신이 악신의 위험을 널리 알렸다.

인과율의 여신이 가장 먼저 나서서 두 신을 돕는데 동참했다.

태초의 마신도 먼 곳에서 온 두 신을 돕기로 결정했다.

먼 곳에서 온 두 신은 뒤틀린 암흑의 신도 싸움에 끌어들였다.

먼 곳에서 온 두 신은 운명의 주사위를 굴리는 신도 싸움에 끌어들였다.

이윽고 신들의 전투가 시작되었다. 여섯 신이 힘

을 하나로 합쳐서 악신을 공격했다. 악신은 처절하게 저항하였으나 한 손으로 여섯 손을 당하지는 못하였다. 악신은 불가피하게 소멸을 당했다.

악신이 소멸하기 전에 남긴 의미 모를 저주가 여섯 신들에게 숙제로 남았다.

언덕 위의 태양(阿日).

하늘을 나는 넋(飛魄).

여섯 신은 이 저주의 의미를 해석하기 위하여 무던히 애를 썼으나 끝내 풀이방법을 알아내지는 못하였다.

"흐으음."

이탄은 3—115 스톤이 전하는 신화를 머릿속으로 되풀이하여 음미했다.

이 순간, 희한하게도 이탄의 뇌리에는 간씨 세가 세상에서 탐독했던 '열하고성일지' 가 떠올랐다.

열하고성일지란 간씨 세가의 선조들 가운데 한 명인 간용음이 남긴 일기였다. 그의 일기장에는 간씨 세가 세상의 고대신화와 전설들에 대한 저자의 주관적인 해석이 담겼다.

그런데 이 신화와 전설 중에는 조금 전 이탄이 3—115

스톤에서 읽은 피사노의 신화와 묘하게 일치하는 것들이 많았다.

"차원이 서로 다른데도 이렇게 일치를 한다고? 이게 과연 우연일까? 아니면 3—115 스톤에 언급된 먼 곳에서 온 신이 열하고성일지에 등장하는 콘과 알리어스일까?"

이탄의 눈이 기이하게 빛났다.

콘.

컨.

알리어스.

투명 마수.

붉은 마수.

그리고 태초의 마신 피사노.

신화 속에 등장하는 신들의 이름이 이탄의 머릿속에서 어지럽게 뒤섞였다.

"으으으음."

이탄은 감당하기 힘든 현기증을 느꼈다. 이탄이 손으로 이마를 짚었다. 이탄은 어지럼증을 억지로 참으며 7층으로 발을 옮겼다.

"이곳인가?"

이탄이 멈춰선 곳은 7—49 스톤 앞이었다.

딸깍.

이탄이 원추형 돌을 7—49 스톤의 홈에 끼워 넣자 곧 홀로그램이 재생되었다.

이 홀로그램에는 부정 차원의 초창기에 번성했던 상고악마종에 대한 내용이 담겨 있었다. 지금은 멸종해버린 상고악마종들 가운데 대표적인 존재가 바로 악룡족이었다. 당시의 악룡족은 지금의 악룡족과는 차원이 다른 개체였다. 상고악룡족들은 크기가 행성을 뒤덮을 정도로 거대하였다. 무력도 엄청났다.

상고시대에는 상고악룡족 말고도 다양한 종류의 악마종들이 번성했다.

이렇듯 악마종의 종류는 무수히 많았으나 분류 방법에 따라서 크게 세 종류의 악마종으로 나눌 수 있다는 것이 홀로그램의 설명이었다.

첫 번째 부류는 태초의 마신 피사노를 섬기는 상고악마종들이었다. 이 부류는 지금의 악마종들과 외모가 비슷하였으며, 숫자도 가장 많았다고 한다.

두 번째 부류는 피사노를 거부하고 어둠의 길을 걷는 변질자들이었다. 이 부류에 속하는 상고악마종들은 태초의 마신인 피사노를 거역하는 대신, 뒤틀린 암흑의 신을 추종했다고 한다.

마지막으로 세 번째 부류는 피사노를 거부하되, 어둠의

길이 아닌 피의 길을 걷는 변종 악마들이었다.

세 번째로 분류되는 상고악마종들은 무력보다는 피의 권능과 운명의 힘을 신봉하는 자들로, 피바다 속에서 운명의 주사위를 굴리는 신의 추종자가 되었다고 한다.

"상고시대의 부정 차원에는 3명의 신이 있었구나. 피사노만 존재했던 게 아니었어. 피사노와 경쟁을 하던 2명의 신이 더 있었던 거야."

이탄은 흥미롭게 신화의 내용을 지켜보았다.

그런데 다음 순간,

콰콰쾅!

이탄의 뇌리에 강렬한 벼락이 내리쳤다.

"이럴 수가!"

이탄은 머리가 멍했다. 이탄의 두 눈은 금방이라도 얼굴에서 튀어나올 것처럼 커졌다.

어찌 아니 그렇겠는가!

상고시대 어둠의 길을 걷는 변질자들은 태초의 마신인 피사노를 거부하는 대신, 뒤틀린 암흑의 신을 믿었다. 그 변질자들은 주로 어두운 동굴이나 무덤 속에 모여서 집회를 열고, 종교의식을 행하였다.

그러다 보니 상고시대의 무덤이나 동굴 속에는 변질자들의 신, 즉 뒤틀린 암흑의 신을 묘사한 벽화가 남아 있었다.

이탄은 홀로그램 영상을 통해서 그 벽화를 보게 되었다. 그리곤 소스라치게 놀랐다.

Chapter 2

이탄이 기겁을 할 수밖에.

위쪽에 3개, 아래쪽에 3개.

총 6개의 노란 눈을 가지고 온몸이 암흑으로 이루어진 신이 벽화 속에 생생하게 묘사된 것이 아닌가.

"어억! 이게 뒤틀린 암흑의 신이라고? 나와 치열하게 싸웠던 그 여섯 눈의 존재가 상고시대에 피사노를 소멸시켰던 바로 그 뒤틀린 암흑의 신인 거야? 아아아아."

이탄이 휘청거렸다. 이탄은 한 손으로 자신의 이마를 짚었다.

"아아아! 그래서 그랬구나. 내가 만자비문의 힘을 사용할 때마다 여섯 눈의 존재가 귀신처럼 등장하여 만자비문을 빼앗으려 들었지. 그런데 알고 보니 여섯 눈의 존재는 오래 전에 피사노와 싸우면서 만자비문의 무서움을 절실히 깨달았던 거야. 그래서 녀석은 만자비문을 탐낸 거라고."

이제 이탄은 뒤틀린 암흑의 신, 즉 여섯 눈의 존재에 대해서 확실히 깨달았다.

이탄은 머리가 멍한 중에도 이어지는 홀로그램 내용에 정신을 집중했다.

홀로그램 안에는 태초의 마신과 쟁투를 벌였던 또 다른 신, 즉 운명의 주사위를 굴리는 신이 묘사되었다.

상고시대, 피사노도 거부하고 어둠도 거부했던 변종 악마들은 오로지 피의 권능과 운명의 무서움만을 철석같이 믿었다.

그 변종 악마들은 높은 제단을 세우고 그 제단에 인신공양을 하여 자신들의 신에 대한 충성심을 표현하였다.

지금은 흔적이 남아 있지 않고 온통 폐허로 변했지만, 홀로그램 안에는 상고시대에 번성했던 변종 악마들의 제단이 재현되어 있었다. 그리고 그 제단 전면부에는 운명의 주사위를 굴리는 신이 생생하게 묘사되었다.

그 신은 눈알이었다.

시뻘건 피바다에 홀로 오롯하게 떠 있는 눈알!

붉게 충혈된 그 눈알이 바로 운명의 주사위를 굴리는 신이자, 혈해의 지배자였다.

이탄은 영상 속의 신을 꼼꼼히 살폈다.

"흐음. 제단에 그려진 모습만 보면 클루티 제국의 쓰리 아이즈 탑이 연상돼. 하지만 풍기는 느낌은 쓰리 아이즈 탑과는 완전히 다르네. 그나저나 이 상고시대의 신이 아직까지 건재할까? 내가 여섯 눈의 존재와는 부딪쳐 보았는데 말이야, 이 혈해의 신은 접해본 적이 없잖아."

이탄이 독백을 하는 가운데 홀로그램 영상이 종료되었다.

이탄은 상고시대의 신들을 머릿속에 단단히 담아두는 한편, 도서관에 비치된 종이를 꺼내서 표를 하나 그렸다.

"머리로만 정리하는 것은 한계가 있어. 알아보기 쉽게 적어놔야지."

이탄은 지금까지 수집한 복잡한 신화들을 깔끔하게 정리할 필요성을 느꼈다.

신	소속차원	존재 시기
~~태초의 마신 피사노~~	부정 차원 (다섯 신에게 소멸당함)	상고시대
여섯 눈의 존재 (뒤틀린 암흑의 신)	부정 차원	상고시대 ~ 현재
운명의 주사위를 굴리는 신	부정 차원	상고시대 ~ 미정
인과율의 여신	언노운 월드(?)	상고시대 ~ 미정
먼 곳에서 온 신 (콘)	동차원 / 간씨 세가 세상	상고시대 ~ 미정
먼 곳에서 온 신 (알리어스)	간씨 세가 세상	상고시대 ~ 미정
~~먼 곳에서 온 신 (컨)~~	(멀리 가버림)	상고시대 ~ 미정
~~먼 곳에서 온 신 (투명 마수)~~	(멀리 가버림)	상고시대 ~ 미정
~~먼 곳에서 온 신 (붉은 마수)~~	(악신에게 잡아먹힘)	상고시대
악신	(여섯 신에게 소멸당함)	상고시대

이렇게 표로 정리를 하자 한결 이해하기 쉬웠다. 복잡한 퍼즐 같던 상황도 한눈에 들어왔다.

"옳거니! 상고시대에는 총 10명의 신이 존재했던 거야. 그보다 더 많은 신들이 있었는지는 불명확하지만, 상고시대에는 최소한 10명의 신이 있었어."

이 가운데 2명의 신은 멀리 떠났다.

1명은 다른 신에게 잡아먹혔다.

또 다른 2명은 다른 신들에 의해서 살해를 당했다.

"그렇다면 지금은 최대 5명의 신이 남아 있을지도 몰라. 동차원, 언노운 월드, 부정차원, 간씨 세가의 세상을 통틀어서 다섯 신이 있단 말이지."

이탄은 죽은 신들의 이름에 줄을 쭉쭉 그었다. 멀리 떠나버린 신들의 이름에도 마찬가지로 줄을 쭈욱 그었다.

한편 원수나 다름없는 여섯 눈의 존재는 붉은색으로 특별히 강조하여 표시했다. 나머지 4명의 신은 파란색을 칠해놓았다.

이탄이 독백을 이었다.

"지금의 나는 충분히 강해. 그렇지만 절대적이지는 않아. 최소한 나의 운명에 큰 영향을 끼칠 수 있는 자들이 다섯은 존재할 수 있어."

옳은 말이었다. 당장 여섯 눈의 존재만 하더라도 하마터면 이탄을 소멸시킬 뻔했다. 그리고 그 여섯 눈의 존재와 버금가는 신들이 4명이나 더 존재할 수 있다는 추측이었다.

"여섯 눈의 존재만 경계할 때가 아니야. 파란색으로 표시된 신들이라고 해서 마음을 놓아서는 안 되거든. 그 신들은 한때 힘을 합쳐서 태초의 마신 피사노를 소멸시킨 자들이라고. 만약 그들이 내 존재를 알게 된다면? 만약 그들이 내가 만자비문의 뜻과 힘을 전승받았다는 사실을 알게 된다면? 그럼 그들은 또다시 나를 소멸시키려 들 거야. 나를 피사노의 후계자로 여길 테니까."

이탄의 추측은 타당했다. 과거에 피사노를 소멸시켰던 신들이 이탄을 그냥 내버려 둘 리 없었다.

다만 한 가지.

"그런데 참 희한하다. 내가 처음부터 강했던 게 아니잖아? 붉은 금속을 얻기 전에는 나약한 애송이에 불과했다고."

붉은 금속을 얻은 이후에는 비록 이탄이 강해졌다지만 그것은 일반인 기준에서 강한 것이고, 신의 입장에서 봤을 때 이탄은 여전히 애송이에 불과했다. 이탄이 만자비문의 오롯한 뜻을 깨우치고 5,000개의 힘을 전승받기 전까지는 여섯 눈의 존재와 감히 맞서 싸울 수 없었다.

"그런데 그 무시무시한 신들이 왜 내가 성장하도록 그냥 내버려 두었을까? 왜 미리 나를 찾아와서 짓밟아버리지 않았지?"

심지어 운명의 주사위를 굴리는 신은 부정함과 관련된 모든 것을 꿰뚫어 보는 자였다. 그는 피바다 위에 홀로 떠올라 모든 부정한 자들의 과거와 현재, 그리고 미래까지도 읽어내는 신이었다.

"이상하네? 그런 신이 어째서 내 존재를 몰랐을까?"

이탄은 참 알다가도 모를 일이라고 생각했다.

제8화

스악골 공작 I

Chapter 1

최근 세불 제국은 모드레우스 군주의 탄신일을 축하하기 위해서 축하사절단을 파견했다. 요제프 황자가 사절단의 단장을 맡았다.

세불 제국이 움직이는데 다른 제국들은 그냥 넋 놓고 있을 리 없었다. 나머지 제국과 왕국, 그리고 공국들도 기다렸다는 듯이 모드레우스로 사절단을 보냈다. 덕분에 모드레우스 제국의 수도 6층은 부정 차원 각 행성에서 몰려든 악마종들로 넘쳐났다.

드센 악마종들이 한 자리에 모이다 보니 평화로울 리 없었다. 더군다나 여기에 모인 악마종들은 각국에서는 힘깨나 쓴다는 자들이었다.

예를 들어서 세불 제국이 요제프 황자를 전면에 내세웠다면, 다른 제국들도 그에 뒤지지 않는 높으신 황족들을 동원했다. 각국은 진마급의 고위 귀족들도 끌어모아 호화롭게 사절단을 구성했다.

이처럼 귀하신 분들이 움직이다 보니 귀빈들을 호위하기 위한 병력도 충분히 따라붙었다. 온 사방에서 혈기왕성한 악마종들이 득실득실 모여든 셈이었다.

모드레우스 제국은 이에 대한 대비를 할 필요성을 느꼈다. 모드레우스 제국의 수뇌부들은 각국의 사절단끼리 분쟁이 발생하지 않도록 수도 6층의 도로 곳곳에 치안병력을 배치했다. 특히 각국의 대사관 앞에는 다수의 병력을 파견하여 탄탄하게 진을 쳤다.

하지만 힘이 우선하는 부정 차원에서 치안병력이 무슨 소용이겠는가. 예를 들어서 디아볼 제국의 강력한 악마종이 막무가내로 밀고 들어온다면 치안병이 아니라 군단이 동원되어도 막지 못할 것이다.

지금의 경우가 바로 그러했다.

[낄낄낄낄. 이분이 뉘신 줄 알고 감히 이분의 가마를 막아선 것이냐? 너희들은 목숨이 100개라도 된다더냐?]

[호호호호. 목숨이 100개라고 해도 그렇지. 이분께서 검

을 뽑으시면 100번의 연속죽음쯤은 아무것도 아니니라. 호호호호.]

특이하게도 디아볼 제국의 악마종들은 남성처럼 생긴 자가 여성의 뇌파를 내었다. 여성처럼 생긴 악마종은 남성다운 뇌파를 내뱉었다. 성별을 헷갈리게 만드는 디아볼의 악마종 2명이 앞서거니 뒤서거니 나서면서 모드레우스 제국의 치안병을 몰아붙였다.

[이것 보시오. 우리는 당연히 저분이 뉘신지 모릅니다. 하지만 이곳은 세불 제국의 대사관이 아닙니까? 그러니 타국 분이 함부로 들어갈 수 없소이다.]

[그렇습니다. 디아볼의 용장들께서는 제발 여기서 분란을 일으키지 마시고 돌아가 주시오.]

은빛 갑옷을 입은 모드레우스의 치안병들은 연신 진땀을 흘리며 디아볼 제국의 악마종들을 막았다.

[이런 시건방진 것들. 지금 네놈들이 앞을 막고 있는 분이 바로 스악골 공작 저하이시니라. 알고나 이러는 것이더냐?]

[오호호홋. 네놈들이 겁대가리를 상실하였구나. 감히 성마이신 스악골 저하를 막아서다니, 너희들 자살하고 싶어서 환장을 한 거야? 오호호홋.]

모드레우스 제국의 치안병들이 약세를 보이자 디아볼 제

국의 악마종들은 더욱 기승을 부렸다.

[으헉?]

성마라는 단어에 치안병들의 얼굴이 파랗게 질렸다.

성마!

부정 차원 모든 악마종들의 정점에 선 존재!

그 끔찍한 재앙이 등장했다는 사실에 치안병들은 눈앞이 캄캄했다. 치안병들의 갑옷 하의를 타고 오줌이 찔끔 흘렀다.

사실 이것은 말이 안 되는 소리였다. 성마급 존재들은 각 제국에서도 군주급에 해당했다. 전략병기 이상의 가치를 가진 성마들이 타국에 함부로 넘어올 리 없었다.

괜히 성마가 배짱을 부려서 타국에 갔다가 적의 포위공격이라도 받는다면? 그래서 성마가 소멸이라도 당한다면?

그럼 피해가 이만저만 큰 게 아니었다. 까딱하다가는 제국이 무너질 수도 있었다. 그러니 디아볼 제국의 스악골 공작이 직접 이곳에 나타날 가능성은 없었다.

하지만 지위가 낮은 치안병들은 상대의 협박이 거짓인지 진실인지 파악하지 못했다. 실제로 치안병들의 앞에는 블랙 우드(Black Wood: 흑목)로 만든 가마가 떡하니 버티고 있었는데, 이 가마의 위용이 범상치 않았다.

사방에 검은 휘장이 짙게 드리워져 있기에 가마의 안쪽

은 들여다볼 수 없었다. 하지만 가마 위에서 펄럭이는 깃발만 보아도 강력한 위엄이 흘러넘쳤다.

목이 잘려 피를 뚝뚝 흘리는 악귀의 깃발.

악귀의 눈 부위에는 서슬 퍼런 검 한 자루가 꽂혀 있었는데, 그 검날은 금방이라도 깃발을 뚫고 튀어나올 듯 생생했다.

디아볼 제국의 악마종들은 이 악귀의 깃발을 보는 것만으로도 오줌을 지렸다. 이 깃발이 의미하는 바는 마검 스악골의 강림이니까.

모드레우스 제국의 치안병들은 비록 악귀의 깃발을 알아보지는 못했으나, 가마에 타고 있는 자가 범상치 않다는 점만은 분명히 느꼈다.

[오호호홋, 이놈들. 목이 잘려서 장대에 걸리고 싶지 않거들랑 썩 길을 열지 못할까.]

[감히 스악골 저하의 앞을 막다니, 모두 목을 잘라주랴?]

디아볼 제국의 악마종들은 다시 한번 치안병들을 위협했다. 긴 혀를 날름거리는 그들의 모습은 섬뜩하기 이를 데 없었다.

[크으읏.]

모드레우스의 치안병들이 상대의 협박을 버티지 못하고 주춤주춤 물러섰다.

[헉? 안 됩니다. 길을 열어주면 우리는 어떻게 합니까?]

[치안병들이 책임지고 대사관을 지켜야 할 게 아닙니까?]

치안병들이 길을 터줄 기미가 보이자 세불 제국 대사관의 직원들은 기겁했다. 이대로 모드레우스의 치안병들이 길을 연다면 세불 대사관은 큰일이 날 것 같았다.

Chapter 2

한편 대사관 안에서는 대사와 관료들이 한곳에 모여서 바깥 상황을 관찰 중이었다. 그들은 홀로그램 영상을 통해 바깥쪽 상황을 지켜보면서 마음을 졸였다.

[대사님, 정말로 스악골 공작이 나타나서 행패를 부리는 것이라면 어떻게 합니까?]

[스악골 공작이 성마가 맞습니까?]

빌헬름을 비롯한 관료들은 대사에게 질문세례를 퍼부었다.

대사는 답을 하지 못했다. 대머리에 몸집이 통통한 이 대사는 모드레우스 제국의 사정에만 훤할 뿐 디아볼 제국에 대해서는 잘 몰랐다.

다만 대사도 디아볼 제국에 군주 외에 또 다른 성마가 존재한다는 사실은 알고 있었다. 그 성마의 이름이 스악골이라는 사실도 들었다.

[서, 설마 아니겠지. 어떻게 타국의 성마가 모드레우스 제국에 나타나겠는가? 아닐 게야. 분명히 거짓말일 거라고.]

대사가 고개를 가로저었다.

[그렇지요? 저 사악한 것들이 거짓으로 협박하는 거겠지요?]

[휴우, 그렇다면 다행입니다. 대사님의 뇌파를 들으니 한결 마음이 놓입니다.]

빌헬름 등은 그제야 안도의 한숨을 내쉬었다.

그래도 완전히 마음을 놓을 수는 없었는지 관료들은 사절단의 고위 귀족들을 곁눈질했다.

요제프 황자가 자리를 비운 지금, 사절단에서 가장 강한 권위를 가진 귀족은 악룡족 군단장이었다. 그리고 그 다음이 이자벨라와 이탄이었다. 최소한 관료들이 매긴 권력 서열은 그러했다.

관료들은 이들 강자들이 나서서 사태를 해결해주기를 희망했다.

[크험.]

악룡족 군단장이 헛기침과 함께 거구를 일으켰다.

디아볼 제국이 저렇게 막무가내로 쳐들어 왔으니 악룡족 군단장도 체면상 그냥 있을 수는 없었다. 악룡족 군단장은 위세를 뽐내듯이 날개를 접었다 폈다를 몇 차례 반복한 뒤, 쿵쿵 소리를 내면서 분쟁이 벌어진 대사관 동문으로 향했다.

[쳇. 귀찮게 구네.]

이자벨라도 손톱을 다듬다가 말고 악룡족 군단장의 뒤를 따랐다.

그 뒤를 이어서 세불 제국의 귀족들이 줄줄이 나섰다.

[휴우우, 군단장님이 나서주셨으니 문제가 해결되겠지.]

대사는 손수건을 꺼내어 자신의 이마를 톡톡 찍었다. 대사는 관료 출신이라 이런 무력분쟁이 영 껄끄러웠다.

악룡족 군단장이 동문 앞으로 나왔다.

[군단장님, 나오셨습니까?]

세불 대사관의 직원들은 황급히 양쪽으로 비켜서 길을 열어주었다.

철창 밖의 모드레우스 치안병들도 그제야 한 시름을 덜은 듯 안도의 한숨을 내쉬었다.

[열어라.]

악룡족 군단장이 턱으로 대사관의 문을 가리켰다.

[넵.]

대사관의 직원들은 즉각 명을 따랐다. 철컹 소리와 함께 철문이 열렸다.

악룡족 군단장은 날개를 위로 접어 대사관 밖으로 나왔다. 악룡족 군단장이 등장하자 진마 최상급의 위압감이 주변 거리를 무겁게 짓눌렀다.

[크!]

지금까지 안하무인으로 설쳐대던 디아볼 제국의 악마종들도 악룡족 군단장의 위세는 견디기 어려웠는지 한발 물러섰다.

반면 가마를 짊어진 악마종들은 무표정을 유지한 채 꿈쩍도 안 했다.

악룡족 군단장은 검은색으로 번들거리는 가마를 빤히 바라보다가 상대를 꾸짖는 듯한 뇌파를 던졌다.

[어험. 우리 세불 제국과 너희 디아볼 제국은 최근까지 별 문제 없이 지내왔느니라. 그런데 굳이 여기서 행패를 부리는 이유가 뭐냐?]

그 즉시 디아볼의 악마종들이 반발했다.

[행패라니? 어디서 감히 그런 저렴한 단어를 쓰느냐?]

[가마에 탄 분이 뉘신 줄 아느냐? 스악골 공작 저하시니라.]

디아볼의 악마종들은 감히 겁을 상실한 듯 악룡족 군단

장을 향해서 바락바락 대들었다.
[푸릉! 이 새끼들이 미쳤나? 어디서 감히 삿대질이야?]
악룡족 군단장은 거칠게 콧김을 내뿜었다.
ㅊㅊㅊㅊㅊㅊ—.
악룡족 군단장이 날개를 활짝 펴자 시커먼 기운이 6층의 보호막 꼭대기까지 뻗쳤다. 온 사방으로 줄기줄기 뻗어나간 검은 기운은 채찍처럼 허공을 가로지르더니 디아볼 제국의 악마종을 단숨에 옭아매려 들었다.
[앗!]
화들짝 놀란 디아볼의 악마종들이 가마 옆으로 몸을 피했다. 악룡족 군단장이 쏘아낸 시커먼 기운이 상대를 바짝 쫓았다.
디아볼의 악마종들이 시커먼 기운에 휘감겨 악룡족 군단장에게 끌려오려는 찰나였다. 가마 속에서 섬뜩한 기운이 뿜어졌다. 마치 잘 벼린 검이 휘둘려진 듯, 가마에서 쏟아진 검기는 악룡족 군단장이 쏘아낸 시커먼 기운을 썽둥 썽둥 잘라버렸다.
[음!]
악룡족 군단장은 동공을 바짝 수축했다.
조금 전 가마에서 튀어나온 검의 기운, 즉 검기는 상대하기 여간 까다롭지 않았다. 악룡족 군단장은 짧은 충돌만으로도 적의 강함을 알아보았다.

'진짜로 스악골 공작이란 말인가? 설마…… 아니겠지.'

악룡족 군단장은 순간적으로 머리가 아찔해졌다.

Chapter 3

상대가 스악골이라면 이건 보통 문제가 아니었다. 감히 성마 앞에서 깝죽대는 것은 죽여 달라고 애걸을 하는 것과 다를 바가 없었다.

악룡족 군단장은 감히 스악골과 대적할 마음이 없었다. 그는 최대한 침착하게 이번 사태를 진정시키고자 했다.

[으험험. 험험험. 다시 말하지만, 세불 제국은 디아볼 제국과 분쟁을 벌일 의도가 없다. 이유도 없이 남의 대사관을 건드리지 말고 썩 물러가라.]

그 순간 섬뜩한 검기가 허공을 건너뛰더니 악룡족 군단장의 목 앞에 나타났다. 악룡족 군단장은 대체 언제 상대의 공격이 날아와 자신의 목에 닿았는지 파악하지 못했다. 검기에 살짝 접촉한 것만으로도 악룡족 군단장의 단단한 비늘이 둘로 쪼개졌다.

[헉? 이, 이게 무슨 짓입니까?]

어찌나 놀랐던지 악룡족 군단장은 자신도 모르게 상대방에게 존댓말을 썼다.

'진짜 스악골 공작이구나!'

악룡족 군단장은 가마 속의 존재가 스악골이라고 확신했다. 그 전설적인 검마가 아니라면 그가 이토록 쉽게 무력화될 리 없었다.

'말도 안 돼. 이곳에 성마가 직접 나타났단 말인가?'

악룡족 군단장은 부르르 몸서리를 쳤다.

검은색 가마 속에서 음침하면서도 단단한 뇌파가 흘러나왔다.

[이탄이라는 녀석은 어디에 있느냐?]

[이탄?]

상대가 찾는 대상은 이탄이었다. 악룡족 군단장은 스악골 공작이 왜 이탄을 찾는지 영문을 몰랐다. 당연한 이야기지만, 악룡족 군단장은 이탄이 곧 말테 황태자라는 사실도 알지 못했다.

[공작께서는 이탄을 왜 찾는 겁니까?]

악룡족 군단장이 후들거리는 다리를 애써 진정하며 물었다.

'제기랄. 이탄은 황태자 저하의 측근이잖아. 상대가 제아무리 스악골 공작이고 성마라고 해도 황태자 저하의 측

근을 무기력하게 그냥 내줄 수는 없어. 그랬다가는 내 목이 무사하지 못할 게야.'

악룡족 군단장은 스악골도 무서웠으나 말테 황태자도 두려웠다. 스악골 공작이 성마라면 말테 황태자도 성마였다.

가마 속의 존재가 한 번 더 악룡족 군단장을 압박했다.

[이탄이라는 녀석은 지금 어디에 있느냐? 나는 그 녀석에게 받을 빚이 있다.]

[빚이라니요? 그게 대체 무슨 소립니까? 이탄은 우리 사절단의 일원이자 황태자 저하의 오른팔입니다. 그런 이탄이 타국의 공작께 무슨 빚을 졌겠습니까? 혹시 다른 악마종과 이탄을 착각한 것 아닙니까?]

악룡족 군단장이 배에 힘을 꽉 주고 따졌다.

가마 속에서 코웃음 소리가 들렸다.

[흥. 얼마 전에 이탄이라는 녀석이 디아볼 제국을 다녀갔느니라. 잔말 말고 녀석이 지금 어디에 있는지나 밝혀라.]

[네에? 이탄이 귀국에 다녀갔다고요?]

악룡족 군단장이 멍하게 눈을 끔뻑거렸다.

악룡족 군단장은 전지전능하지 않았다. 그가 세불 제국의 모든 귀족들의 행적을 일일이 파악하기란 불가능했다.

설령 그렇다고 하더라도 세불 제국의 진마 최상급의 귀족이 디아볼 제국으로 넘어가 큰 사고를 쳤다면 이건 보통 일이 아니었다. 최소한 사절단의 중요 악마종들에게는 이 사실을 미리 알려줬어야 했다.

'이런! 타국에서 그렇게 큰 사고를 쳤으면 미리 밝혔어야지. 그래야 사절단 명단에서 빼줬을 게 아닌가.'

악룡족 군단장은 속으로 이탄을 욕했다. 그는 이탄이 디아볼 제국에서 크게 사고를 쳤다고 확신했다. 그렇지 않으면 스악골과 같은 거물 중의 거물이 이곳까지 찾아와 압박을 할 리 없으니까.

'하아, 제기랄. 내가 사고 뒤처리반도 아니고 이게 뭐람.'

악룡족 군단장은 머리가 딱 아팠다.

스악골의 분노를 달래려면 순순히 이탄을 내주는 편이 좋았다.

하지만 이탄은 진마 최상급의 고위 귀족이었다. 세불 제국에서도 쉽게 포기할 수 없는 전력이라는 뜻이었다.

아니, 전력이 중요한 것이 아니라 이탄은 말테 황태자가 아끼는 측근이었다. 그러니 악룡족 군단장은 이탄을 보호할 수밖에 없었다.

'내 체면 때문이라도 여기서 이탄을 내줄 수는 없어. 그랬다가는 주변의 모든 악마종들이 나를 겁쟁이라고 욕할 테니까.'

하지만 상대는 성마였다.

'하아! 미치겠네. 저 검에 미친 늙은 악마가 무력을 동원하면 내 능력으로는 막을 수가 없는데. 스악골 공작을 막으려면 최소한 폐하나 태자 저하가 나서셔야 한다고.'

악룡족 군단장은 이러지도 못하고 저러지도 못하고 진땀만 삐질삐질 흘렸다.

가마 속의 존재가 한 번 더 악룡족 군단장을 압박했다.

[마지막 경고다. 이탄이라는 녀석이 지금 어디 있는지 당장 실토하라. 계속 그자를 감추려 든다면 너의 목을 베고 직접 대사관 안으로 들어가서 이탄을 찾을 것이다.]

상대는 단지 뇌파로만 협박하는 게 아니었다. 가마 안쪽에서 수십, 수백 가닥의 검기가 한꺼번에 쏟아졌다. 이 검기는 한 가닥 한 가닥이 도시를 잘라버릴 만한 위력을 지녔다. 그런 검기 수백 가닥이 휘몰아치자 마치 검의 폭풍이 일어나는 듯했다.

[으헛?]

검기의 폭풍이 어찌나 강렬했던지 악룡족 군단장은 하마터면 망신스럽게 엉덩방아를 찧을 뻔했다. 악룡족 특유의 단단한 비늘이 검기에 노출되는 것만으로도 서걱서걱 베어졌다. 날개가 저절로 찢겼다.

Chapter 4

악룡족 군단장이 검기의 폭풍을 견디지 못하고 뒷걸음질칠 때였다.

[내가 늙은이에게 빚을 졌다고?]

싸늘한 얼음굴에서 튀어나온 듯한 뇌파가 대사관 동문 앞을 쩌렁쩌렁 울렸다. 서릿발 같은 분노를 내뱉은 주인공은 다름 아닌 이탄이었다.

이탄은 도서관에서 나름 성과를 얻은 뒤, 콧노래를 흥얼거리면서 대사관으로 돌아오던 중이었다. 그러다 대사관 입구를 막은 시커먼 가마를 발견하고는 고개를 갸웃했다.

블랙 우드로 지어진 가마의 주인은 디아볼 제국의 2인자인 스악골 공작이라고 했다.

'스악골이 모드레우스 제국에 나타났다고? 진짜?'

이탄은 한 번 더 의문을 품었다.

이탄이 지켜보는 가운데 디아볼의 악마종들은 세불 대사관을 압박하여 이탄을 내놓으라고 주장했다.

대사관 안에서는 악룡족 군단장이 나와서 맞대응을 했다.

그래도 역부족이었다. 가마 안쪽에서 강렬한 검기가 튀어나오자 악룡족 군단장은 버티지 못했다.

원래 이탄은 디아볼 녀석들과 번잡하게 티격태격하고 싶지 않았다. 그냥 좋게 마무리 짓고 싶었다. 이탄이 먼저 나서지 않고 악룡족 군단장에게 일처리를 맡겨둔 것도 그런 이유 때문이었다.

한데 상대의 한 마디가 이탄의 역린을 건드렸다.

이탄은 '빚' 이라는 단어를 극도로 싫어했다.

물론 이탄의 주도 하에 타인에게 빚을 지우는 것은 괜찮았다. 이탄이 이곳 부정 차원에 툼 군단을 설립하고 툼의 은혜를 전파하는 것도 따지고 보면 상대방에게 빚을 지우는 행위와 다를 바 없었다.

'내가 타인에게 빚을 지우는 것은 괜찮지만, 거꾸로 내가 빚을 질 수는 없어. 그건 절대 안 된다고. 괜히 엄한 핑계를 대면서 나에게 빚더미의 굴레를 씌우려는 자들이 있다면 다 찢어 죽여버린다.'

이탄은 다른 것은 몰라도 이점만큼은 아주 단호했다.

'한데 얼굴 한 번 본 적이 없는 스악골이 나에게 받을 빚이 있다고? 저 늙탱이가 쳐돌았나? 감히 어디서 약을 팔고 지랄이야?'

이탄은 성큼 한 발을 내디뎠다.

펑!

꽤 떨어진 곳에 있던 이탄이 검푸른 연기로 흩어졌다가

가마 뒤쪽에 나타났다. 이탄은 한 번 더 싸늘하게 으르렁거렸다.

[이 쌍놈의 늙탱이야. 다시 한번 지껄여봐라. 늙은이가 나에게 받을 빚이 있다고?]

이탄이 으르렁거리자마자 디아볼 제국의 악마종들이 펄쩍 뛰었다.

[뭐뭣? 이 미친놈이 감히 공작 저하께 뭐라고 지껄이는 거야?]

[이놈이 미치려면 곱게 미칠 것이지.]

2명의 악마종은 발작하듯 이탄을 덮쳤다.

[오호호홋!]

그중 남성 악마종은 여성스러운 웃음을 터뜨리며 손톱을 휘둘렀다. 악마종의 손끝에서는 손톱 12개가 수십 미터 크기로 자라났다.

12개의 손톱 하나하나가 수십 미터 길이의 날카로운 검으로 변해서 이탄을 찔러왔다. 시커먼 검날에서는 숨이 멎을 듯한 독기운이 강렬하게 풍겼다.

반대로 여악마종은 걸걸한 뇌파로 으르렁거렸다.

[감히 스악골 저하께 무례하게 굴다니, 네놈을 박살 내주마.]

여악마종이 손을 수평으로 휘둘렀다. 가볍게 휘두른 손

짓에 의해 반달형의 검기가 형성되었다. 그 검기는 수평으로 둥글게 뻗어와 이탄의 허리를 베었다.

이탄도 참지 않았다. 지금 이탄은 머리 꼭대기까지 화가 난 상태였다.

슈—왕——!

순간적으로 이탄의 몸이 쭉 늘어나는 것처럼 보였다.

이탄은 적들의 공격을 무시한 채 검은색 가마를 향해 그대로 달려들었다.

따다다다당!

이탄의 몸뚱어리 위에서 불똥이 튀었다. 이탄을 향해서 떨어졌던 열두 자루의 검이 그대로 박살 났다. 독기운을 품은 검의 파편은 무시무시한 속도로 뒤로 날아가더니 남성 악마종의 온몸에 틀어박혔다.

이탄의 허리를 노렸던 반달형의 검기도 산산이 박살 났다. 그 충격으로 여악마종이 피를 토했다.

이탄은 용서가 없었다. 쭉 뻗은 이탄의 오른손이 여악마종의 머리채를 붙잡았다. 그리곤 그대로 상대의 머리통을 잡아 뽑았다.

여악마종은 머리와 몸이 분리되어 데굴데굴 굴러갔다.

이탄은 단숨에 악마종 한 명의 목을 뽑은 뒤, 손바닥을 날렸다. 이탄의 손바닥이 기괴한 궤적을 그리며 날아가 검은색 가마를 후려쳤다.

[이놈, 어림도 없다.]

가마 안쪽에서 분노한 뇌파가 들렸다. 검기가 폭발적으로 솟구쳤다.

츳츳츳츳츳!

벌떼 우는 듯한 소리와 함께 검기가 빠르게 모여들어 가마 앞에 치밀한 검막을 만들어내었다.

이탄이 내지른 주먹이 검막을 정통으로 후려쳤다.

Chapter 5

콰창!

검기로 이루어진 검막이 와르르 흔들리다가 터져버렸다. 검막이 깨질 때 온 사방으로 환한 빛의 입자가 튀어나갔다.

이탄의 주먹에 실린 힘이 어찌나 강맹했던지 상대의 검막을 찢고도 모자라 가마까지 통째로 으스러뜨렸다.

단단하기 이를 데 없는 블랙 우드가 산산이 박살 났다. 가마 안에서 회색 머리카락을 단정하게 빗어 넘긴 노인이 풀쩍 뛰어올랐다.

노인은 뿔도 없고 외모도 평범하여 마치 악마종이 아니

라 인간족처럼 생겼다. 노인의 허리춤에는 나무로 만든 목검 한 자루가 대롱대롱 매달려 있었다. 또한 노인의 등에는 허리의 목검보다 조금 더 기다란 목검이 자리했다.

이탄은 진격을 멈추지 않고 곧장 방향을 틀어 노인에게 달려들었다.

[이노옴!]

노인이 분노한 듯 뇌파를 발산했다.

노인은 허공에 붕 떠오른 상태에서 이탄과 맞부딪쳤다. 노인이 허리춤의 검을 뽑자 폭발적인 검기가 터져나왔다.

이 검기는 조금 전 노인이 악룡족 군단장을 공격했던 검기보다 훨씬 더 사나웠다. 훨씬 더 강렬했다.

그러나 이탄은 코웃음만 칠 뿐이었다.

[흥!]

이탄이 노인에게 달려드는 동안 그의 등 뒤에는 팔이 36개에 머리가 18개인 악귀수라가 청동 조각상처럼 생생하게 떠올랐다.

악귀수라가 등장하기 전, 이탄은 아나테마에게 배운 저주마법을 사용하여 주변 일대를 시커먼 장막으로 뒤덮어 두었다.

이 장막은 마법으로 시야를 완전히 차단할 뿐 아니라 감각의 침투도 막아주는 능력을 지녔다. 덕분에 주변의 다른 악마종들은 이탄이 노인과 싸우는 장면을 볼 수 없었다.

저주 마법으로 사전 준비를 철저하게 한 뒤, 이탄은 마음 놓고 악귀수라를 불러왔다.

악귀수라의 발밑에서 진득하게 구름이 일어났다. 악귀수라는 등장과 동시에 어느새 노인의 코앞까지 육탄돌격했다. 악귀수라는 36개의 주먹을 동시에 휘둘러서 노인을 단숨에 짓이기려 들었다.

노인은 감히 악귀수라를 무시하지 못했다. 노인이 모처럼 전력을 다해서 목검을 휘둘렀다.

뻥!

허공에서 질긴 가죽 북이 터지는 듯한 소리가 울렸다. 악귀수라의 주먹과 노인의 검기가 부딪치면서 발생한 폭음이었다.

노인은 검 한 자루로 산봉우리도 베어 넘기는 절대자였다. 그런 노인이 이탄과 부딪친 즉시 충격을 받았다. 사방에서 쏟아지는 36개의 주먹이 어찌나 강력했던지 노인이 일으킨 검기를 무자비하게 으깨버렸다.

노인은 하마터면 손에서 목검을 놓칠 뻔했다.

'큽!'

노인이 비록 체면 때문에 입 밖으로 비명을 내뱉지는 않았으나, 노인의 팔과 어깨, 심지어 갈비뼈는 금방이라도 부러질 듯이 욱신거렸다.

문제는 이게 끝이 아니라는 점이었다.

빵! 빵! 빵!

연달아 세 번의 폭음이 더 터졌다.

'크읍? 큽. 큽.'

이탄과 맞부딪칠 때마다 노인은 수십 미터씩 상공으로 휘말려 올라갔다. 그리고 그때마다 노인은 미친 듯이 검막을 만들어서 이탄의 공격을 틀어막아야만 했다.

만약 검막을 만드는 것이 조금만 늦었다면?

그럼 상대의 무지막지한 주먹은 노인의 머리를 터뜨릴게 분명했다.

'이놈, 뭐야? 허어업.'

노인은 혼이 쏙 빠졌다.

빵! 빵! 빵! 빵! 빵! 빵!

이번에는 거의 연속해서 여섯 차례의 폭음이 잇달았다. 노인은 등에 메고 있던 검까지 뽑아서 두 자루의 목검을 마구 휘둘렀다. 노인은 말 그대로 젖 먹던 힘까지 쥐어짜서 쏟아지는 이탄의 공세를 막고 또 막았다.

단정하게 뒤로 빗어 넘겼던 노인의 머리카락은 엉망진창으로 헝클어졌다. 노인의 입에서는 단내가 풀풀 풍겼다. 노인의 턱을 타고 핏물이 주르륵 흘러내렸다. 노인의 팔꿈치와 어깨가 탈골되어 검을 제대로 붙잡고 있기도 힘들었다.

[크윽, 이런 미친!]

노인은 어이가 없었다.

그 황당함이 이내 거대한 분노로 변했다.

[이노옴, 가만두지 않겠다.]

노인은 두 자루의 목검을 가슴께로 끌어 모아 十자를 만들었다.

파츠츠츠츳!

노인의 목검으로부터 세상을 파멸시킬 듯한 검광이 흘러나왔다. 검광 안쪽에서는 꽈배기 모양의 문자들이 은은하게 드러났다.

노인이 방출한 검광은 이 세계의 것이 아닌 듯했다. 오로지 검으로만 이루어진 세계, 검계(劍界)로부터 끌어온 검의 빛인 듯했다.

처음에 十자 모양으로 번지기 시작한 검광은 이내 노인의 몸뚱어리 전체를 감싸며 확산되더니 그대로 이탄을 향해 내리 찍혔다.

이것은 검으로 이탄을 베는 행위가 아니었다. 검으로 이탄이 존재하는 공간 자체를 베어버리는 행위도 아니었다. 이것은 그보다도 한 차원 위의 검술이었다.

마치 시간을 약간 거슬러 올라가서 검으로 공간을 十자

로 잘라놓은 뒤, 날카롭게 찢어진 공간 속에 이탄을 욱여넣은 듯한 현상이 발생했다.

노인은 이 무시무시한 수법에 '십자마겁술'이라는 이름을 붙여두었다.

써걱!

이탄이 존재하는 공간이 十자로 잘렸다.

좀 더 정확하게 표현하자면, 이미 十자로 잘린 공간 안으로 이탄의 악귀수라가 들어왔다.

필멸자라면 노인의 십자마겁술에 노출된 즉시 몸이 네 조각으로 잘라져야 정상이었다.

필멸자를 뛰어넘은 군주급의 악마종이라고 할지라도 피를 철철 흘리며 네 조각으로 나뉜 몸을 다시 이어붙이고 있어야 했다.

이탄은 예외였다. 이탄의 악귀수라는 이미 잘려 있는 공간 속에 들어오고도 몸이 조각나지 않았다.

오히려 십자마겁술로 쪼개놓은 공간이 이탄의 악귀수라를 버티지 못했다.

악귀수라의 주변 공간이 와장창 깨졌다. 마치 지옥의 악마가 거울을 깨고 튀어나오는 것처럼 이탄의 악귀수라는 공간 자체를 깨뜨리며 튀어 올랐다. 그리고 노인을 향해서 36개의 주먹을 벼락처럼 휘둘렀다.

[끄읏!]

노인이 이빨을 악물었다.

노인의 목검에는 이미 금이 쩍쩍 가 있는 상태였다. 여기서 조금만 더 싸우다가는 검이 터져버릴 판국이었다.

그래도 별 수 없었다. 노인은 검이 박살 날 것을 각오하면서도 다시 한번 십자마검술을 발휘해야만 했다. 그렇지 않고서는 저 사나운 악귀수라에게 붙잡혀서 온몸이 찢어질 테니 어쩔 수가 없는 것이다.

〈다음 권에 계속〉

마법군주』 발렌 작가의 신작!
『정령의 펜던트』
"정령사는 말이지, 되고 싶다고 해서 되는 게 아니야.
그냥 그렇게 태어나는 거지.
날 때부터 정해진 운명 같은 거라고."
dream books
드림북스

환생왕

요도/김남재 신무협 장편소설

ORIENTAL FANTASY STORY & ADVENTURE

정체를 알 수 없는 세력들에 의해
비참한 최후를 맞이한
천룡성(天龍城)의 후계자 천무진.
그런 그에게 찾아온 또 한 번의 삶.
그리고 그를 돕기 위해 나타난 여인 백아린.

"이번엔…… 당하지 않는다."

이젠 되돌려 줄 차례다.
새로운 용이 강호를 뒤흔든다!

dream books
드림북스

DREAMBOOKS

DREAMBOOKS★

DREAMBOOKS